都落ちオメガの戦国愛され婚絵巻

雨月夜道

幻冬舎ルチル文庫

CONTENTS ✦目次✦

都落ちオメガの戦国愛され婚絵巻

✦カバーデザイン＝久保宏夏（omochi design）
✦ブックデザイン＝まるか工房

イラスト・石田惠美✦

都落ちオメガの戦国愛され婚絵巻

「巡《めぐる》。我ら久遠寺《くおんじ》家の主《あるじ》は誰か」

纏《まと》った直衣《のうし》の袖をふわりとなびかせて席に着くなり、先に座していた父がそう訊《き》いてきた。

久遠寺巡は紅を引いたように色づいた形のよい唇に、あるかなしかの薄い笑みを浮かべる。

「帝《みかど》であらせられます」

「そうじゃ。神の子の子孫にして、この世で最も尊《とうと》く、美しいお方」

「はい。帝以上に尊いお方はこの世におりませぬ」

小綺麗《こぎれい》な笑みを白い顔に貼り付け、淡々と言い切る。その即答ぶりに父は少々狼狽《うろた》える素《そ》振《ぶ》りを見せたが、すぐに何かを誤魔化《ごまか》すように咳払《せきばら》いした。

「そのとおりじゃ。ゆえにな、その臣《しん》である我ら公家《くげ》も下々の者たちに傅《かしず》かれる、貴《たつと》く特別な存在。いついかなる時も悠然と構え、雅《みやび》でなければならん。些末《さまつ》なことに心を乱すな」

「些末……それは、『旺仁《おうにん》の乱《らん》』より続くこの乱世も？」

数十年前、将軍家の世継ぎ争いに端を発した旺仁の乱をきっかけに、この国は血で血を洗う弱肉強食の乱世へと変貌《へんぼう》した。

巡が暮らす京《きょう》の都《みやこ》は大半がたび重なる戦で焼け果てた。治安は崩壊。野盗どもが横行し、往来には虫が集《たか》る屍《しかばね》が散乱して、平安《へいあん》の御世《みよ》に栄華を極めた花の都は見る影もない。

この状況が些末？　と、小首を傾《かし》げてみせる巡に、父は顎髭《あごひげ》を撫《な》でてこう言った。

「無論じゃ。この乱世は『番犬』が勝手に引き起こした、我ら公家にはあずかり知らぬこと」

武家の起こりが帝、ひいては公家の護衛役ゆえか、公家の間では武家を「番犬」、または「犬」と呼んで蔑《さげす》んでいる。

武家に対してでさえそうなのだ。民百姓《たみひゃくしょう》が戦《いくさ》や飢えでどんなに困窮しようと、

「己《おのれ》がしでかした始末は己でつけさせねばならん。そして、勝ち残った強い犬を朝廷で飼ってやる。今はその見極めの時。我らは高みで見物をしておればよい」

公家に言わせればこのような見方になる。

この考えは幼少の頃より何度も聞き、その都度鵜呑《うの》みにしてきたが、武家に政権を奪われて数百年、もはや権威ばかりで力も金もない公家の現状を知っている今は鼻白むばかりだ。

(いつまで現実から目を背け、聞くに堪《た》えぬ世迷言《よまいごと》を繰り返すつもりか)

我が父ながら憤《いきどお》りに堪《た》えない。だが、今はそのことよりも――。

「ゆえにな、巡。そなたがかように傷ついた体に鞭《むち》打ってまで奉公に励むことはない。どうであろう。しばらくお休みをいただき、湯治《とうじ》にでも出向いてその傷を癒して……何じゃ」

「おかしいのです。この乱世を些末なことと言ってのける豪放な父上が、息子が顔に火傷《やけど》を負うた程度で、かように心を乱しておられる」

実におかしい。そう言って、涼しげながらも鋭い笑みを浮かべてみせる。

その顔は、左半分ははっと息を呑《の》むほどに美麗な相貌《そうぼう》であったが、右半分は大きな火傷の痕《あと》で潰れていた。

半年前、戦火に焼かれて負った傷だ。

傷を負った当初は、痛みと引きつりで上手《うま》く表情が作れなかったが、半年経《た》った今は痛みも引きつりも消え、自然に動かせるようになった、はずだ。けれど、父にはどう見えるのか、ひどく苦しげに顔を歪《ゆが》めるばかりだ。それに対し、巡の表情はぴくりとも動かなかったが、

(なんじゃ。その、世にも憐《あわ》れな生き物を見るような目は)

実に不愉快だ。だが、そんな巡の内心など知る由《よし》もない父は、

「巡。そなたの身にどのようなことが起ころうと、そなたはわしの愛《いと》しい息子。それだけは決して変わらん。さ、されどな、その」

憐憫《れんびん》に満ち満ちた声音でそんなことを言ってくるので、

「『あのようにおぞましい面相で人前に出るなど、恥知らずにも程がある』」

父の言葉を遮り言ってやると、父は肩を震わせて黙った。

「『仕事ができてもあの醜さでは害悪そのもの』、『「帝の御ため」と尽くしてみせれば、帝が再び振り向いてくださると思うておる心根が浅ましき限り』」

宮中で囁《ささや》かれている自身の醜聞を謡《うた》うように口にし、笑みを深める。

「父上、ご案じめさるな。かような火傷ごときで、この久遠寺巡の価値は何一つ変わりませぬ。それさえ分からぬ無能の申す戯言《ざれごと》など、聞き流せばよろしゅうございます」

「無能っ？　巡っ。そなた、それは帝に対しても申しておるのか。なんと恐れ多いことを」

(さように狼狽えて。誰が聞いておるわけでもあるまいに。まことに、父上は帝を崇拝しておられる。帝が、息子を醜い化け物だと断じようとも……はは。実に麗《うるわ》しい忠誠心だ)

恐れ入る。と、嗤《わら》いを噛《か》み殺し、巡は「とんでもない」と左右に首を振った。

「帝は別儀でございます。帝は我ら人とは違う世界に生きておられる方ですから」

「！　そ、そうか。しかし」

「また、巡は無粋《ぶすい》にあらず。帝の御心《おこころ》は重々承知しております。いくら尽くそうとも、帝に微笑みかけていただける日は未来永劫《えいごう》来ない」

「……っ」

「それでも構わぬ。そう思うて、忠勤に励んでいるのです。ゆえに、ご安心なされませ。巡は決して、道を見失《みうしの》うてはおりませぬ」

しれっと言い切ると、父の顔がますます歪む。巡がこれまでどれほど帝を敬愛し、職務に励んできたかよく知っているからか。それとも――。

「め、巡。そなた……」

『きゃう』

部屋の外から愛らしい犬の鳴き声が聞こえてきた。巡が立ち上がり、障子を開けてみると、行儀よくお座りし、小首を傾げてこちらを見上げてくる狆《ちん》がいた。

巡の愛犬、トト丸だ。巡は微笑し、トト丸の頭を撫でて父へと振り返った。

「出仕の刻限となりましたので、これにて失礼致します」

「出仕じゃと？　巡、そなたは……い、いや」

父は口を閉じた。しばしの逡巡《しゅんじゅん》の後、二、三度頷《うなず》く。

「そなたの帝へのいじらしい忠心はよう分かった。もう何も言うまい。兄たちにも、わしから言うておく。今日も、忠勤に励んでくだされ」

微笑し、頭を下げてくる。巡が帝に害を及ぼす恐れはないと分かって安堵しているのだろうか？　そう思ったら、一瞬表情が崩れそうになったが、唇を軽く嚙んで耐えると、火傷を隠す、半分に切られた狐《きつね》の面をつけて、巡は部屋を出た。

障子を閉め、歩き出す。口許には歪《いびつ》な笑みが浮いている。

（父上、つくづく俺の心が読めなくなった……いや、俺の心が父上から離れたゆえか）

と、長い睫《まつげ》毛を伏せていると、

「巡様、どうしてあんなに堂々としてらっしゃるのかしら。あのお顔で」

声が聞こえてきた。当家に奉公している下女の声だ。

「本当にねえ。少しくらい落ち込めば可哀想って同情できて、優しく労《いた》わってあげなくちゃとか思えるんだけど、あそこまで堂々とされると、逆に滑稽っていうか」

「火傷を負っても何も変わらないだなんておっしゃっているらしいわよ。馬鹿よね。そんなわけないのに。帝に嫌われた醜いお公家様なんて、もうおしまい……っ」

廊下の角を曲がると、雑巾を片手に話し込んでいた下女二人がこちらに顔を向け、顔面蒼《そう》白《はく》になった。慌ててその場に平伏し、「どうかご容赦を」と、震える声で訴えてくる。そのさまを巡は白い目で見下ろしたが、

「通れぬ」

凍《い》てついた声音で言い捨てる。相手が「は？」と声を漏らすので、

「この私に、わざわざ避《よ》けて通れと申すつもりか」

さらに声音を低くして尋ねると、ようやく二人が端に退いたので、一瞥《いちべつ》もくれず歩き出す。

背後から何やら聞こえてきたが完全に無視した。

顔に火傷を負ってからというもの、家人にああいう輩《やから》が増えた。

帝に見放された醜い公家など終わったも同然。落伍者《らくごしゃ》は落伍者らしく、素直に絶望に打ちひしがれ、部屋に籠《こも》っていろ。そうすれば、憐れみくらいくれてやるのにと。

（はっ。貴様らに憐れみを乞うくらいなら、舌を嚙み切って死んだほうがましぞ）

腸《はらわた》が煮えくり返る。だが、涼しげな表情も優雅な所作も決して崩さない。

下郎の戯言ごときで表情を崩すなど恥辱の極み。

「きゅう？」

愛らしい鳴き声が、再度聞こえてきた。目を向けると、巡に並んで走りながら見上げてくるトト丸と目が合った。真《ま》っ直《す》ぐに向けられる無垢《むく》な瞳に、巡は薄く笑った。

「俺がかような面相になっても変わらぬのはそなただけぞ。これからもずっと、変わらず俺を好いていてくれな？」

小さな声で囁く。その声音は、先ほど父や下女たちに向けた冷ややかなそれとは違う、少少気弱なものだ。

トト丸は即座に「きゃう」と同意するように鳴き、くるんっと勢いよく一回りしてみせた。巡の笑みに、安堵と喜びの色が浮く。

「見送り、ご苦労であった。では、行って参る」

トト丸の小さな頭を撫で、巡は用意されていた牛車《ぎっしゃ》に乗った。

無残な屍が転がる、荒れ果てた往来を牛車で揺られながら、父のことを思う。

昔は、学問の権威である父に知らぬことなどない。間違ったことなど言わぬ。そう思うほどに敬愛していた。ゆえに、父が崇拝する帝のことを神のごとく敬《うやま》っていたし、帝の姿を垣《かい》間見《まみ》てからは、その想いはよりいっそう強固なものとなった。

初めて帝を見たのは十二の時だが、その時のことは今でもはっきりと覚えている。

内裏《だいり》奥の、細部にまで拘《こだわ》り抜かれた絶佳《ぜっか》の庭園で、白銀色《しろがねいろ》の髪が眩《まばゆ》い十二単《じゅうにひとえ》の美女たちを侍《はべ》らせ佇《たたず》むその姿は、冴《さ》え冴《ざ》えとした山吹色《やまぶきいろ》の瞳が印象深い秀麗な相貌は勿論《もちろん》のこと、纏う風情は目が潰れるのではないかと思うほどに神々《こうごう》しく、夢のように美しい。

とても、自分と同じ人とは思えない。帝が神の子の子孫というのは本当だったんだ！

こんな人に代々お仕えしているなんて、うちはとてもすごい家だと、心から思い、あの方のお役に立てる立派な公家になろうと、勉学は勿論、風雅の鍛錬に勤《いそ》しんだ。公家の世界で出世しようと思ったら、風雅の嗜《たしな》みと人脈が必須だと父に教えられたからだ。

幸い、生まれながらに風雅の素養と類稀《たぐいまれ》なる美貌《びぼう》を兼ね備えていたこともあり、父に連れられて参加した会において、舞を舞えば蝶のように華やかで可憐。楽を奏でれば聴衆を甘美な酩酊《めいてい》状態に陥れ、歌を詠《よ》めば教養とものあはれに溢れた逸品……と、絶賛の嵐。

大納言《だいなごん》の位《くらい》に就いていた父の後押しもあり、少しもしないうちに宮仕えを許された。

配属されたのは、帝への直答も許されない、つまらない雑務ばかりの低い役職であったが、腐ることなく真面目《まじめ》に職務に励みつつ、風雅の会に精力的に参加した。

帝への直答が許される殿上人《てんじょうびと》の位まで上れば政《まつりごと》ができる、直接帝のお役に立てる、と、期待に胸を膨らませながら。

仕事については、常人の数倍難なくこなした。風雅についても、歳《とし》を重ねるごとに巡の風雅の才も美貌も磨きがかかっていったため、会での巡の人気はうなぎ登り。それに伴い、人脈も順調に広げ、それらを上手く使ってとんとん拍子に出世していった。

日に日に熱烈になっていく、男色の好事家《こうずか》どもの誘いがうっとうしくはあったが、それ以外は至極順風満帆だった。

しかし、出世して上に行けば行くほど、巡は言いようのない苛立《いらだ》ちを覚え始めた。

まず、今の朝廷は上に行くほど仕事がない。政権を武家に奪われて数百年、政務機関が完全に形骸化《けいがいか》しているせいだ。これについては事前に知っていたことなのだが、問題は殿上人たちがこの現状を打破する動きを何一つしていないことだ。

彼らはある程度の領地を所有しているし、下位の公家や寺社、官位がほしい武家から贈られる進物により、仕事がなかろうが戦が起ころうが、並の生活を送る分には支障がない。

それゆえか、荒廃した都とはかけ離れた優美な内裏に引き籠り、平安の御世のごとく風雅に耽《ふけ》るばかり。

政などという雑事は武家にさせておけばよいと嘯《うそぶ》き、京で戦が起これば我先にと逃げ出し、終戦や任官の報せを聞きつけると何食わぬ顔で戻ってきて帝第一と言わんばかりの忠義面《づら》を浮かべる。

その上、毎日真面目に働いている者を指差し「雅さがない」「下品だ」と揶揄《やゆ》して嗤う。

労働などという行為は下賤《げせん》の者がすること。犬たちの小競《こぜ》り合いである戦に巻き込まれるなんて真《ま》っ平御免《ぴらごめん》。それが公家の常識だと知ってはいるが、巡には彼らが怠惰《たいだ》な無能に思えてしかたない。

（現人神《あらひとがみ》直属の臣である公家の誇りはどこへ行った。帝の今の境遇を何とかして差し上げようと、微塵《みじん》も思わぬのか！）

こんな連中しか配下にいないなんて、帝がお可哀想だ。

こうなったら、自分が一刻も早く出世しておそばに侍らねばと、さらに闘志を燃やした。

だからあの日、戦火が飛び火して燃え盛る書庫を目にした瞬間、巡は何の躊躇《ちゅうちょ》もなく書庫に飛び込んだ。

書庫には、公家たちが所有する荘園《しょうえん》についての帳簿が所蔵されていた。この帳簿が焼失してしまったら、苛烈《かれつ》な領地争いが起こって大変なことになる。

朝廷そのものが崩壊してしまうかもしれない。そう思ったから、激痛を伴うほどの熱さにも歯を食いしばり無我夢中で運び出した。

何とか全てを運び出し息を吐いた時、「ひっ」という童女のような悲鳴が耳に届いた。

顔を上げると、そこにはあの冴え冴えとした山吹の瞳があった。

なぜここに帝がいるのか。呆気《あっけ》に取られていると、

――かように醜くおぞましきもの、初めて見た。

とっさに、何を言われたのか分からなかった。

――み、帝？　いかがなされ……。

――ひっ。寄るな、化け物！　あああ……。

帝は袖で顔を覆い、か細い悲鳴を上げると、そのままお倒れになってしまって――。

顔の右半分が焼け爛《ただ》れてしまっていたと知ったのは、それから少ししてのことだ。

そしてその日のうちに、人前で素顔を晒《さら》すこと、帝に姿を晒すことを未来永劫禁じるとい

う厳命が、帝より直々《じきじき》に下された。

なぜ、このような仕打ちを受けなければならないのか。納得ができず、傷ついた体を引きずり詰め寄ると、勅使《ちょくし》はこう言った。その美しい顔を台無しにした罰だと。

――ここだけの話、帝は密かに貴殿を見初《みそ》めておられた。明日にでも閨《ねや》に呼ぼうと想われていたほど。あの場にいらっしゃったのも、貴殿の無事を帝自らがお確かめになるため。それほどお気に召しておられた御身《おんみ》を、かような醜い化け物にしてしまうとは。

――帝のお心を二重、三重にも傷つけて……これ以上の不敬があろうか。

まるで異国の言葉を聞いたように、意味が分からなかった。

だが、周囲にはその帝の御心とやらが分かるようで、巡が帳簿を運び出したことへの言及は一切せず、帝への不敬ばかりを責め立て、これは当然の決定だと結論づけた。

一番の理解者だと信じていた父さえもこう零《こぼ》した。

――もう宮仕えはできまい。あの顔は、美しい内裏には相応《ふさわ》しくない。

これらの事実を受け入れるのには苦労した。

何とか全ての状況を咀嚼《そしゃく》できた時、身の内であらゆるものが崩壊していく音を聴いた。

これまで自分が信じてきたものは、一体何だったのか。

醜くなっただけで捨てられる。自分にはそれだけの価値しかなかったのか。

そんな問いがぐるぐる頭の中を回り、気が変になりそうだった。しかし、

――お前は、いずれ天下人になるおれがすごいと認めた男だぞ？　すごくないわけがない。

ふと思い出したその言葉で、巡はようやく己を取り戻した。

（そうだ。俺はすごい男だ。左大臣になる男だ。この程度で、終わっていい男ではない！）

そう思い至ってからの巡は早かった。

いまだに癒えぬ体を引きずり、上役たちにどんな形でも構わないからこれまでどおり出仕させてほしい。帝のために働かせてくれと懇願してみせた。

いつも澄まし顔を崩さない巡の常ならぬ姿に皆、「世にも麗しい忠義心よ」と涙を浮かべ、引き続き出仕を差し許した。

体《てい》よく使える駒が手に入ったと内心ほくそ笑みながら。

ゆえに、あの火事から半年経った今も、巡は宮仕えをしている。ただ、扱いはこれまでのものとは雲泥《うんでい》の差だ。

「『化《ば》け狐《ぎつね》』殿。今日もご出仕なされたのですか？　ご苦労なことで」

職場に着くと、部屋の真ん中で談笑していた面々が、これ見よがしに扇《おうぎ》で顔を隠してこちらを向き、巡のことをそう呼んだ。巡が一礼すると、彼らは顔を見合わせ、こう言い合った。

「そういえばあの帳簿はいかがなさいました？」

「あの帳簿？　ああ、荘園の帳簿でございますか。誰かが地面に投げ捨てたせいで破損してしまいましたが、今日補修が終わって返ってくるそうですよ」

「それはよかった。あれはとても大切な帳簿でございますからね」

あの帳簿が大事であることは、皆分かっている。だが、巡がそれを命がけで守ったことについては、完全になかったことにされている。

巡が帝に忌《い》み嫌われているから。巡が醜いから。

「ああそうだ。化け狐殿。早速ですが、帝への献上品の目録整理をしてくだされ。一人でこなすには少々量が多いが、なあに。化け狐殿ほどの秀才ならば容易《たやす》きこと」

「やり甲斐《がい》もありますぞ。なにせ、帝の御ためになることですゆえ」

底意地の悪い笑みを浮かべ、我も我もと仕事を押しつけてくる。

出世の道が完全に断たれ、化け物のごとく醜くなった者に売る媚《こ》びなどないし、「帝のため」と言ってやれば何でも言うことを聞く馬鹿はこき使うに限ると、言わんばかりに。

そんな彼らに、巡は艶《つや》めいた唇に薄い笑みを浮かべてみせる。

「お任せを。たかがこの程度、造作もなきことです」

さらりと言ってのけ、優雅な足取りで一人奥の書庫へ向かう。

あたりがしんと静まり返る。だがすぐに、背後から嗤い声が聞こえてきた。

「ほほほ。今の、ご覧になりましたか？　笑いましたぞ、あの顔で」

「あの顔で愛想をふりまけると思えるとは、化け物に身をやつした方は違いますなあ」

「帝が不憫《ふびん》でございます。あのような化け物につきまとわれて」

嫌味を流されたことが面白くなかったか。それとも、巡にすげなく振られ続けたことへの恨みか。いずれにしろ、くだらない。どこまでも、本当にくだらない。

まあいい。精々《せいぜい》無駄話に花を咲かせていろ。こちらはその間に、お前たちを叩き潰す事案を好きなだけ漁《あさ》らせてもらう。

帝……あのような男に仕えるなど真っ平御免。今はそう思っている。

一途《いちず》に敬愛し、尽力してきた自分の顔しか見ていなかったから？　顔が潰れた途端化け物などと吐き捨て拒絶したから？　違う。

巡は幼少の頃より惨《むご》たらしいものばかりを見て育った。

日々絶えぬ戦。荒廃した町並み。戦に乗じて狼藉《ろうぜき》の限りを尽くす野盗ども。戦火に投げ出された者。飢餓で餓鬼《がき》のごとく痩せ衰えた者。誰にも顧みられることがない無数の屍。

巡が生まれ育った京の都は、そういうもので溢れ返っていた。

そんな世界に在りながら夢のように美しい帝を見て、この方はきっと、心根《こころね》も姿と同じくとても美しく、崇高に違いないと思った。汚い泥中《でいちゅう》に生まれ落ち、どれほど泥をその身に沁《し》み込ませようとも、気高《けだか》い純白の花を咲かせる蓮《はす》のように。

そう思ったから、この人に仕え、役に立ちたいと切望した。この人について行けば、今の堕落した朝廷が、世が変わる。そう信じて。だが、それは間違いだった。

帝の美しさは、蓮ではなく新雪のそれなのだ。美しいもののみに囲まれ、それだけを見、触れて育ったから、汚れが一つもない。

ゆえに、巡の顔の火傷を見た時、あんなにも怯《おび》えた。生まれて初めて見た醜いものだったから。この都には巡と同じ……いや、巡よりももっと深く、醜い傷を負い、苦しんでいる人間がごまんといるというのに。

あの山吹の瞳を少しでも向ければ分かること。だが、帝は知らなかった。それどころか、巡の火傷を見ても怯えて遠ざけるばかりで、その先……戦火で人が焼かれること。巡が危険を冒してでも守ろうとした帳簿の重要性などなど、そういうものには一切目もくれず、これまでどおり、風雅と淫蕩《いんとう》の世界にたゆたうばかり。

この男にどんなに尽くしても、世界は何も変わらない。

見えるのはひたすら、内裏という小さな箱庭の中に作られた、閉じられた美しさのみ。

そのような男、我が主に相応しくない。だったら、挿《す》げ替えてしまえばいい。

我が主に相応しい男を……もしいないなら、お飾りの木偶《でく》で構わない。左大臣になった自分が、立派に政を取り仕切ってみせる。

手始めに、邪魔者を全員排除する。そうすれば再び表舞台に返り咲ける。大丈夫だ。

——お前は、いずれ天下人になるおれがすごいと認めた男だぞ？　すごくないわけがない。

自分はすごい男なのだ。きっとできる。大丈夫だ。

そのためには、念入りに下準備と根回しをしておかねば。と、重要機密が記された文献をめくっていた時だ。

「化け狐殿。これも目録に書き加えて……あ」

背後から聞こえてきた声にどきりとした。

まずい。不審に思われたか。と、身を硬くしていると、

「化け狐殿。その髪は」

呆《ほう》けた声でそう言って、相手は指をさした。

いつの間にか、黒と白銀の斑《まだら》に変色していた巡の烏帽子から覗く髪を。


京の厳しい冬の寒さが和らいだとある日。久遠寺家の庭の梅が一気に花開いた。

梅特有の甘やかな香りが澄み切った冬の空気に解け、爽やかに匂《にお》い立つ。

それはそよ風に乗り、久遠寺家の一角にある座敷牢《ろう》にも届いた。

牢の中には、髷《まげ》が解《ほど》けて乱れた斑髪《まだらがみ》に、白い鎖骨が見えるほど着乱れた狩衣姿の巡が、胎児のように体を丸めて横たわっている。いつも自信と誇りで光り輝いていた瞳は底なしの闇に沈み、眦《まなじり》は赤く腫《は》れている。白魚《しらうお》のように美しい手は痣《あざ》と切り傷だらけ。

昨夜、声を上げて泣き叫び、父の制止も振り払い暴れたせいだ。そのため、兄たちの手によって、この座敷牢に入れられてしまった。

巡がそこまで取り乱したのは、この斑髪のせいだ。

一カ月前、突如変色した髪を診せた時、一目見るなり薬師《くすし》は言った。これは、「陰陽白《いんようはく》銀《ぎん》」の髪だと。

この世界には、男女という性別以外に三つの性がある。

一つは、黒髪黒目の人間「イロナシ」。人並みの体型、腕力、知力を持った普通の人間で、大多数がこれに当たる。

二つ目は、山吹色の瞳を持った人間「山吹《やまぶき》」。数百人に一人の確率で生まれてくる希少の突然変異で、イロナシに比べて体が大きく丈夫で、腕力、知力ともに常人の数倍優れ、何の分野においてもずば抜けている。

現に、帝は勿論、有力大名《だいみょう》など大成している者は、山吹がほとんどだ。

ゆえに、この世では山吹は何をおいても最優先され、権力者は山吹の跡継ぎを切望する。

このために重宝されるのが、第三の性である「白銀《はくぎん》」だ。

白銀は、数千人に一人の確率で生まれてくる希少種で、その名のとおり、髪は雪のような白銀色をしている。

イロナシに比べて小柄で華奢《きゃしゃ》、力もない。その代わり、繁殖能力に長《た》けている。

相手を引き寄せるための麗しい容姿と、媚薬《びやく》のような馨《かぐわ》しい匂い、淫気《いんき》を発することは元より、同性同士でさえ子を成《な》すことができて子沢山。何より、山吹と交われば高確率で山吹を産むことができる。

そのため、山吹至上主義のこの世では、白銀は重宝される。どのような身分の出であろうと、生まれるとただちに権力者に引き取られて大切に育てられる。

ゆくゆくは、山吹と交わらせ、山吹の跡継ぎを多く産ませるために。

その白銀には、「陰陽白銀」と呼ばれる亜種がいる。通常の白銀よりもさらに強い繁殖能力を持ち、山吹と交わればほぼ間違いなく山吹を産むと言われている。

ただし、彼らは最初イロナシと同じく黒目黒髪で生まれてくる。容姿も凡庸、淫気も発しないため、一見すると体つきが華奢で、いやに非力なイロナシにしか見えない。

年頃になり、黒髪に白銀が浮かび上がって、斑髪になるまでは。

巡はその陰陽白銀なのだと薬師は断じた。陰陽白銀特有の兆候があっても分からなかったのは、力仕事を一切しなくて済む公家だったからだと。

そう宣告された刹那《せつな》、体中言いようのない嫌悪感が迸《はし》った。

とっさに、男に組み敷かれ、孕《はら》むまで犯される自分を想像してしまい、ぞっとしたのだ。

男色の気《け》のない自分としては、身も毛もよだつことこの上ない。

だがすぐに、山吹を産むことを何よりも義務付けられている白銀は、職に就くことはおろか、外出することさえ禁じられていることを思い出し、血の気が引いた。

これまで立身出世に燃えて生きてきた自分には、到底受け入れられるものではなくて……

と、狼狽える巡に薬師は続けてこう言った。

——巡様は、特殊な陰陽白銀のようです。白銀以上にお美しい顔立ちもそうですが、その……本来、髪の変色は十代前半で起こります。それに、「発情」はどんなに遅くとも十五歳までには必ず来る。なので、巡様に発情は来ないものと思われます。

「発情」とは、白銀が子を産める体になったら定期的に起こる生理現象のことだ。

その発情が来ない。つまり、子が産めぬということだ。

山吹を産めることのみが存在理由である白銀でありながら子が産めない。その場合、白銀に残された利用価値は性の慰み者しかないが、顔半分が潰れた醜い巡にはそれさえ不可能。

それらが示している意味を考えた時、巡はすぐさま再検査を命じた。

ただ髪色を見ただけで白銀だの、子が産めぬだのと断じられて納得できるわけがない。

自分が白銀などと、何かの間違いだ。念入りに調べれば分かるはず。

調べさせた。全裸になり、あらぬところまで晒して、徹底的に。

だが、いくら調べさせても結果は変わらない。他の薬師にも調べさせたが、結果は同じ。

お前は子も産めない、出来損ないの陰陽白銀だと断じられるばかり。

それでも納得できなくて、また新しい薬師を探そうとする巡に、一カ月間巡の好きにさせていた父が、ついに耐えかねたように言った。

——巡、認めなさい。そなたは白銀じゃ。

巡はすぐ、「違う」と突っぱねた。

自分は普通の人間だ。山吹を産むことだけしか価値がない白銀などでは断じてない。と、頑《かたく》なに首を振り続ける。そんな巡の肩を強く摑《つか》み、父はさらにこう言った。

――心配致すな。そなたは二十歳《はたち》とまだ若い。わしが必ず、子が産める体にして、その顔でも気にせぬ立派な婿《むこ》を探し出してみせるゆえ、まずはこの首飾りをせよ。白銀となったからには、首飾りを……。

巡は思わず、父を突き飛ばした。

――煩《うるさ》い！　子が産める体がなんじゃ。婿がなんじゃ。さようなものがなくとも、俺は己《おの》が力で生きていける。出世できる。今までもそうだった。これからも変わらん。この髪が、火傷がなんじゃ。俺は俺、久遠寺巡じゃっ。

髪を掻《か》きむしり声を荒らげる。父が制止してきても一度堰《せき》を切った感情は止められない。

結果、騒ぎを聞いて駆けつけた兄たちに取り押さえられ、無理矢理首飾りを嵌《は》められて座敷牢に押し込まれた挙げ句、目の前で辞職の届を出されてしまった。

ますます心が乱れ、駄々っ子のように泣き叫び、「ここから出せ」「俺は己が力で生きていく」と暴れに暴れ、いつの間にか泣き疲れて眠り、今に至る。

だが、目を覚ましても巡は動くことができない。ただぼんやりと、床に投げ出している自身の傷ついた手を見つめ、唇を噛んだ。

こんなことをしても事態は何も好転しない。むしろ、ますます悪化したし、みっともない。

自分は何をしているのか。いよいよ唇を噛みしめていると、声が聞こえてきた。

兄たちの声だ。壁の向こう側で話しているらしい。

『父上は巡の婿を探さねばとおっしゃっておられましたが、あやつに嫁や母親が務まるなど と、本気で思うておられるのでしょうか』

『はは。子作り以外は隔離されるに決まっておろう。男は家では穏やかで愛らしい妻に癒されたいもの。何が悲しくて、あのような情も温かみも欠片《かけら》もない化け物の相手などせねばならん。子に近づけるのも駄目だ。教育に悪い』

その言葉にはっとする。

自分が妻や母になる。一度だって考えたことがない事柄だ。

この顔と、子が産めぬ体では嫁ぎ先など皆無だと思うが、もし万が一、そういうことになったら……駄目だ。そうなった時の自分を全く想像ができない。

だが、兄たちの言うとおりだと思う。

夫は子作りという責務がなければ、こんな醜い男を抱こうとは思わないだろうし、子どもはこんな化け物が母など嫌だと泣くだろう。

火傷の痕を面で隠したとしてもだ。自分には温かい家庭など作れる気がしない。

幼くして母を流行《はや》り病《やまい》で亡くしたため、妻とは母とはどういうものなのか実物を見たことがないし、兄弟で子どもらしい遊びをした覚えも、とりとめもない団らんを楽しんだ覚えもなくて――。

『それにしても、いやに静かですね。もしや、舌を噛んで自害でもしたか』

『ふん。願ってもないことよ。己が才覚をひけらかす傲慢《ごうまん》さも、あのおぞましい化け物面で平気で出歩く厚顔さも我慢ならなかったのだ。これ以上、我が久遠寺家に泥を塗る前に……まあ、あの恥知らずが我が身を恥じて自害などあり得そうもないが』

『それもそうですね。しかし、あやつが白銀で本当にようございました。これで一生、あの恥晒《はじさら》しの化け物を外に出さずに済みます』

息が止まった。

昔から、兄たちとは仲が悪かった。価値観がまるで違うし、こう言っては何だが、巡と違って兄たちには勉学や風雅の才がなかったことも相まって、お互い悪感情ばかりをぶつけ、いがみ合ってきた。だが、まさかここまで思われていたとは。

その衝撃も、ぼろぼろになった心に容赦なく突き刺さり、視界がぐらぐらと揺れた。

実の肉親からさえ、このように思われる。そんな自分は皆が言うとおり、誰からも厄介者扱いされる醜い害悪でしかない。

とっさに、そう思ってしまった。体の震えが止まらない。しかし、

『そもそも、あやつを犬などが通う寺に学びに行かせたのが全ての間違いよ。あの頃から、

いやに犬臭《くそ》うなって』

「……！」

『そういえばあの頃、やたらと小汚い子犬を引き連れておりましたな。見栄えのよい犬は他にたくさんいたのに、よりにもよってなにゆえあのようなみっともない駄犬を……全く。あの頃から救いようのない恥晒しだった』

その言葉に、巡は弾《はじ》かれたように上体を起こした。

（「あやつ」が、みっともない駄犬じゃと？　ふざけるなっ）

何も知らないくせに。あの男がどれほどすごいか知りもしないで！　と、とっさに反論しようとしたが、

『まあ、今のあやつはその駄犬以下のみっともなさだが。ははは』

続けて聞こえてきたその言葉に、再びその場に力なく座り込んでしまった。

みっともない。そんな言葉、終生向けられることがないと思っていた。たとえ向けられたとしても、それは相手が間違っているだけだと。

だが、今はとてもそう思えない。

確かに、今の自分はこの世の誰よりもみっともない。何もない。これでは……。

「あやつには、もう逢《あ》えん。かような姿、見せられるものか……っ」

呟《つぶや》きかけて、巡ははっとした。

トト丸がとてとてと座敷牢の中に入ってくる。その口に咥《くわ》えられていたのは。

「これ、この牢の鍵《かぎ》か？　なにゆえ……！　まさか、俺が『ここから出せ』と言うたから」

差し出された鍵を受け取ると、トト丸はくるんっと一回りして、誇らしげに尻尾《しっぽ》を振った。

何も言えずにいると、トト丸は不思議そうに小首を傾げ、ちょろちょろと近づいてくると、巡の膝上に顎を乗せ、上目遣いに見上げてきた。早く褒めておくれというように。

そんなトト丸にたまらなくなって、巡はその小さな体を抱き締めた。

この一カ月、自分のことでいっぱいいっぱいで、いつものように駆け寄ってくるトト丸を構ってやれなかった。それどころか、「あっちへ行っていろ」と怒鳴ってしまったこともある。

それなのに、巡がここから出たいと言えば、こうして助けてくれる。頭を撫でてくれと無邪気に慕ってくれる。

「ありがとう。ありがとうなあ」

そんな言葉しか思いつかず、顔をぺろぺろ舐《な》めてくれるトト丸に何度も繰り返した。

ひとしきり呟いた後、巡は改めて手の中の鍵を見た。

ここを出たい。確かに昨夜、自分は何度もそう叫んだ。心の底から。

だが、今はどうだろう。自分はここから出たいのか。外の世界に、こんな自分を必要としてくれる場所があるとでも思っているのか？　と、自問していた時だ。

『申し上げます。巡様にお客人でございます』

外から、近づいてくる足音とともに下男の声が聞こえてきた。

客？　誰だろう。兄たちも不思議に思ったようで「誰だ」と尋ねると、

『喜勢貞保《きせさだやす》様でございます』

『喜勢貞保だとっ？』

兄たちが思わずと言ったように声を上げる。

喜勢貞保は山吹の武士で、三十一という若さで幕府の官僚となって辣腕《らつわん》を振るう実力者だから無理もない。だが、当の巡も首を捻《ひね》る。

貞保とは以前に何度か、荘園についての問い合わせに答えた程度。決して、貞保直々の訪問を受けるほどの間柄ではない。

何の用で来たのか見当もつかない。しかし、これは現状を打破する好機ではないか？

貞保は少々困ったところはあるが、自身が山吹であることや官僚職に就いていることを鼻にかけることもなければ、相手が誰でも礼節を持って接する好漢で、何より、巡の仕事ぶりを評価してくれていた。

——我が甥《おい》にもよく言うているのですよ？　巡殿にあやかり精進せよと。

可愛がっているという甥を引き合いに出して、そう言ってくれたほど。

この機をものにすれば道が拓《ひら》ける。萎《しお》れていた心が一気に燃え上がった。

息の根が止まるその時まで諦《あきら》めるな。「あの男」に負けたままでいいのか！　そう、己を

奮い立たせていると、

『巡め、つくづく犬好きな奴よ。いつの間にさような犬と繋《つな》がっていたのか。兄上、いかがいたします。父上は巡が孕める体に治療できる薬師とやらを探し回ってご不在ですし、あやつを喜勢殿に会わせて、昨晩のように暴れられては事ですぞ』

『うむ。会わせるわけにはいかんな。しかし、せっかくゆえもてなそう。犬は好かぬが、幕府の官僚ならば手懐《てなず》けておくのも悪くない』

兄たちのそんな会話が聞こえてきた。巡は口角をつり上げる。

しめた。これで身なりを整える刻《とき》が稼げる。身なりのだらしない公家に誰が一目を置く。トト丸がくれた鍵で牢を出ると、巡は自室に向かい、急ぎ衣服を整えた。その間、誰かが近づいてくると、トト丸が注意を引き付けてくれて……本当に賢い子だ。

トト丸のおかげで誰にも気づかれずに衣服を整えることができた巡は面を顔につけ、足早に客間へと向かう。程なく、声が聞こえてきた。

『巡殿ほどの逸材が辞職されるとは、朝廷にとっては多大な損失でございますなあ』

この独特な響きを持つ低音。貞保だ。

『ほ、ほほ。これはまたお上手な。我が愚弟にそのような』

『とんでもない。巡殿はまたとない御仁《ごじん》です。仕事は常人の数倍もこなすし、博識で、風雅の会では参加者全員を魅了し、人脈も幅広く……半年前の件とて然《しか》り。もし荘園の帳簿が消失していたら、どれほど大変なことになっていたことか』

『そ、それは、まあ。しかし』

『戦火が迫るあの状況で、冷静に判断し行動できる。素晴らしいことです』

兄たちの言葉を遮り断言する貞保に、不覚にも顔が熱くなった。帳簿の件では顔を火傷で潰したことを責められ、醜くなった巡など無価値だと断じられるばかりだったから。

『我が甥にも常々申しているのですよ？　巡殿を手本に精進せよと』

『ほ、ほう。そうなのですか。ちなみに、その甥御殿は幕府にお勤めで？』

巡ははっとした。まずい。その質問は……。

『いえ。甥は京にはおりませぬ。あの男……高雅《たかまさ》が、我が最愛にして最高の姉上を、京から恐ろしく離れた静谷《しずや》などに連れて行ってしまうたせいでえええ！』

遅かった。

『くそっ！　にっくきは高雅。いつの間に、姉上と接触していた。あれほど四六時中姉上に張り付いて、お守りしていたというにいいいいっ』

『ひっ！　喜勢殿、いかがなされました』

『落ち着かれませっ』

貞保は優秀で、非の打ち所がない人格者だ。ただ一つ、姉への盲愛っぷりを除いては。

姉が遠方に嫁いでいこうが忘れられず、いまだ独身を貫いているというこの男は、姉か甥の話を振られたら、今のように姉婿への憎悪を爆発させてしまう。

今、自分が部屋に入ったとして、貞保は落ち着いてくれるだろうか。

不安ではあったが、この機を逃しては、次はいつ機会が巡《めぐ》ってくるか分からない。

やるしかない。そう心に決め、巡は足を踏み出した。

「失礼いたします」と、声をかけて部屋に入ると、兄たちは目を剝《む》いた。座敷牢に閉じ込めていた弟が目の前に現れたのだから無理もない。貞保も、兄たちから何と聞いていたのか分からないが、ぴたりと動きを止め、山吹色の瞳でじっとこちらを見つめてくる。

そんな彼らに巡はにこやかに笑いかけ、優雅に会釈した。

「お待たせして申し訳ありませぬ。兄上方、喜勢殿へのもてなし、ありがとうございました」

「！　巡……っ」

「これよりは、私がお相手いたします。どうぞお下がりくださいませ」

身を乗り出す兄たちにやんわりと、けれど、低い声で告げる。

兄たちはすぐには動こうとしなかったが、貞保の相手をするのはもうごめんだと思ったのか、逃げるように退出していった。

それを無言で見送っていると、「やれやれ」という溜息《ためいき》が聞こえてきた。見ると、貞保が肩の凝りをほぐすように首を左右に動かしている。

「やっといなくなってくれた」

「……え」

「虫唾《むしず》が走るのですよ。ああいう、肉親の苦しみさえ慮《おもんぱか》れぬ輩は」

低い声で吐き捨てる。山吹の瞳も冷え切っている。先ほどまでの明朗なさまが嘘のようだ。

それにこの口ぶり。もしかして、これまで姉婿に激昂《げっこう》していたのは全部演技だったのか？

じわじわと動揺が広がっていったが、

「失敬。貴殿の兄上たちを捕まえて、口が悪うございましたな」

からかうような笑みを向けられて、巡はすぐに冷静さを取り戻した。

（この男、俺を試している）

ならば望むところ。久遠寺巡はできる男であると思い知らせてやる。

「喜勢殿がかような役者だったとは。私、すっかり騙《だま》されておりました」

「はは。半分以上は本気なのですよ。それが、相手を騙すコツで……いや、そのようなことよりも、突然押しかけた無礼、お許しくだされ。お取込み中でしたかな？」

「……はい」

少し間を置いて頷くと、巡は身を乗り出して、

「実を申しますと、この世を変える算段を巡らせておりました」

そろりと言った。貞保が面白そうなものを見つけたように目を見開く。

「ほう。世を変える？」

「はい。お聞き及びと思いますが、此度《こたび》私は陰陽白銀であることが分かりました。そして、白銀は職に就かず、みだりに外出もせず、山吹を産むことに専念するのが世の習い」

「ゆえに、それを変えると申されるか」

「ええ。この久遠寺巡を奥に閉じ込めるなど、天下の損失です」

貞保がますます目を見開く。しまった。少々大きく出過ぎたかと内心ハラハラしていると、

「なるほど。これは、『あやつ』に軍配か」

貞保は両の目を細め、呟いた。あやつ？　軍配？　何のことだろう。

内心首を傾げていると、貞保はその精悍《せいかん》な顔に柔和な笑みを浮かべた。

「実はそれがし、先ほどまでこう思案しておりました。巡殿を牢からお救いするにはどうしたものかと」

「っ……それは」

「失礼。ここひと月ほどの間、貴殿の屋敷に間者《かんじゃ》を送り込んでおりました。こちらが申し込む前に、貴殿の縁談が決まってしまっては事ゆえ」

「縁談……？　今、縁談と申されたか」

訊き返すと、貞保はおもむろに両の拳《こぶし》を畳に突いた。

「巡殿。どうか我が甥、伊吹清雅《いぶききよまさ》への嫁入りの件、考えてはくださらぬか」

「！　喜勢殿の甥御殿と、私が……？」

限界まで目を瞠《みは》る巡に、貞保は深く頷く。

「実は三カ月ほど前に、清雅の瞳が山吹に変色し、山吹だったことが分かったのです。それで、良き白銀の妻を探していたのですが、巡殿をおいて他にはいないだろうと」

「え。あの……」

「清雅は貴殿より二つ下の十八と若輩ではあるが、静谷国百万石《ごく》を治める名門の嫡男。悪い話ではないかと」

「喜勢殿」

巡は貞保を制した。そして、自身を落ち着けるために息を吐いてから再度口を開く。

「身内相手に騙し討ちは感心いたしませぬ」

「はて。騙し討ちとは」

「甥御殿は知らぬのでしょう？　私のこの醜い顔と、子を産めぬ体のこと。そうでなければこの縁談、了承するわけがない」

巡は、自分は有能な人間であると自負している。だが、それはあくまでも仕事面のことであって、妻としてなら話は別。

妻としての修練を何一つ積んでいない上に、顔は醜く潰れ、子さえ産めない。おまけに実の兄たちからさっさと自害して果てればいいと思われる、情の薄い冷血漢だ。

自分ならそんな相手絶対にごめんだ。伊吹清雅なる人物だって、きっとそう思う。

「名家から嫁をもらい、家名に箔《はく》をつけたいという意図は分かります。されど」

「清雅は承知しております」

こんな醜い出来損ない白銀が嫁だなんて聞いていないと、伊吹家全員から怒鳴られる想像に項垂《うなだ》れる巡の言葉を貞保が遮る。

「貴殿の火傷も、いまだに発情が来ていないことも、経緯を含めて全て書き送っております。それを読んだ上で、貴殿を嫁にしたいと清雅本人が言うて参りました」

「！　甥御殿本人が？　……喜勢殿、一体何と書き送られた」

「それがしが書き送ったのは事実のみ。それに、清雅は貴殿のことをよく存じているのですよ。それがし以上にね」

巡は困惑気味に眉を寄せた。相手は自分のことを知っている？

「いえ、伊吹清雅なる知り合いはいないはずですが」

「清雅は十年前、二年間ほど京に滞在しておりました。その時に名乗っていた名は『龍王丸《りゅうおうまる》』」

「りゅうおう……龍王丸っ？」

声がひっくり返る。貞保は「おお」と嬉《うれ》しそうな声を漏らした。

「覚えていてくれましたか」

「当たり前です。あのような山猿《やまざる》、忘れたくても……！　いえ」

慌てて扇で顔を隠す。その顔は、ものの見事に真っ赤になっていた。

自分としたことが。声を上げて取り乱すなんて。何という失態だ。

しかし、まさか貞保の甥があの龍王丸だったなんて。しかも、自分を嫁に欲しいだと？

（あやつ、どういうつもりだっ？）

あまりにも予想外過ぎる展開に思考が追いつかない。

「まあ、驚かれるのも無理はない。八年も音沙汰《おとさた》のなかった学友からいきなり嫁にしたいなどと、荒唐無稽にも程がある。ゆえに、答えはすぐにとは申しません。これを見ながら、ゆるりと考えてくだされ」

貞保は懐《ふところ》から一通の書状を取り出し、巡の前に置いた。「これは？」と首を傾げると、「清雅がそれがしに宛てた文《ふみ》です」と言われてぎょっとした。

「よろしいのですか。文を他家の者に見せるなど」

「よくないですが、これを見ていただければ、あやつの胸の内がすぐに分かりますので」

「そう、ですか。しかし……あ」

「では、それがしはこれにて」

貞保が立ち上がり、さっさと部屋を出て行こうとするので巡は面食らった。

「お待ちください。あの、もうお帰りになるのですか」

「ええ。巡殿がこの縁談を受けるか否かは、清雅の気持ち一点のみにかかっているとお見受けいたしましたので」

さらりと返された言葉に、心臓が跳ねる。

あまりのことに何も言えずにいると、貞保はにっこりと微笑んだ。

「もし、清雅の嫁になってやってもよいと思われたら、牢の格子窓《こうしまど》に紐《ひも》を結わえてください。そうしたら正式に、巡殿の御父上に縁談の申し込みをいたします」

それだけ言うと、貞保は踵を返し出て行ってしまった。

そのさまを、巡は呆然《ぼうぜん》と見送った。それからふと目を落とし、手の中の文を見遣《みや》る。

瞬間、巡の脳裏に一人の童《わらべ》の姿が、鮮やかに脳裏に蘇《よみがえ》った。


今から十年前、巡は四書五経《ししょごきょう》という学問に興味を抱き、ぜひ学んでみたいと父に申し出た。

父は巡の溢れる向学心を褒めたが、四書五経を学ぶことについては少々難色を示した。

——四書五経は武家が好んで嗜む学問ゆえな。学ぶとなると、武家の童たちと机を並べることになる。粗暴な者たちに囲まれて、そなたが難儀をせぬか心配じゃ。

心配する父に、巡は淡々とこう返した。

——父上、ご心配には及びませぬ。私は立派な久遠寺家の男。犬など相手に致しませぬ。

——ほう。巡、よう言うた。それほどの気概があるなら心配あるまい。

こうして、巡は学ぶべく寺院へと通い始めた。

初めて触れる分野は実に新鮮で面白く、巡はすぐ夢中になった。そして、父に宣言したとおり、ともに学ぶ生徒たちには一切関心を示さなかった。

人と犬とでは会話にならない。武家は犬という大人たちの言葉を頭から信じ込んでいた巡は、そう決めつけていたのだ。

ゆえに、龍王丸がいつからこの寺院にいたのかは知らない。

だが、定期的に行われていた試験の結果発表の場でのこと。

あの時、巡は澄まし顔でいつものように自分の名前が真っ先に呼ばれるのを待っていた。

けれど、最初に呼ばれたのは「龍王丸」なる名前。

(このおれが、犬などに負けた？　ありえぬ)

物心ついた頃から学問の権威である父から英才教育を受け、歳の離れた兄たちの話さえ幼稚だと思える自分が、武家ごときに負けるなどあってはならぬこと。

あたりを見回す。そこで初めて巡は龍王丸を認識し、天地がひっくり返るほどの衝撃を受けた。

まずは、巡よりも一回り小さな体とあどけない幼顔《おさながお》、くりっとした大きな黒目。相手は山吹でもない上に自分より年下だ。

次に容姿。無造作に結わえられた茶筅髪《ちゃせんがみ》に、袖の部分がむしり取られた小袖《こそで》と、膝までしかない半袴《はんばかま》。腰には腰巾着をいくつもぶら下げ、という奇抜な服装に仰天し、最後に耳の穴をほじくる下品さに絶句して……あれでは、犬どころか山猿ではないか。

（おれは、あのような山猿に負けたのかっ？）

悔しさと恥ずかしさで卒倒しそうになった。だが授業の後、泥だらけになって遊び回る龍王丸を見ているうち、あんな山猿に負けたままでなるものかという闘志が噴き出した。

次の試験まで、いまだかつてないほど勉学に励んだ。それでも負けた。信じられないことだった。

悔しくて悔しくて、手の震えが止まらない。それなのに、龍王丸は相変わらずの能天気顔で、鼻水まで垂らしながら生徒たちと遊び回っている。その姿に、巡は切れた。

床を蹴《け》って駆け出す。そのまま猛然と龍王丸の前に立ちはだかると、

——洟を拭けっ。一生懸命勉学に励んだこのおれを二回も打ち負かしたそなたが、かような洟たれだなんて我慢がならん。

龍王丸の鼻に紙を押しつけ怒鳴り散らした。

龍王丸は大きな目をぱちぱちさせた後、とりあえずと言わんばかりにチーンと洟をかんで、ぱあっと表情を輝かせた。

——お前、一生懸命勉強してたのか？　わあ。嬉しいなあ。

——は？　う、嬉しい？

——うん。おれ、お前に勝ちたくて、いつも一生懸命勉強してるんだあ。でもお前、勝っ

ても負けても澄ました顔してるから、どうでもいいのかな。おれ一人頑張ってるのかな。だったら寂しいなって思ってたんだ。だから嬉しいの。

ころころ笑いながらそう言われて、巡は狼狽《ろうばい》した。

なんだ、その理屈は。意味が分からない。でも、龍王丸が巡に勝ちたくて勉学に励んでいたという言葉には胸がどきどきした。龍王丸は自分のことなんてこれっぽっちも気にかけていないと思っていたから……。

――でも、そうかあ。おれは頑張って勉強したお前に勝っていたのか。すごいな、おれ！

――……はあっ？

ふんぞり返るようにして言われたその言葉に、巡は我に返り、再び眦をつり上げた。

――このままで済むと思うな。必ず、おれがまた一番になってやる。

――はは。いいぞ。まだおれの二勝四敗ゆえな。負け越しは我慢ならん。

こうして、巡は龍王丸と関わることになったわけだが、この龍王丸、巡のこれまでの常識が全く通用しない男だった。

最初に驚いたのは頭の回転の速さ。

巡を打ち負かすだけのことはあり、巡に負けず劣らず博識であったし、非常に頭の切れる童だった。

「一を聞いて十を知る」のごとき理解力と洞察力で、こちらが意地悪く龍王丸が知らない話をしてみても即座に内容を理解し、ぽんぽん返してくる。

武家なんて戦しか能がない無学な野蛮人と教えられていたから、とても驚いた。というか、ここまで小気味よく受け答えしてくれる相手なんて、父や学問の師以外にいなかったのですごく新鮮だった。

さらに、龍王丸はその理解力と洞察力で得た情報から的確な解を導き出す判断力と、実行に移せる度胸と行動力も兼ね備えていた。

その才覚が顕著に表れたのは、寺院に猪《いのしし》が迷い込んできた時のこと。

慌てふためく大人や生徒たちを尻目に一人飛び出した龍王丸は、庭にあった物干し竿《ざお》に飛びつくと、手早く先を斜めに切り落とし、猪に石を投げた。

――おれが相手じゃ。来いっ。

壁を背にして竿を構える。その目は、普段ののほほんとしたそれとはあまりにもかけ離れた、鋭く、獰猛《どうもう》な……まるで鷲《わし》のよう。

挑発に乗って突進してきた猪をギリギリまで引きつけると、眼光をぎらりと光らせ、猪の口に竿の切っ先を突き立て串刺しにしてしまった。

それはまさに一瞬の出来事で、巡をはじめ誰一人動くことができなかった。だが、龍王丸は落ち着いたもので、淡々とまだ息がある猪に止《とど》めを刺して、

――お前、牡丹鍋《ぼたんなべ》は好きか？

巡にいつもの人懐こい笑みを向け、そう訊いてきた。

その時、不覚にも……すごい男だと、心の底から思ってしまった。

そんなふうに思わされたのは、後にも先にも龍王丸だけ。

それなのにだ。この男、才覚以外は全部残念な男だった。

身だしなみにまるで頓着《とんちゃく》がないばかりか、動きづらいからと着物の袖や袴の裾を切り落とした挙げ句、それが格好いいと思っている絶望的な美的感覚。

所作は物々しくて粗野。耳の穴をほじったり、大あくびしたり、地面に寝転がって昼寝する無作法さ。

それだけでも立ち眩《くら》みがするのに、欲しいものを見つけると「ほしい！」と叫んで、木の上だろうが泥田だろうが突っ込んでいく堪《こら》え性《しょう》のなさ。

どこまでも自由でやりたい放題。まるで野生の獣のよう。

お前は嗜みというものを覚えるべきだ。身なりを整えてやりつつそう窘《たしな》めると、

――うん？　おれが無作法なのはお前が悪い。

そんなことを言う。どういうことだと訊き返すと、龍王丸は「母上が言うておった」と言いながら、柿の木に登り始める。

――『真に高貴な人間は、口を動かす必要すらない。言わずとも、周りの者たちが自ら動いてその人に尽くす』と。聞いた時は何のことやらさっぱり分からなんだが、お前に逢《お》うて

良う分かった。

――は？　お、おれ？

――うん。雨が降ったら、お前が濡《ぬ》れたら大変だ。傘を作らねばと思うし、水たまりがあったら足が汚れたらいかん。橋を作らねばと思うて。他の者ではさようなこと思わぬのに。

確かに、龍王丸はにわか雨が降ったり、水たまりがあったりすると、大きな葉っぱで傘を作ってくれたり、板を持ってきて橋を作ってくれたりと、巡が何も言わなくてもあれこれ気遣ってくれる。

――でな。美味《うま》そうなものを見つけたら、お前に食わせてやりたいと思うて、気がついたら体が独りでに動いて……はは。高貴ってすごいなあ。

そう言って木から軽やかに飛び降りると、もぎたての柿《かき》を差し出してくるので、巡の顔は真っ赤になった。父より常々、高貴な公家になれと言われているせいなのか何なのか、ものすごく褒められた気がしたのだ。

――そ、そうか。おれはいつの間にか、さように高貴さを身につけておったのか。

気恥ずかしさで居たたまれず、所在なさげに……いつの間にか常備するようになった龍王丸専用の手拭《てぬぐ》いを取り出し、龍王丸のぷっくりほっぺについた汚れを拭《ぬぐ》ってやっていると、

――でだ。さように高貴なお前に世話を焼いてもらえるおれも高貴ですごい！

胸を張って、そんなことを言い出した。

——おれもお前も高貴ですごい。よかったなあ。めでたしめでたし。

——……いやいや！　何もめでとうない。しかも、なにゆえそなたまで高貴なことに。

——はは。心配するな。おれは天下を獲る男だ。

——そうだ。そなたは天下を獲る……は？　て、天下？

訊き返すと、龍王丸は大きく頷いてみせる。

——おれは、お前が世話を焼いてやろうと思うほどの男だぞ？　獲れぬはずがない。ゆえに、でんと構えておれ。自信満々に言い切り、柿を大口開けて頬張《ほおば》る。

この童は時々こういう大それたことを言う。なので、

——ふん。そなたのような山猿が天下人《てんかびと》になれるなら、おれは左大臣になれるな。

と、嫌味を言ってやっても、

——うん？　当たり前だ。お前はおれが認めたすごい男だぞ？　なれぬわけがない。

そう返してくる。滅茶苦茶なことこの上ない。

なんで、この自分に唯一《ゆいいつ》すごいと認めさせた男が、こんなにも出鱈目《でたらめ》な山猿なのだろう。

自分より上の存在がいることだけでも癪《しゃく》なのに最悪だ。

何百回と思った。それでも、龍王丸の世話を焼くことも、構うこともやめられなかった。

龍王丸といると、今まで見えていなかった色んなものが見えてくる。

勉学のこともそうだが、武家でもすごい人間が存在すること。惜しみない努力のすえに何

かを成し遂げたほうが、労せず事を成した時よりも何百倍も嬉しいこと。何かをしてやった時「ありがとう」と笑顔で礼を言われたり、一緒に同じものを見て同じ気持ちだったことが分かったりすると、何やら胸のあたりが、もやもやというか、ぽかぽかというか……もあもあ？　な、何とも言えない感じがすること。

龍王丸と知り合うまで、自分は何一つ知らなかった。

全てのことが真新しく、きらきらと輝いて見える。その感覚が……犬相手に公家の自分がこんなことを思うのはいけないことなので口にはできなかったが、結構気に入っていた。

それから試験の時。いつも試験が終わるなり、横に座っている巡の膝を枕に爆睡してしまう龍王丸も気に入っていた。

なにせそれは、前日巡に勝つために夜更かしして勉学に励んだ証《あかし》。

巡に勝ちたい一心で、この男はこんなにもなりふり構わず頑張っている。そう思うたび、何やら胸がそわそわと騒いで……どんな手を使ってでも、龍王丸に礼儀作法を身につけさせねばと強く思った。

天下人になりたいというのなら、帝……朝廷に認められるのが必要不可欠だ。帝に力はないが、帝が全ての武家の主であることに変わりはない。

公家は品のない無作法者を激しく嫌う。地方から上洛し、その不作法さを疎《うと》まれ、陰湿ないびりを受けて潰された武将が歴史上何人いたことか。

（おれよりすごくて、おれは左大臣になれると言うた男が、さような末路を迎えてたまるか）

こちらが足が痺《しび》れてじんじん痛んでいると知りもせず、巡の膝を枕にスヤスヤと眠る龍王丸の癖っ毛を梳《す》くたびに思ったものだった。

そんなある日、驚くべきことが起こった。いつも汚れ放題の龍王丸が全身の汚れを落とし、綺麗に髻を結い、上等な小袖と袴姿で現れた。

その姿は、どこぞのやんごとなき名家の御曹司《おんぞうし》のごとく凜々《りり》しく、美しく、上品さまで醸していて、巡はぽかんと口を開くことしかできなかった。

しかし、龍王丸が「格好いいだろう？」と得意げに訊いてきた途端我に返り、むすっと顔を顰《しか》めた。この胸の内を見透かされたようで恥ずかしかったのだ。

——だ、誰がさようなこと思うものか。だが、まあ……いつもよりは全然ましじゃ。今日からはその恰好《かっこう》で。

——実はな。今日で、故郷に帰ることになった。

何を言われたのか分からず、「は？」と最高に間の抜けた声が漏れてしまった。

——かえ、る？　故郷？

——ここからずっと遠く。半月近くかかる。

がつんと頭を殴られた気がした。龍王丸は京に住んでいる武家の子だと思い込んでいたから……と、思ったところで、はたと気がつく。

そういえば、龍王丸は何家の子で、どこに住んでいたんだっけ？　いくら記憶を探っても思い浮かばない。もしかして、自分は知らないのか？　この二年間、ほぼ毎日のように会って、色んなことを語り合ったはずなのに。

そのことが信じられず動揺していると、

――それでな。もう、今までのように逢えなくて……あれ？

今度は龍王丸が間の抜けた声を漏らした。巡も、また声を漏らした。龍王丸の大きな目から涙が溢れ出てきたからだ。

あの、いつも能天気に笑っている龍王丸が泣くなんて。

あまりにもありえない光景に呆然としていると、

――あ、あ……なにゆえ。くそっ。目に裏切られた！

あれほど、泣くなと言いつけておったのに。と、涙でぐしゃぐしゃになった顔をひどく乱暴に袖で擦《こす》るので、とっさに手が出た。

――や、やめよ。さように、乱暴にしては目が傷つく……あれ？

龍王丸の両手を摑んで止めさせていた巡は瞬《まばた》きした。突如、ぐにゃりと視界が歪んだのだ。なんだ、これは？　何が起こったのか分からず狼狽していると、龍王丸は動きを止め、顔を覗《のぞ》き込んできた。

――お前、泣いているのか？

意味が分からなかった。泣く？　自分が？　なんで？

信じられず頰を擦ってみると、ぐっしょりと濡れていた。これは、もしかして涙？

――おれと逢えなくなるのが寂しゅうて、泣いてくれるのか？

――！　ば、莫迦《ばか》っ。誰が、そなたと、あえ…逢えなくなる、くらい、で……ううう。

嗚咽《おえつ》で言葉が紡《つむ》げなくなってしまった。大粒の涙もぼろぼろと零《こぼ》れ始める。

こんな無様な姿、龍王丸に見られたくない。だが、嗚咽はひどくなっていく一方。

胸のあたりも、張り裂けるように痛くて、苦しくてならない。

その姿を、龍王丸はじっと見つめていたが、ふと、くしゃりと頰を綻《ほころ》ばせた。

――ありがとう。お前も泣くほど悲しんでくれて嬉しい。

勝手なことを言うな。誰がお前なんか。と、いつものように言い返そうとしたが、言葉にならないし、龍王丸の手を摑む手に力が籠《こ》もるばかり。

そんな巡の涙を、いつもの荒々しいそれが嘘のような、遠慮がちな所作で拭ってきて、

――泣くな。これきりではない。おれはまた、京に戻ってくる。天下に号令をかけるためにな。その時に、また逢おう。「左大臣」殿。

泣きながら笑って言った。ここでついに、巡は声を上げて泣いてしまった。

こうして、龍王丸はいなくなった。

その後になって分かったことだが、龍王丸の素性について知る者は、誰一人いなかった。

皆、人懐こくて明るく優しい龍王丸が好きで、一緒にいると楽しくてしかたなかったのに、龍王丸のことを名前以外何も知らないことを誰も、今の今まで気づきもしなかった。

こんな異常な状況を、あんな能天気顔で作り出していたのだと思い至った時、巡は言い知れぬ恐怖を覚えた。

龍王丸の才の底知れなさもそうだが、ここまで徹底して素性を隠した理由を思うと。

あの男は何を抱え、本当は何を考えていたのだろう。

あんなにそばにいたはずなのに、いなくなって初めて、こんなことを考えるなんて。

龍王丸はたくさん、自分の話を聞いてくれたのに。

そういうことをあれこれ考えていると無性に胸が苦しくなったし、最後の最後であんなみっともない醜態を晒した自分が情けなくて……浮かんでくるのは後悔の念ばかり。

あまりの口惜《くちお》しさで鼻の奥がつんと痛くなる。けれど。

――おれはまた、京に戻ってくる。天下に号令をかけるためにな。

あの男はそう言った。だったら、絶対に戻ってくる。あの男はそういう男だ。名前以外何も知らなくて何の根拠もないが、馬鹿みたいにそう思えた。

ならば、このようにくよくよしている暇はない。あの男が戻ってくるまでに、立派な……あの男に胸を張って対峙《たいじ》できる左大臣になっていなくては。

その時こそ、あの男が本当はどういう男なのか見極め、真の意味で「お前はすごい男だ」

と言わせてみせる。

そう思ったから、これまでひたむきに努力してきた。

懸命に努力するのは見苦しいと馬鹿にされても、顔が潰れて化け物と蔑まれるようになっても、白銀だったことが発覚した今も、やれるところまでやってやる。そこまでしなければきっと、あの男には追いつけないと。それなのに。


巡が再び座敷牢に戻って二刻《ふたとき》ほどが過ぎた。

あたりにはすっかり夜の帳《とばり》が降りて、冬の空には満天の星が輝いている。

それでもいまだ、巡は貞保から託された文を開くことができない。

深く考えることはない。武家が公家の高貴な血統を求め、婚姻を持ちかけてくるなんてよくあることだし……書かれている内容が気に入れば嫁になってやるし、気に入らなければ突っぱねる。それだけのことだ。臆することなど何もない。

そう、何度も自分に言い聞かせているのだけれど、文に指先が触れた瞬間、金縛りにでもあったかのように体が動かなくなってしまう。

もしも、龍王丸……いや、清雅が自分を嫁にしたいと思う理由が「可哀想」だったら？

そう思うと、どうしても。

普通に考えたらありえない。単なる同情で、八年前机を並べて勉学に励んだだけの相手を嫁にしようとするなんて。

だが、それ以外に理由が思いつかない。家名に箔をつけたいだけなら、巡よりずっと条件のいい白銀の姫はいるだろうし……あの男は馬鹿がつくほど人がいい。

人前で大泣きするという、貴人としてあるまじき醜態を晒した巡に対し、引くどころか微笑んで「必ず戻ってくるから泣くな」と、優しく涙を拭ってくれるような。

けれど、清雅から救ってやらねばならぬ憐れ人と思われるなんて嫌だ。そんなふうに思われたら、自分は、自分は……っ。

「ううう！　きゃうきゃう！」

突然の鳴き声に我に返る。顔を上げてみると、いつの間にか駆け寄ってきていたトト丸が牙《きば》を剝き、文に向かって吠えている。

一体どうして？　まさか、文を前に苦しげに顔を歪めて俯く巡を見て、文が巡を虐《いじ》めているとでも思ったのか？

「トト丸、待て。違うのだ。これは別に悪いものでは……あ」

トト丸が文に嚙みつき、ブンブンと振り回し始める。巡は慌ててトト丸に飛びついた。

「トト丸、やめよ。これは、あやつが書いた大事な文……！」

もみ合っていたら、封が破れ、折りたたまれていた文が勢いよく開いた。

文の中身が露わになる。燭台《しょくだい》の淡い灯《ともしび》に照らし出されたそれを見た瞬間、巡は息を呑んだ。五尺はありそうな紙いっぱいいっぱいに、極太の筆ででかでかと書き殴られた「欲しい」の文字が目に飛び込んできたせいだ。

「なん、じゃ……これは」

こんな文、見たことがない。というか、「欲しい」とは何だ。

「俺は、柿やどじょうではないぞ。それを、このような……ええいっ」

他になんと書きくさったっ？　真っ赤な顔で文を手に取り、「欲しい」の文字の片隅に書かれている小さな文字に目を走らせる。

『早馬にてかような文を送ったのは他でもなく、久遠寺巡のこと。叔父御《おじご》、俺は巡を嫁に欲しい。迫りくる炎をものともせず、身を焼かれながらも帳簿を守り抜いたこともさることながら、嘲《あざけ》りを受けながらも面をつけて宮仕えを続けたこと。皆は敬愛する帝に疎まれた悲しみによる愚行と申すが、俺はそうは思わん。巡は牙を磨いておるのだ』

「……っ」

『わざと無様に懇願して周囲を油断させ、押しつけられた仕事を隠れ蓑《みの》に、朝廷の重要な情報を漁っておったに違いない。巡の才覚を解さぬ分からず屋どもを蹴散らす力を得るために』

驚いた。誰も察することがなかった巡の思惑を、貞保の文だけでここまで見抜くとは。

頭の切れは相変わらず。いや、あの頃よりもずっと上……と悪寒が走ったが、それ以上にこの身を貫いたのは強烈な熱。

『己が白銀だと分かった今も巡は諦めてはおらん。不屈の闘志で、再起のための策を巡らせている。公家でこれほどの傑物は他になし。火傷だの白銀だの、さような些末なことで潰していいはずがない』

この後に、あの「欲しい」の文字。そして。

『ゆえに、巡に縁談を申し込んでほしい。夫の俺と対等の立場である妻となれば、白銀でも思う存分辣腕を振るえるとな。巡を落とせば京を手中に収めたも同然ぞ。気張ってくれ』

力強くも躍動感溢れる、流れるような筆致の文字で書かれたその文を読み終えた時、巡は顔を手で覆い、蹲《うずくま》ってしまった。

「全く。あの男だけはっ」

天下人になって上洛してきた自分を出迎えてくれというあの言葉はどこへ行った？

というか、妻として迎えれば白銀の巡でも思う存分働けるから妻にしたいだなんて滅茶苦茶にも程がある。結婚とは、妻とは何だと思っている？　奥の仕事や世継ぎ作りは側室に任せればいいと軽く考えているとか？

色々突っ込みたくてしかたない。だが、それ以上に身震いした。

何の価値もない役立たずの烙印《らくいん》を押された自分などを嫁に欲する理由なんて、同情以外思いつかなかった。

それなのに、清雅は言う。子が産めぬ醜い白銀でもいい。自身の正室の座を差し出しても構わぬ。巡の才にはそれだけの価値があると。

本人以上に、清雅は巡を信じている。心臓が胸を突き破りそうなほどに高鳴った。

だが、それと同時に怖くもあった。

果たして自分は、この絶大な期待に応えることができるのか？　静谷という遠く離れた武家で……生まれ育った都、公家世界でひたすら努力しても何一つ得られなかったくせに。

貞保もそのことを危惧《きぐ》したに違いない。ゆえに、清雅からこの縁談を必ずまとめてほしいと頼まれていながら、話せば即「これで厄介払いができる」と快諾しそうな兄たちではなく、巡に判断を任せた。

そのことを思うと、自然と顔が俯いてしまう。その先にあったのは、紙面いっぱいに書かれた「欲しい」の文字。巡は唇を噛みしめた。

――お前はおれが認めたすごい男だぞ？　なれぬわけがない。

「そうじゃ。俺は、すごい男……すごい男なのだ」

だからやれる。きっとやれる。そう、思うことにする。

やはり、自分はあの男に「すごい」と言ってもらえる男になれるよう、ひた走り続ける……この身も魂も、全てを燃やし尽くして死ぬ。そんな生き方をしたい。

ゆえに、文箱《ふばこ》の赤い紐を手に取り、格子窓の格子に結びつけた。

桜の蕾《つぼみ》を綻ばせる柔らかな春の日差しに溢れたとある日。仰々《ぎょうぎょう》しい花嫁行列の一行が京を後にした。

その列の中ごろで担がれた漆《うるし》塗りの立派な輿《こし》に乗っているのは、トト丸を抱えた巡だ。

行き先は静谷国。花婿となる伊吹清雅が待つ国だ。

貞保が縁談を持ってきてちょうどひと月。こんなにも迅速《じんそく》に準備が整い、出立《しゅったつ》する運びになったのは、ひとえに兄たちの尽力によるものだ。

風雅以外は何もできないと思っていたのに、少々見直した。とはいえ、「これで厄介払いできた」と言わんばかりの晴れやかな笑顔で見送る彼らへの感慨などほとんどない。

自分のことを散々化け物扱いしてきた帝をはじめとする朝廷の面々も同じ。

ただ一人、心にかかるのは父のこと。

兄たちは伊吹家という名門の家柄と静谷国百万石の広大な領地、多額の結納金に狂喜乱舞したが、父は一人渋い顔をした。

武家の中では名門中の名門である伊吹家ならば、犬といえど文句はない。裕福なのもいい。

だが、武家と公家では作法もしきたりも違う。

それに静谷国は京より百里近く離れているし、京にはない海もあるため風土も暮らしぶりもまるで違うに違いない。

おまけに、巡は顔が半分潰れ、子が産めない白銀。

――ここでの暮らしとは何もかもが違う、遠い異国の地でたった独り。しかも、かような体で……清雅殿は了承しておるというが、分かったものではない。仮に聞いていたとしても、直接目にしたら心変わりすることとて十分ありえるではないか。

と、思い悩んでしまった。そんな父に、巡は少し迷ったが清雅の文を見せた。

清雅のことを何も知らない父がこれを読んでどう感じるか見当もつかなかったが、やはり父には自分の気持ちを分かってほしかった。

文の書き方もさることながら、ぶっ飛んだ内容に父は絶句し、目を見開いたまま固まってしまったが、巡がこの文を見て嫁入りを決意したのだと話すと、父は目を瞑って項垂れた。

それから長い間押し黙っていたが、しばらくしてこう言った。

――誠《まこと》はな。帝が、火傷を負ったそなたを化け物じゃと吐き捨てられた時、帝の臣でありながら、わしは……帝を殴りたいと、心の底から思うた。

驚愕《きょうがく》した。誰よりも帝を敬い、暴力など下賤《げせん》の輩がすることと言っていた父が。

信じられず呆然としていると、父は何かを決意するように息を吐き、居住まいを正した。

――そなたの才覚が求められておるなら、それを最大限生かす準備をしておく必要がある。どこまでできるか分からぬが、できる限りのことをしよう。

そう言ってこのひと月の間、あらん限りのことをしてくれた。

父の顔見知りである、現在静谷に暮らしているという公家や、京に修行に来ていた僧に、巡がそちらに行くのでよろしく頼むという文を書き送ったり、彼らが喜ぶ財物の品々を一緒に選別してくれたり。

そして先ほど、屋敷の前で見送ってくれた時、

——武家に政を奪われようと、何が起ころうと、これまでの生き方を決して変えぬ。弱肉強食の世において、か弱く雅に生き続けることこそが公家の誇り。宮中の公家はそう信じておる。だが、そなたは違う。己が才覚を遺憾《いかん》なく発揮し、ひたむきに生きたいと願《ねご》うておる。それもまた、気高き生き方だとわしは思う。

巡の手を強く握り、

——そなたは化け物でも役立たずでもない。この京が、そなたに合わなかっただけのこと。これからはそなたを認め、必要としてくださった清雅殿に精一杯尽くしなさい。

幸せになあ。そう言って微笑んだ顔を思い返すと、目頭《めがしら》が熱くなる。

父にとっては美しい帝が絶対。息子がどんな無体《むたい》を受けようが、帝のなさることならばしかたがないことだ。そう、割り切っているのだと思っていた。それなのに。

もっと、腹を割って向き合っていればよかった。唇を噛み締めていると、抱いていたトト丸に濡れた鼻先で左頬を突《つつ》かれて我に返った。

トト丸を連れて行くか否かはぎりぎりまで悩んだ。連れて行きたいのが本音ではあったが、環境の変化はこの小さな体には辛《つら》いのではないかと思うと。

だが、何かを察したのか、この一カ月片時も離れずそばにいて、屋敷を出る巡に当然のごとくついて来るいじらしい姿を見て、生涯そばに置こうと決めた。

「そなたのためにも気張るぞ。ゆえに、これからも仲良うしてくれ……おお」

ふと輿の小窓から垣間見えた景色に、巡は声を漏らした。

行列はちょうど、遠くの山が見渡せるところまで来ていた。

都が一望できる。その姿は我が家にあった屏風《びょうぶ》絵の都と同じで、巡は両の目を細めた。

ここまで離れてしまえば、なんと美しい都であろう。知らなかった。

何とも言えぬ感慨に胸を打ち震わせながら、巡は京を後にした。

その後も、この感慨は続いた。

通り過ぎる人々。漏れ聞こえる会話。町並み。建物。ただの一度も京を出たことがなかった巡にとって、全てが新鮮で刺激的だった。

その中でも特に巡の度肝を抜いたのは海だ。

どこまでも果てしなく続く青の平原。身の内を揺り動かす波の音。肌に感じる海の鼓動。

あまりの広大さ、壮大さにしばらく動くことができなかった。

海については、書物や絵画で知識を得て、理解したつもりになっていたが、それは間違いであったと痛感した。

自分の世界は、とても小さなものだった。

大海原を見つめしみじみと思い、改めて怖くなった。自分の力は、果たして伊吹家の役に立つのか。それと、清雅は実際この顔を見たらどう思うだろう？

想像どおりだったとしたり顔を浮かべる？　それとも。と、そこまで考えて首を振った。火傷の痕は狐の面で隠しているし、清雅は巡の才覚の前では火傷も白銀でさえも些末なこと。そう言ってくれた。ならば、清雅がこの顔をどう思おうと、どうでもいいではないか。

何度も自分に言い聞かせた。

だが、一度芽生えたそれは、消えるどころか静谷に近づくほどに膨れ上がっていった。

そして、祝言《しゅうげん》……つまり、清雅と再会する日の前夜。巡は夢を見た。

——お前、びっくりするくらい肌が白くてきれいだ。顔もお人形さんみたいだなあ。汚れたら、洗っても汚れが落ちなさそうじゃ。

そう言いながら、巡が汚れないようあれこれ世話してくれる龍王丸の夢だ。

そういえば、そんなことを言っていたっけ。と、思った時。背後に何やら気配を感じた。

振り返ると、そこには男が一人立っていた。顔は見えない。それでも自分は、まだ見ぬ成人した清雅だとなぜか分かって、

『かように醜うなって。おぞましい化け物め』

吐き捨てられた。帝のように。

そこで、目が覚めた。嫌な夢だ。けれど、たかが夢。気にすることなんかない。

（そうじゃ。これはただの夢ぞ。あやつは、帝とは違う……っ）

汗でぐっしょり濡れた体を抱きすくめ、自分に言い聞かせた。

祝言のための衣装に袖を通す時も、清雅が住む城に向かう輿の中でも言い聞かせる。何度も、何度も――。

『巡様。もう少しで、清雅様の居城、風花城《かざはなじょう》に着きまするぞ』

輿の外から声をかけられてびくりとした。居住まいを正し、咳払いする。

「そうか。ここまでの案内、ご苦労であった」

いつものかしこまった声で言うと、恐縮した声が聞こえてきた。

『なんともったいないお言葉。至らぬところが多々あり、大変なご苦労をおかけいたしました。お疲れでございましょう。もうすぐでございますから、しばしのご辛抱を……っ』

不意に、乗っていた輿が大きく揺れた。

「賊《ぞく》だ」「守りを固めろ」という鋭い声まで聞こえてきて息を呑む。

賊だと？　嫁入り道具を大量に持ってきたから、それに群がってきたのだろうか。怯えて飛びついてきたトト丸を抱き締め思っていたが、

『荷には構うな。輿に乗った男のみを狙え』

『いいか、絶対に殺すなよ。無傷で生け捕れ。じゃなきゃ金が減るっ』

そんな声も聞こえてきて眉を寄せた。

(あの言い草、目的は俺か)

この縁談をどこぞで聞きつけた野盗が、清雅に身代金をせびろうとしているのか。それとも……仮説は色々思いつく。だが、相手が誰であろうと、目的が自分だと言うのなら、取るべき道は一つだ。

震えているトト丸の背をぽんぽん叩き、巡は自身の横に座らせた。

「よいか、トト丸。恐れるな。行儀よく、ここに控えておれ」

居住まいを正し命じる。トト丸は黒目がちの大きな垂れ目をうるうるさせながら縋《すが》るように見上げてきたが、無視して正面だけ見据えていると、観念したように「きゅーん」と小さく鳴き、行儀よくお座りした。

「いい子だ」と口元を綻ばせていると、輿を地面に降ろされ、御簾《みす》を上げられた。切羽詰《せっぱつ》まった顔をした護衛と目が合う。

「巡様。輿を下りてお逃げください。彼奴等《きやつら》は我らが食い止めますので」

「否」

巡は護衛の声を遮り、優雅に長い袖を揺らした。

「私はここに留まる。御簾を下ろせ。後は、気ままにしてよい」

「！　何をおっしゃいますっ。敵は数が多うございます。それに」

「こなた、この縁談を何と心得る。伊吹家に箔をつけるためのものぞ。この久遠寺巡はその箔である。ならば、賊ごときに恐れ戦《おのの》き、逃げ出すなど言語道断」

護衛のすぐ後ろで、味方が一人斬られた。それでも、巡は眉一つ動かさず淡々と、しかし、厳《おご》かに言い切る。

祝言のために着飾った今の格好で、走って逃げるのは不可能。ならば、じたばたせず箔としての価値を守り、座して待つ。

ここは、清雅が待つ風花城のそばだ。すぐ異変に気がついて駆けつけるはず。

この久遠寺巡の価値を見抜いた男がその程度のこと、できぬわけがない。

「もう一度言う。御簾を下ろせ。あのような下賤の輩にこの身を晒すは花婿殿への不敬…っ」

巡は目を見開いた。

突如、朱色に染まった一陣の風が吹き荒れ、野盗三人の体が宙を舞った。

また、朱色の風が吹く。今度は二人吹き飛んで……違う。

あれは、風ではない。朱槍《しゅやり》だ。十文字の刃をきらめかせ、柄《え》の部分で相手を軽々殴り飛ばしているのだ。

その柄を掴んでいるのは、雅な大鎧《おおよろい》を着た大男。

腰まで伸びた艶やかな黒髪をたなびかせ、長く太い十文字槍を扇のように軽やかに振るうさまは、まるで洗練された舞を舞っているかのよう。

兜《かぶと》から覗く相貌は、彫りの深い精悍な美丈夫《びじょうぶ》だった。特に、大きな山吹の瞳は鷲のように鋭く、獰猛で……と、そこまで思ったところで、巡は慌てて自分で御簾を元に戻した。

あの目、自分は知っている。色は違うが、あの目は幼き日に見た、龍王丸の……！

（……嘘であろう？）

扇で御簾を少しだけめくり、こっそりと覗き見る。

自分より小さい、ぷっくりほっぺの山猿があのような、雄々しくも凜々しい美丈夫になっただと？　何をどうやったらそうなるっ？

予想をはるかに超える変貌《へんぼう》ぶりにどぎまぎしている合間に、龍王丸……いや、伊吹清雅は一人で賊全員を討ち果たしてしまった。

そこへようやく、武装した兵たち数十名が駆けつける。「お怪我《けが》は？」「一人で突撃されては困ります」と、数名が声を荒らげたが、清雅はそれらを一切無視して、

「巡はどうした」

薄い唇から発せられた、耳触りのいい、よく響く低い声に肩が跳ねる。

まずい。声もびっくりするほどいい。余計に狼狽していると、先ほど言葉を交わした護衛が駆け寄り、「巡様はいまだ輿の中に」と答えた。

清雅がこちらに顔を向けてきたので、巡は御簾を上げていた扇を引っ込めた。何というか、

今どんな顔をして向き合えばいいか分からない。

『逃がす間もなかったか』

清雅が重ねて問う。巡が御簾の隙間から覗いていたことには気づかなかったのか。

『い、いいえ。伊吹家に箔をつけるために来た自分が、賊ごときに恐れ戦き、嫁入り前の身をみだりに晒して逃げ出すなど言語道断。花婿殿への不敬と申されまして』

その説明に、清雅は少し間を置いて「そうか」と、低い声で呟いた後、「怪我は？」とまた問うた。護衛がないと答えると、小さく息を吐いた。

『分かった。それと、すまなかったな。こちらの手落ちで、そちらに面倒をかけた』

軽く頭を下げると、今度はあたりに響く大声で、怪我人の手当て、賊の捕縛、乱れた花嫁行列を整える手配など、次々と指示を飛ばし始める。

それらは全て簡潔かつ的確で、日頃からどれだけしっかりしているか、この祝言を念入りに準備していたかが容易に知れた。

最初はその有能っぷりや、自分のために色々してくれていたことに対してどきどきしたが、ふと、そこまで準備をしていたのなら、なぜ清雅が鎧を着ているのかという疑問が湧いた。

祝言を直前にした今なら婚礼衣装を着ているはず。まさか、花嫁襲撃を事前に知っていたのか？　と、御簾越しに見える清雅の影を見つめ、思案していたが、おもむろにその影がこちらに近づいてきたものだから全身が強張った。

どぎまぎしていると、清雅はこちらに背を向け、輿のそばにどかりと座った。

『「花婿殿への不敬」』

「……っ」

『いい響きだ』

先ほどの厳しい口調とはうって変わった、軽やかに弾んだ声がそう言った。

最初はきょとんとしたが、続いて聞こえてきた得意げな笑い声にむっとして、

「天下人となって上洛したそなたが、左大臣となった俺に会いに来るのではなかったのか」

ついぞんざいに言い返すと、清雅は「ああ」と声を漏らし、頷いた。

『そのことは考えた。だがなあ。考えてみれば、左大臣になるより、この俺の嫁になるほうがずっとずっと、楽しゅうてすごいことだ。ならば何も問題はない』

そう思うて叔父御に頼んだ。

堂々言い放つので、口をあんぐりさせてしまった。

(こ、こやつという男は……!)

文を読んだ時から思っていたが、まるで変わっていない。容姿は「どちら様?」と訊きたくなるほど変わったというのに、中身はあの頃の、呆《あき》れるほど無茶苦茶な山猿のまま。そう思ったら、なぜだろう。強張っていた頬が緩んだ。

「相変わらず、無茶苦茶な山猿じゃ。成長の欠片もない」

あの頃のように素っ気なく返してやると、清雅は楽しげにからからと笑った。声は低いが、笑い方もあの頃と同じ。そう思ったら、ますます頰が緩んだが、

『嘘を吐《つ》くな。どんな顔で向き合えばよいか分からなくなるほど、俺の目覚ましい成長ぶりに驚いておるくせに。慌てて御簾に隠れたろう？　見たのだぞ』

心臓が口から飛び出しそうになった。

見られていた。しかも、あまりの美丈夫っぷりに狼狽えていることもばれた……。

『驚いたろう。お前より背が高《たこ》うなって』

「それは……は？　背？」

『そうだ。背だけは精進の仕様がないゆえ、ずいぶん口惜しい思いをしたが……はは。そうか。ようやく勝てたか』

（よ、よかった。こやつが朴念仁《ぼくねんじん》で）

心の底から安堵した。しかしすぐ、だんだん腹が立ってきた。

八年ぶりの再会。しかも、形だけとはいえ今日祝言を挙げるというのに、このあっけらかんとしたのほほんぶりは何だ。清雅に火傷のことで引かれたらどうしよう！　と、ここ数日気に病んで夜も眠れなかった自分が馬鹿みたいではないか。

おまけに今この瞬間も、清雅の見違えるような成長ぶりに圧倒され、どんな顔をして対面したらいいか分からず輿から出られない。なんと情けないことか。

（ええいっ。こうなったら）

「そなた、その恰好で祝言に臨むつもりか」

素知《そし》らぬ体を装い、話題を変える。

『いや、ちゃんと着替えるぞ。少し待たせることになって悪いが』

「さような余裕、あればよいな」

そろりと言ってやる。清雅が思わずと言ったように振り返ってきた。

『どういう意味だ』

「この御簾を上げれば分かる」

そう言うと、清雅は「どれ」と即座に手を伸ばしてくるので、巡はやんわり制した。

「花嫁はみだりに姿を晒さぬものじゃ。そなたの城に着くまで我慢しろ」

「花婿でも駄目か」

「駄目じゃ」と、意地悪く言ってやると、清雅は「けち」と小さく唸《うな》った。それでもすぐに

「だが楽しみだ」と弾んだ声で言って立ち上がると、

「よし。皆の者、出立じゃっ」

号令を発しながら輿を離れていく。相変わらず聞き分けのいい男だと喉の奥で笑ったが、

じっとこちらを見上げてくるトト丸と目が合い、今度は己を笑った。

（俺も大概ぞ。ここまで己を追い詰めねば腹を括《くく》れん）

だが、これで腹は決まった。

清雅をあっと言わせる気概で対面する。恐れるな。自分はこれまで、ひたすら懸命に生きてきたと断言できる。ならば、ただ堂々と胸を張ればいい。

再び担がれ、動き出した輿の中で決意を新たにする。そして、ついにその時が来た。

『巡。開けてもよいか』

輿が降ろされ、外から声がかかる。巡は小さく息を吸い「よいぞ」と短く答えた。

御簾がゆっくりと上がり、山吹の瞳と視線が絡《から》む。瞬間、清雅の目が驚愕したように大きく見開かれて、どきりとした。

やはり、醜いと思われた？　だが、そんな不安はおくびにも出さず、巡は澄まして笑ってみせながら、目を見開いたまま固まっている清雅に右手を差し出した。

「手、引いてくれぬか？」

声をかけても、清雅はすぐには動かなかった。だが、巡が微笑したまま「うん？」と小首を傾げてみせると、そっとその白い手を摑み、ゆっくりと引いてきた。

その手に促され、輿を出て、巡の姿が露わになる。刹那、その場に控えていた者たち全員が「あっ」と声を上げた。

巡はその痩身に輝くばかりに美しい白無垢《しろむく》を纏っていた。

髷は落とし、背まで伸びた斑髪は被った綿帽子より零れ、さらさらと涼やかな音を奏でる。

狐の面から覗く白い相貌には薄化粧が施され、何とも言えぬ色香が漂い――。

白銀は男であろうと、白無垢を着て嫁入りするのが原則だ。しかし、これまで普通の男として生きてきた巡に女装を強《し》いるつもりはない。男装で式を挙げられよ。と、貞保から言われてはいた。

だが、巡は嫁入りを承諾した時から女装で式に臨むと決めていた。

確かに女装は嫌だ。けれど、自分が男装して式に臨めば、清雅は世間から、嫁は嫌々嫁いできた。嫁入り前から好き勝手される甲斐性《かいしょう》なしと陰口を叩かれてしまう。

嫁入り早々、夫の顔に泥を塗るなどという愚行はしない。それに、女装で臨まねばならぬなら、それ相応の準備をせねば。

ゆえにこの一カ月、鏡の前で研究した。どう化粧をすれば、狐の面をつけたこの顔でも美しく見えるか。いかにすれば、白無垢を凛々しく上品に着こなせるか。どのような所作なら、男らしくも優雅に見えるか。今、その成果を見せる時だ。

頭のてっぺんから指先に至るまで、全神経を研ぎ澄ませる。手はどの位置、どの角度で止めれば、袖がたおやかに揺れるのか。足をどれほどの歩幅、速さで動かせば、裾が雅に翻《ひるがえ》るか。頭の中で思い浮かべながら、一挙手一投足気を配る。

そんな巡に、清雅をはじめ誰一人何も言わない。惚《ほう》けた顔をしているばかり。

これは、どっちなのだろう。見惚《みと》れてくれているのか。それとも。

不安で頬が引きつりそうになった時。

「わあ。きれい。かっこいい」

溜息とともに聞こえてきたその言葉。目を向けてみると、物陰からこちらを覗く小さな女《め》童《わらわ》が三人いて、皆目をきらきらと輝かせている。試しに微笑を浮かべてみせると、全員「きゃあ」と声を上げ、真っ赤になった頬を両手で押さえる。

「どうしよう。わたし、笑いかけられちゃった」

「えー。笑ってもらったのはあたしよ」

（これは、上手くいっている！）

素直な子どもがああいう反応をするなら間違いない。そう思ったら、心に余裕が出てきて、冷静に周りを見ることができた。

大丈夫だ。皆、自分に見惚れている。これが都人《みやこびと》の雅さかと呆気に取られている。

肝心の清雅はどうだろう。もしかして、なんと滑稽な格好だと呆れている？

ハラハラしつつ再び目を向け、瞠目《どうもく》した。相変わらずこちらに向けられた美丈夫の顔が、日に焼けた肌でも分かるくらい真っ赤に染まっていたから。

「トト丸、勝ったぞ」

式の後、通された部屋でトト丸と二人きりになるなり、巡はトト丸を抱き上げた。トト丸がふさふさの尻尾をふりふり同意するように一声鳴く。巡は「そうであろう?」と、頭を撫でてやり、先ほどの清雅を思い返した。

終始顔が真っ赤だった。おまけに上の空で、鎧を着替えることも忘れ、三々九度《さんさんくど》の盃《さかずき》もうっかりそのまま飲み干す始末だった。

「俺もあやつの勇壮な成長ぶりに惚けてしもうたが、あそこまでひどくなかったぞ。はは」

何度思い返しても傑作だ。このひと月、懸命に精進した甲斐があった! と、本来の目的も忘れて浮かれていると、

「そうか。お前、俺に見惚れたのか」

「確かにそうだが、あやつのほうが多く俺に惚けていた。ゆえに、俺の勝ち……っ」

振り返ると、鎧を脱いだ戦装束姿の清雅が立っていて仰天した。

「そなた、いつからそこに」

「ついさっき。あ。ちゃんと声はかけたぞ。それなのに、お前は全然気づかなくて……はは。そんなに俺を見惚れさせたのが嬉しかったのか? 俺に見惚れたことが悔しかったから?」

その言い回しに、顔が一気に熱くなった。

「そうか。巡にかように想われるほど俺はいい男だったか。はは、俺はすごいな」

上機嫌に笑いながら胸を張る。巡の真っ赤に染まっていた眦が思い切りつり上がる。

「な、何がすごいものか。大体、返事がなかったからと言うて、勝手に部屋に入ってくる奴があるか。なにゆえそなたは昔からさように無作法……っ」

何とか話題を変えようと躍起になっていた巡は息を呑んだ。清雅の背後に畏《かしこ》まって座っている、漆黒の直垂《ひたたれ》姿の初老の男と目が合ったのだ。

もう一人いたのか！　と、内心叫んでいると、やたらと尖《とが》った顎と鼻、切れ上がった眦など、全体的に鋭利な印象を醸す端正な顔にかすかな笑みを浮かべ、男は恭《うやうや》しく頭を下げた。

「本日よりおかた様のお世話を仰《おお》せつかった樋口作左《ひぐちさくざ》と申します。どうぞ、お見知りおきを」

「作左は俺の傅役《もりやく》で、俺とともに京で二年過ごした。静谷に戻ってからも、俺と叔父御の橋渡し役として何度も京へ遣いに行って、つまり、当家で一番京の情勢、作法を知っている。ゆえに、一番話が通じよう。存分に使ってやってくれ」

「そう、か。世話になる……」

「と、先ほどご挨拶いたしましたが、若殿《わかとの》を愛《め》でるのにお忙しく聞いておられぬようでしたので、今一度申し上げました」

「……っ」

「また、トト丸様のお食事が整っております。どうぞ、こちらへ」

そろそろと近づいてきて、固まっている巡からトト丸を抱き取ると、一礼して部屋を出て行く。

その背を巡はただ見送ることしかできなかったが、障子が閉まるなり眉を寄せた。

「そなたの傅役だけあって、いい性格をしている」

思い切り嫌味たらしく言ってやったが、清雅は「そうだろう？」と得意げに言いながらその場にどかりと腰を下ろした。

「こちらが気づいておらぬ失敗も間違いも、きちんと言うてくれる。それに、仕事も早い。たちまち俺とお前を二人きりにしてくれた」

続けて言われた言葉に目を見開くと、清雅が無言で床をぽんぽん叩いた。

話があるらしい。少しの逡巡の後、巡は清雅に向かい合うようにして腰を下ろした。二人きりで話したいということは、よほどの話かもしれない。と、身構えたのだが、

「白無垢、着てくれるとは思うていなかった」

開口一番、清雅はそう言ってきた。

「そもそも、嫁になるなど嫌でしかたなかったろう。俺なら耐えられん。相手どうこうの前に、男としての矜持《きょうじ》がなあ」

「っ……それは」

確かに、自身が白銀だと知らされた時、男に抱かれるのは勿論、嫁になるのも真っ平御免。耐えられないと、男としての矜持が悲鳴を上げた。でも……と、「欲しい」とでかでかと書かれたあの文を思い返していると、清雅は続けてこう言った。

「それなのにだ。お前は嫁になると決めたからには、婿に恥を掻かせてはならぬと、祝言に白無垢を着る決意を固め、見栄え良く白無垢を着るための修練まで重ねてきた」

「……っ」

「その覚悟と心根を思うとなあ。見た目の美しさよりも、鍛錬が滲《にじ》んだ所作の一つ一つに心が揺さぶられて、居ても立ってもいられずこうして飛んできてしもうた」

はにかみながら告げられたその言葉に、心臓が破裂しそうになった。

あまりにも簡単に、巡を嫁に欲しいと言ってきたから、突如お前は白銀だと宣告された衝撃も、男でありながら嫁になることへの葛藤も、この男には到底分からない。そう思っていた。それなのに、こんなことを言ってくるなんて！

男として色々とやるせないこの気持ちを分かってくれていた。そう思ったら、嬉しいやらほっとするやら、清雅に聞こえるのではないかと心配になるほど心臓が打ち震えるやらで、内心とんでもないことになっていると、

「では、初夜をしようか」

実に爽やかな口調で続けられたその言葉。

「……。……は？」

最高に間の抜けた声が漏れた。清雅がきょとんとした顔をして首を傾げる。

「祝言を挙げ、契《ちぎ》りを交わして初めて、名実ともに夫婦《めおと》となるのではないか？」

「そ、それは、そうだが……っ」

逃げるように視線を逸《そ》らし、ぎょっとした。視線の先に、枕が二つ並んだ布団が敷いてあったからだ。

（こやつ、本気か……っ？）

とっさに顔を上げるなり、ぐいっと顔を近づけられて息が止まる。

「俺がかようなことを言い出すとは、夢にも思わなかったのか？」

「それは、当たり前ではないか！　形ばかりの夫婦と思うておった。我らは、さような仲ではなかったし、俺は子が産めぬ体で、そもそもできるわけがない。かような顔の俺などっ」

あまりにも気が動転して、早口にまくし立てていた巡は息を呑んだ。

突如、ぬっと伸びてきた清雅の手が狐の面を取り去ってしまったから。

誰もが「おぞましい」「化け物」と恐れ戦き、蔑まれた素顔が露わになる。

「無礼者」と怒鳴り、狐の面を奪い返そうとした。だが、なぜか体が硬直して動かない。

――かように醜うなって。おぞましい化け物め。

夢で吐き捨てられた言葉が脳裏に響き、頬も強張る。

そのさまを、山吹の瞳がじっと見つめてくる。

その瞳に火傷を映しても、山吹色は一切揺るがない。それどころか、柔らかく細められたかと思うと、

「……っ」

醜い痕を労わるように舐められて、肩が跳ねた。信じられない行動に絶句していると、清雅が顔を覗き込んできた。

「怖い？」

「！　だ、誰が」

「それとも、忘れられない相手がいるのか」

続けて訊かれたその問いに、全身が熱くなった。

忘れられない……いや、ずっと忘れられなかった相手なんて、一人しかいない。

自分が唯一すごいと認めた、無茶苦茶な、山猿のような童。だからこそ、自分はこの縁談を受けた。

少し考えればすぐ分かる。分かっているくせに、この男はそんなことを訊いてくる。

意地が悪いとしか思えない。思わず、「おらん！」と声を荒らげてしまった。

清雅の目が細められる。その顔がいやに意地悪く見えて、いよいよ頭に血が上って、

「へえ？　本当に……っ」

さらに問い詰めてこようとする腹立たしい唇に嚙みついてやった。

山吹の瞳が大きく見開かれ、なぜか苦しげに眉間《みけん》に皺《しわ》を寄せた。乱暴に嚙みつかれて痛かったのだろうか。だったらいい気味だ。そう思った刹那。

「っ……んんぅ」

熱い舌を口内にねじ込まれるとともに、そばにあった布団に押し倒された。

少々乱暴なその所作に胸を掻きむしられて、巡も清雅に摑みかかった。

なぜだろう。無性にむしゃくしゃする。

儀礼だからと自分を抱こうとしていたことも、内心では醜いと思っているくせに素知らぬ顔をしていることも、慰めるように火傷を舐めたことも、意地の悪い質問をしてくることも、思いがけず牙を剝かれた腹いせに押し倒してきたことも、とにかく、清雅の何もかもに腹が立つ。

(意趣返しに俺を抱くか。面白い。かような化け物、抱けるものなら抱いてみろ……っ)

激しい怒りとともに、清雅を睨《にら》みつけていた巡は息を詰めた。

先ほど、太ももに当たった硬いもの。まさか。

動揺のあまり固まっていると、右手を摑まれた。そのまま下へと導かれ、掌《てのひら》に押し当てられたのは、硬く張り詰めた——。

「摑んでいろ」

「そ、そなた……ぁ」

「そうしたら、俺がどれだけ、お前にそそられているか分かる」

何とも不躾《ぶしつけ》な、下品極まりない言い草にかあっと顔が熱くなる。

この山猿め。無作法で下品で無茶苦茶で、そなたなど嫌いだ。大嫌いだ！

あらん限りの罵詈雑言《ばりぞうごん》をまくし立て、突き飛ばしたくてしかたなかった。

それなのに、体も口も全然思うように動かない。それどころか、

「ぁ……ん、ぅ。ふ…ぁ」

山吹の瞳に見つめられながら舌を舐められただけで、背筋にぞくりと痺れが走り、変な声が出た。

そのことに驚いて舌が逃げを打つと捕らえられ、執拗に嬲《なぶ》られる。

痺れるほど舌を絡め、時には噛まれ、裏筋を舐め上げられ……唾液を飲む余裕さえ与えてくれない激しさだ。

息ができない。苦しい。でも、どうしよう。すごく気持ちいい。

それに、射貫くように見つめてくる山吹の瞳に嬲られ、手の中の清雅が舌を絡めれば絡めるほどに熱と硬さが増し、どんどん膨らんでいく感触を掌に覚えると、言いようもなく興奮して――。

そんな自分に、理性が困惑する。

「な、ぜ……ぁ。なにゆ、え……こ、んな……は、ぁっ」

男色の気なんてなかった。むしろ、嫌悪していたはずだ。

この身を舐め回すように見つめてくる下卑た視線も、不意を突いて触れてきた生温かい指

先も、はしたなく膨らませた下肢も、皆みんな、気持ち悪くてしかたなかった。

あの美しい帝でさえ、そんな目で自分を見ていたのかと思うと虫唾が走った。

それなのに、どうして口づけだけでこんなに感じる？　見つめてくる濡れた山吹の瞳に全身が熱くなる？　どうして、手の中で怒張していく一物《いちもつ》に興奮して、下肢が……今まで感じたこともない奥底が、こんなに疼《うず》くのか。

変だ。何もかも。どうして、どうして……と、考えられたのはそこまでだった。

「っ……ァ、ああ！」

突如、視界が真っ白に弾《はじ》けた。

射精してしまったのだ。下肢を一度、着物越しに撫で上げられただけで。

本来なら、憤死してしまいそうなほどの痴態。けれど、今はそこまで頭が回らない。

「あ、あぁ……は。ゃ……あ」

体中が疼く。白濁を吐き出したというのに、まるで絶頂寸前で妨げられ、焦《じ》らされているような、甘い責め苦を受けているよう。

苦しくて、細い腰が悩ましげに揺れて、思わず、添えられたままの清雅の掌に、擦りつけてしまった。何度も、何度も。

「ああ、くそっ」

口の中で、盛大な舌打ちが響いた。

「……え？　っ……ぁッ！」

口内から熱い舌が出て行ったかと思うと、乱暴に裾を払われ、足を掴まれた。

そして、大きく股《また》を開かされ、そこに顔を埋められたものだから、巡は目を瞠った。

「ゃ…っ。何、し……あっ」

今まで誰にも触られたことがない菊座に、尖らせた舌を突き立てられる。

あまりのことに、巡は清雅の頭を摑み、体は逃げを打ったが押さえつけられ、菊座の縁をなぞり、窄《すぼ》まりをぐりぐりと舌で突かれる。

今まで感じたことがない刺激に全身粟《あわ》立《だ》たせていると、つぷりと音を立て、舌が内部に挿《は》入《い》ってきた。背が大きく撓《しな》る。

「ぃ…あ、あ。ゃ…や、だ……ソ…コ、そんな……あ、あ」

ぐちゅぐちゅと音を立てて、舌が奥へ奥へと押し入ってくる。

柔らかく繊細な粘膜を舐められる。ざらりとした感触が、舌を絡めて感じるそれよりもずっと生々しい。その未知の感触に慄《おのの》いていると、今度は指が挿入ってきた。

指は舌以上に奥へと侵入してきて、搔き回してくる。その感触も全く知らないもので、指を動かされるたびに打ち震えていたが、ある箇所を擦られた瞬間、

「！　ァあぁっ」

背が浮き上がるほど撓り、顎が跳ね上がる。強烈な快感が全身を駆け巡ったせいだ。

「い、今の……あ、ああっ。ゃ…っ」

目を白黒させていたら、再度そこを擦られた。何度も何度も、執拗に。

あまりにも強い刺激に、頭では何も考えられない。それなのに、体は違った。

腰はびくびくと震えながらも、清雅の指に擦りつけるように蠢《うごめ》き、清雅の頭を摑んでいた両手は、引きはがそうとしていたはずなのに、自身の下肢へと押しつけて。

「あ、あ……ゃ。う、そ……な、ん…で……は、あ……んんっ」

信じられない我が身の動きに混乱し、首を振っていた巡は息を詰めた。

ずぽりと音を立て、内部を蹂躙《じゅうりん》していた指が出て行った。突如なくなった指の感触に、内部が寂しげにひくつく。その動きにまた体が疼き、身を捩《よじ》らせていると、視界が翳《かげ》った。

緩慢な動きで目を上げる。視界は、いつの間にか溢れ出ていた涙でぼやけていた。それでも、こちらを見つめる山吹の瞳ははっきりと見えた。餓《う》えた獣のような目……いや。

「っ……あ」

濡れた山吹の瞳が近づいてきて、いまだにひくつく菊座に、熱くて硬いものを押しつけられる。これは……と、思うと同時に、指とは比べものにならぬ質量と熱を持ったそれはゆっくりと潜り込んできた。

せり上がってくるような圧迫感と、裂かれるような痛みに全身が強張ったが、

「あ、あ……こ、れ……んん、ぅ」

「分かるか？」

ゆっくりと自身を押し入らせながら、吐息だけで囁いてくる。

「俺の、巡の中で、どうなってる？」

不躾な質問。けれど、甘く痺れた理性は何も考えられなくて、

「い…あ、あ……お、きくて……熱く、て…かた、い……ん」

正直に答えながら喘ぐと、清雅は喉の奥で笑った。

「そうだ。お前でこうなった。お前の、美しさでっ」

「ああぁっ」

一気に、最奥へと貫かれる。激痛で息が詰まったが、

「綺麗だ」

聞こえてきたその言葉に、はっとした。目を上げると、巡の顔を覗き込む清雅がいて、

「あの頃と同じ……いや、あの頃よりもずっと、巡は綺麗だ」

そう囁きながら突き上げてくる。瞬間、全身の血液が沸き立った。

動くたびに内で感じる、脈打つ猛《たけ》りも滾《たぎ》るような熱さも、清雅が自分に興奮している証。

だったら、清雅はこの顔を醜いとは思っていない。

「綺麗だ。巡は、誰より綺麗だ。だから、大丈夫……大丈夫だ」

この言葉も、嘘ではない。

――お前、びっくりするくらいきれいだなあ。

無邪気にそう言って笑っていたあの頃のように……いや、あの頃よりずっと、清雅は自分を綺麗だと思ってくれている。

だから、大丈夫……大丈夫なのだ。

激しく腰を打ちつけられ、内部を抉《えぐ》られるたび、馬鹿みたいにそう思えて……ああ。

こんな醜い顔に、ここまで盛《さか》るなんて。綺麗だと思うなんて。

ぼろぼろと、涙が止めどなく溢れた。何かの堰が切れたように。

「あ、ああ……は、ぁ。も、のず…き……んんぅ」

振り落とされないようしがみつき、涙で濡れた顔を清雅の首筋に押しつける。

すると、結合はより一層深くなって――。


事後。快感の火照《ほて》りが引いて我に返った巡は、布団を被《かぶ》って打ち震えていた。

(抱かれた……この俺が、あの龍王丸に！)

しかも、盛大によがり狂い、最後のほうは自分からも清雅を求めて。

男色を嫌悪していたはずの自分が。信じられないことだ。快楽を享受するようにできているという白銀の体質のせいか？

だが、もっと信じられないのは、今の自分の心情。

いやにほっとしている。清雅の猛った一物の感触と、「綺麗だ」「大丈夫」という囁きを思い出せば思い出すほど。

どうも、自分は自覚していた以上に、清雅にこの顔を醜いと思われることを恐れていたらしい。そして、清雅に勃起するほど綺麗だと思われていると身と心で思い知り、歓《よろこ》んでいる。

清雅に抱かれた衝撃が霞《かす》むほどに。

どうして、こんな心境になるのか。自分で自分が分からなくて盛大に戸惑っていると、布団に覆われていた視界が突如開けて、

「へえ。お前の顔、こんなに赤くなるのか。すごいな」

ぐいっと顔を近づけてきた清雅がそう言って目を輝かせるので、巡はこれ以上ないほど顔を真っ赤にして「莫迦！」と声を上げると、清雅を突き飛ばして布団に潜り込んだ。

刹那、「あああ」と声にならない声を漏らす。

なんという無様な取り乱しっぷり。みっともないったらない。というか、清雅とどんな顔をして向き合えばいいか分からない！

羞恥《しゅうち》で全身を震わせていると、優しい声音で名を呼ばれ、布団越しにぽんぽん叩かれた。

「恥ずかしがるな。大丈夫。よがっている巡もすごく綺麗だった。自慢していいぞ」

「！　意味の分からぬ励まし方をするなっ。莫迦。阿呆《あほう》。抱かれたことがないとはいえ、も

う少しましな言いようが」

「うん？　なら、今度は俺が巡に抱かれてみようか」

「そうだ！　そなたなど、一度俺に抱かれて……っ？」

布団を撥《は》ねのけて飛び起きた。

「そなた、今何と言うた」

「今度は俺がお前に抱かれようか」

巡の問いに真顔でそう答える。仰天した。

この世は山吹絶対主義。どんな場面であろうと山吹が最優先される。

白銀は山吹を産むこと以外には能がない、山吹の庇護がなければ自力で生きてもいけない、絶対的下の存在。女ならいざ知らず、山吹の男が白銀に抱かれるなど聞いたことがない。というか、ありえない。そこらへんの野良犬とまぐわうくらいありえない。それなのに。

「そ、そなた、なんと血迷うたことを。山吹が白銀に抱かれるなど……っ」

突然両肩を摑まれて息を呑む。

「巡、我らは夫婦だ。上も下もない。山吹だから上、白銀だから下。抱いたから上、抱かれたから下ということは一切ない」

「……っ」

「それに、巡は俺と同じ男だ。立派な一物もついている。だったら……うん」

清雅は言葉を切った。それから難しげな顔をして首を捻《ひね》った後。

「違うな。巡ならいい……うん！　それだ。巡だからいい。それだけだ」

納得したようにうんうん頷く。しかも、やたらと誇らしげに。

巡は口をあんぐりさせた。だが、ようやく意味を理解した途端、再び顔を真っ赤にして声を上げた。

「そなたは、そなたという男はなにゆえ……！」

口を閉じる。どこからともなくけたたましい鐘の音が聞こえてきた。

あたりを見回していると、清雅が「来たか」と呟き、立ち上がる。よく見たら、もう戦装束を着込んでいる。

「この鐘の音は敵襲の報せだ。今より出陣する」

「出陣……今からっ？」

訊き返すと、清雅はてきぱきと身支度を整えつつ、平然と頷く。

「心配するな。相手は隣国の雑兵《ぞうひょう》。しかも、俺たちは祝言の宴で浴びるほど酒を飲んでいるはずと油断しきっている。恐るるに足らん」

「それは……待て。そなた、敵襲があると分かっていて祝言を挙げ、初夜までしたのか」

慌てて訊き返す。にわかには信じられない。襲撃があると分かっていて、祝言を挙げただけでなく、直前まで花嫁と行為に耽っているなど滅茶苦茶にも程が――。

「うん。俺のために白無垢を着てくれた巡を見たら、我慢できなかった」

そんなことを言う。そして、呆気に取られている巡の唇に軽く口づけると、

「ではな。すぐ戻るゆえ、待っていてくれ。俺の御料様《ごりょう》」

巡の返事も待たず、颯爽《さっそう》と部屋を出て行った。そのさまを巡は呆然と見送っていたが、

『出陣じゃ。各自持ち場につけ』

部屋の外から聞こえてきた声と、がしゃがしゃと鳴り響く無数の甲冑《かっちゅう》の音にはっとした。

清雅が戦に行くと言っているのに、ぼーっとしている場合か。

勢いよく立ち上がる。瞬間、下肢にずっしりとした鈍痛が走り、また座り込んでしまった。

ここで初めて己の体に目が行き、体中に口づけの痕が刻まれた素肌が視界に映ってぎょっとした。

腰が抜けるほど抱いた上に、こんな痕まで！　いくら何でも盛り過ぎだ。

莫迦。阿呆。破廉恥猿《はれんちざる》。と、盛大に悪態を吐きながら着物を掻き集めていると、

『かがり火はできるだけ多く焚《た》け。兵が大勢いると見せかけるのじゃ』

『若殿がお帰りになるまで、何としてでも城を、おかた様を守り抜くのじゃ』

再度聞こえてきた言葉に動きを止めた。

誰かがこの城に攻めてくるらしい。しかも、目的は自分のようだ。

ここで、巡はようやく自分を取り戻した。

昼間、花嫁行列を襲った野盗の仲間だろうか？　判然としないが、

（おかしいぞ）

百万石の大名家の御曹司が住まう城が、そうやすやすと攻められるものだろうか。

それに、昼間襲われているところを駆けつけてくれた時、清雅は完全武装した状態だった。花嫁行列襲撃を事前に知っていたのか、別件かは分からないが、祝言の日に御曹司自らが出陣し対処するなど、ずいぶんおかしな話……と、あたりを見回し、巡は眉を寄せた。

巡に宛がわれたこの部屋。狭くはないし、作りもしっかりしているが、大大名の御曹司の妻に宛がわれる部屋にしては粗末過ぎる。妻の部屋がこれでは、城全体もさして上等なものではないだろう。

それに……考えてみれば、祝言の席に清雅の両親がいなかった気がする。

そういえば、仲人役《なこうど》の貞保が「憎き高雅の話なんかしたくない。口が腐る」と不貞腐《ふてくさ》れまくって有耶無耶《うやむや》になっていたが、よくよく考えてみるとこの縁談、伊吹家当主である清雅の父、高雅からの正式な申し込みがなかった。縁談は普通、両家当主の間に取り交わされるものなのにだ。

もしかして、高雅はこの縁談に反対しているのか？　それなのに、清雅がこの縁談を強行し、まずい立場に追いやられている？　百万石の御曹司にしては粗末な城に住み、祝言を妨害されているのもそのせい？

色々な考えが頭に浮かぶ。だが、一つだけはっきりしていることがある。

清雅は自分に隠し事をしている。しかも、かなり重大なことを。

(あやつめ。俺の力が欲しいと言いながら隠し事か)

ゆゆしきことだ。いい格好しいを気取りたいのか何なのか知らないが、肝心の夫がこれでは存分に力を発揮するなど不可能。早急に何とかしなくては。想定外の初夜に面食らったが、自分がこの地に来たのは清雅に才覚を買われたからだ。

思案を巡らせ、情事の痕が色濃く残る己の裸体に目を留めたところで、はたと閃《ひらめ》く。

(「これ」を使うか。かなり恥ずかしいが、致し方あるまい)

事は急を要する。小さく息を吐き、巡は顔を上げた。

「作左。作左はおるか」

声を張って呼びかけると、ガシャガシャという甲冑を打ち鳴らす音が近づいてきた。

『作左、これに』

淡々とした低音が聞こえてきた。巡はもう一度息を吐き、「入れ」とぞんざいに言った。

障子が開き、黒い甲冑を纏った作左が姿を現す。

作左の鋭い目が、巡のあられもない姿を捉える。瞬間、強烈な羞恥が襲ってきたが、懸命にひた隠す。気張れ。この男を落とさねば何も始まらない。

「お召しでございましょうか」

「着替える」

端的に告げると、作左は眉一つ動かすことなく「かしこまりました」と一礼し、部屋の中に入ってきた。この姿のことも、これから敵襲があることも、おくびにも出さない。「巡に仕えよ」という清雅の命を全《まっと》うしようとしているのか。

これほどの忠義者ならば、清雅に犯し抜かれたこの体は使える。そう断じた巡は堂々と胸を張り、座してみせる。

「一番上等なものを用意せよ。客人を迎えるのでな」

「客人と、申しますと」

「これから来る方々じゃ。私に逢いに来てくださるのだから、私が迎えねば失礼というもの」

「おかた様。そのお話、どこで」

「相手の話いかんによっては、ここを出ることになるやもしれん」

そろりと言ってやる。作左は動きを止め、こちらを凝視してきた。刃物のように鋭い眼光に内心戦《おのの》きながらも、静かに見つめ返す。

「作左、私は覚悟を持ってこの家に嫁いだ。ゆえに、かようになるまで身を任せたし、夫が宛がってくれたそなたを信じ、この身も晒した。だが、そなたたちはどうだ。『清雅は大大名の御曹司。将来はご安泰』と、私に嘘を吐いていた。今、この瞬間も」

「……」

「何も言う気はないか。ならばよい。着替えを持て。それとも、私のこの姿を見せて、『巡はこのとおり傷物になったゆえお引き取りを』と先方に申すつもりか……っ」

巡は口を閉じた。痴態を晒してまでの決死の訴えに対し、作左は喉の奥で笑ったのだ。

「何がおかしい」と、内心の動揺を隠して尋ねると、作左は薄く笑った。控えめだが、これまでの鋭さからは考えられない柔らかな笑みだ。

「失礼。ただ、あなた様はあの頃と変わらず、いつでも、若殿に対して全身全霊、ひたむきでいらっしゃる」

それが分かって嬉しかったのです。独り言のように呟く作左にかあっと顔が熱くなる。

そういえば、作左は清雅に付き従って京に滞在していたと言っていた。それにこの言い草。どうやら、あの頃の自分たちの交流をどこかから見守っていたらしい。その上でのこの感想、何とも居心地が悪い。

(俺があやつに対して、いつも全身全霊でひたむきだと？　し、しかたないではないか。あやつが無茶苦茶な山猿ゆえ、気が抜けぬというか、何というか)

頭の中で盛大に言い訳をまくし立てる。そんな巡に作左は笑みを深くしたが、すぐにまた表情を引き締め、固まっている巡に深々と頭を下げた。

「申されること、一々ごもっとも。されど誤解です。若殿はこちらの事情を全て、あの……姉君を愛するあまり高雅様を逆恨みするどうしようもない貞保様に説明された上で、嫁入りを決意してくれたと思うております。決して、おかた様を騙すつもりはございません」

顔を上げ、巡の目を真っ直ぐ見据えて訴えてくる。貞保に対しての評が辛辣《しんらつ》すぎるのが気になるが、その目に嘘は見えない。そう見て取ると、巡は居住まいを正した。

「では、知っておることを洗いざらい話せ。そして、力を合わせ客人に対峙《たいじ》しよう。この巡が嫁入りしたのは清雅殿の力になるためじゃ。守られるだけのお荷物になるためではないぞ」

内心そわそわしつつも念を押すと、作左はまた薄く笑った。

「かたじけのうございます。ただ、一つお願いがございます。まずはお召し替えを。若殿の大事なおかた様に風邪を引かせるわけには参りません」

こうして巡の捨て身の訴えは通じ、作左は巡の身支度を整えながら仔細《しさい》を話してくれた。

「まず、若殿のご両親についてですが、お二人ともすでにこの世にはおられません。お母上は昨年病にて、お父上、高雅様は十一年前に討ち死なさいました」

「！　十一年前……」

「はい。勝ち戦の帰り、潜んでいた残党が放った矢が当たって。思いもかけぬ討ち死でございましたから家中が荒れて……ゆえに、若殿は京の貞保様の許《もと》へ身を寄せられたのです」

当時の清雅を思い出す。いつもにこにこ笑い、無邪気に遊び回っていた。それを見て自分は、あいつには悩みなんか一欠片《ひとかけら》もない。この世で一番幸せで能天気な男だと決めつけていたし、直接本人に言いもした。だが、実際は——。

（俺は、あやつのことを何一つ分かっていなかった）

己の浅はかさと罪の意識で、ずきずきと胸が痛む。

「そう、か。清雅殿が京にいたのは二年だが、その間ずっと家中は荒れていたのか？」

「はい。家来筋でありながら、己が当主になると言い出す輩が出て参りましたので」

「っ……それは」

「伊吹雅次《まさつぐ》。高雅様の実弟、若殿の叔父に当たられる方です。年端《としは》も行かぬ童を当主になどできるものかという言い分は元より、自分こそ正当な当主とおっしゃいまして」

「なんと図々《ずうずう》しい」

戦が絶えぬこの乱世において、当主が幼い世継ぎを残して急死するというのはよくあることだ。その場合、世継ぎが童でも家督を継ぎ、立派に成人するまでの間、家臣の代表者が後見人となって支えるのが定石。正当な主筋を差し置いて、家来筋が家督を継ぐなどありえない。と、巡が眉を寄せると、作左も渋い顔をした。

「おっしゃるとおりでございます。されど、雅次にはそう主張できる理由があったのです」

「理由、というと」

「高雅様はイロナシ、雅次は後天性の山吹です」

作左のその言葉に、巡は「え」と声を漏らした。

一族に山吹が出た場合、生まれた順、生母が正室、側室にかかわらず、その者が家督を継ぐ。最初はイロナシで、後に山吹に変化した時もしかり。嫡男は速やかにその座を譲らねばならない。それがこの世の理《ことわり》だ。なのに、家督を継いだのはイロナシの高雅？

「先々代の決定です。高雅は山吹にあらねど、誰にも負けぬ名将の器であると。異例の決定でございましたが、異を唱える者は家中にはほとんどおりませんでした」

伊吹家の当主は歴代皆山吹だ。ゆえに、イロナシの高雅への風当たりは強く「山吹の養子をもらっては？」とさえ言われていた。そんな周囲に高雅はよくこう言っていたのだという。

——俺は暢気《のんき》な怠け者ゆえ、山吹であったならすっかり安心して精進を怠っていたと思う。それに、何かを成しても山吹なら当然と言われることが、イロナシであったなら「すごい」とたくさん褒めてもらえる！　ゆえに、俺はイロナシに生まれてよかった。

「それは……清雅殿のあの性格は、父親譲りなのだな」

思ったままを口にすると、作左はわずかに頬を綻ばせて頷いた。

「高雅様は若殿をとても可愛がっておられましたし、若殿も高雅様を慕っておられましたから。……とにかく、高雅様は周囲の中傷もそう笑い飛ばし、精進し続けました。そんな高雅様を誰よりも馬鹿にして嗤ったのが雅次でした」

——イロナシの我らがいくら頑張っても、父上は山吹の養子をもらうに決まっています。イロナシなんか誰もいらない。ゆえに、無駄な努力はおやめになったらいかがです？

励み続ける高雅を散々揶揄して、好き勝手遊び惚けた。

そんなものだから、二人の実力はもとより、周囲からの人望もどんどん開いていった。雅次が山吹になっても埋められぬほどに。

周囲から見れば当然の結果だ。しかし、雅次は納得できなかった。

――山吹が家督を継ぐのがこの世の理。なにゆえイロナシの兄上が継ぐのだっ？　おかしい。皆、山吹がよいとあれほど申しておったではないか。かようなこと、間違《まちご》うておるっ。

懸命に訴えたが、聞き届けられることはなく、家督は高雅が継いだ。

その時にはもう観念したのか、雅次は高雅に臣下の誓いを立て、粛々と高雅のために働いていたのだが、程なく、先々代が亡くなった。直後、東隣の河内国《かわちのくに》の桃井《ももい》氏が攻めてきた。

河内国は元来伊吹家の所領だったが、数代前、旺仁の乱のどさくさに紛れて、家来筋の桃井に掠《かす》め取られてしまった。その桃井が「イロナシの大将ならば恐るるに足らず」と攻め込んできたのだ。

――桃井を討ち果たし、河内を奪い返して、あの世の父上への餞《はなむけ》とせん！

高雅はそう言って、勇ましく出陣。そのまま勢いに乗り連戦連勝を重ねたが、伏兵の矢が当たり、あえなく急死。途端、雅次は再び、己こそが真の当主だと声高に主張し始めた。

――見よ。後ろ盾の父上に死なれた途端、この体《てい》たらく。所詮、イロナシの兄上は当主になる器ではなかった。山吹のわしが継いでおれば、かようなことにはなっていなかった。

「口惜しいですが、雅次の言い分も一理ある。が、嫡流はあくまでも若殿。若殿こそ正当な世継ぎと我らは主張しましたが、如何《いかん》せんイロナシ、しかも七つの若殿と、成人した山吹の雅次ではどうしても分が悪い。さらに、雅次は北隣の下山国《しもやまのくに》を治める高垣《たかがき》氏の娘を嫁にしておりましたので、高垣氏と結託し、意に沿わぬ者は討ち果たすとまで言い出した」

「高垣……」

その名は聞いたことがある。確か、武家にしては珍しく教養のある家柄で、多くの公家を京より招き寄せては、一族で和歌や茶の湯などの指南を受けているとか。ゆえに、公家たちの間で時折話題に上る。それによると、高垣家は財溢れる有力大名だったはず。

その高垣さえも敵に回す。極めて不利な状況だ。しかし、高雅の側近たちは断固として譲らなかった。ここで廃嫡を受け入れたら最後、清雅に未来はない。

一触即発だった。その終止符を打ったのが、将軍の代理としてやって来た貞保だった。

「貞保様が引き出された幕府の裁定はこうでした。『若殿が家督を継ぐのは、若殿が元服された時。それまでは雅次が家督を継ぎ、当家を差配するべし』。この折衷案により、ようやく収まった次第で」

本来のしきたりどおり、清雅の後見人にと言っても雅次は頷かないし、清雅を完全に廃嫡すると言えば作左たちが納得しない。

そして、争ってはいても内心では両者、他国を巻き込んだ一族間の戦は望んでいない。

「……うむ。確かに、よい落としどころではある。だが、そういうことなら、時が来るまで清雅殿は京に留まっていたほうがよかったのではないか?」

雅次が清雅を殺そうとするのは目に見えているのに。と、首を傾げる巡に作左は頷く。

「若殿の御身第一ならば、それが一番の策でしょう。されど、それでは誰も若殿を伊吹家当主とは認めない。武家とは肩書よりも、己が強いと認めた男について行く生き物ですから」

淡々と言われたその言葉に、巡は小さく息を詰めた。

公家は家柄や肩書が何より大事で、それらが卑《いや》しければどんなに有能でも出世できない。しかし、武家は違う。とにかく強いことが重要なのだという。

ゆえに、高雅はイロナシでありながら当主になれて、清雅は過酷な環境に容赦なく放り込まれた。

当主となった雅次はやりたい放題だったという。自身は本城の月華城《げっかじょう》に住み、己の側近のみを重用し、清雅派の面々をことごとく冷遇した。

清雅本人についても、口では可愛い甥と言いながら、一番治安の悪い国境《くにざかい》の粗末な領地、由衣里《ゆいのさと》に追いやり、政から遠ざけ、隣国が攻め込んできても知らんふりを決め込んだ。

それでも飽き足らず、何かにつけて苛められていたようで――。

具体的なことは教えられなかったが、想像を絶する苦難の日々を過ごしてきたと、容易に推測できた。そのことを思うと、また胸を締めつけられる思いがしたが、それでも……清雅は今日まで生き抜いた。その上、山吹に変化し、名家の公家から嫁をもらった。

とてもすごいことだ。けれど、雅次にとってこれほど面白くないことはないだろう。だったら、野盗を雇って花嫁行列を襲わせたのも、これからこの城にやって来るのも——。

『開門っ！』

突然、怒鳴り声があたりに響いた。

『ご当主、雅次様のおなりじゃ。早う開門いたせ』

次期当主に対してこの言い草。それだけで、清雅が連中からどのような扱いを受けているのかが如実に伝わってきて、巡は眉を寄せた。

（なるほど。かような状況、迂闊《うかつ》には漏らせぬな）

清雅の現状を知れば、心配性な父も日和見《ひよりみ》な兄たちも決してこの縁談を承知しなかっただろう。だが、巡にしてみれば些末なこと。

自分は、絢爛《けんらん》豪華な城で贅沢な暮らしがしたくてここへ来たのではない。清雅の許で存分に己が力を発揮するために来たのだ。

なので、武者ではないが武者震いしてきた。清雅の現状が過酷であればあるほど、清雅はそれだけ自分の力を買ってくれているのだという証になるから。

（よし。やってやる）

巡は立ち上がった。斑髪を梳《と》いていた櫛《くし》が、作左の手から零れ落ちる。

「おかた様、まだお髪《ぐし》が」

「よい。今日より髷は結わぬ。私は清雅殿の妻になったのだからな」

髪を後ろで簡単に結び、狐面をつけると、重い体を引きずりつつも作左に着せてもらった狩衣《かりぎぬ》の袖を優雅にたなびかせて部屋を出た。

声がするほうへと歩を進める。止められるかと思ったが、作左は何も言わずついて来る。巡の気持ちを汲《く》み、好きにさせてくれるようだ。そのことにほっとし、口元を引き締める。

清雅の最大の脅威であろう雅次という男。どのような人物なのか、しかと見届けねば。

と、思案している間にも、声は聞こえてくる。

『わざわざのお越し、恐悦至極でございます。されど我が主、清雅は留守でございますれば』

『清雅殿に用はない。久遠寺家の花嫁を出せ』

『おかた様を？　なにゆえ』

『無礼者！』

噛みつくような怒鳴り声があたりに響く。横柄さが滲み出ているような濁声《だみごえ》だ。

『おかた様などと気安く呼ぶな。そやつは俺のものだぞ』

歩が止まる。俺のもの？　一体誰だ。

『ま、雅信《まさのぶ》様の？　え……いえ。おかた様は若殿の』

『何を寝惚《ねぼ》けたことを。名家の公家を、あの山猿が嫁にできるわけがなかろう』

今度は呼吸が止まった。

『そもそも、あの小汚い山猿に俺の嫁の調達係などという大役をやらせてやったのだぞ？　感謝してほしいくらいだ』

「あの声は……？」

全身の血液が急速に冷えていくのを感じながら問う。

「伊吹雅信。雅次の嫡子です」

「ほう。雅次の……で？　あの阿呆は、我こそが次の当主と言わんばかりに、清雅殿を常日頃、あのように愚弄《ぐろう》しておるのか？」

「はい。若殿は、雅信の好きに任せております」

端的に返されたその言葉。それだけで、冷えていく一方だった血液が完全に凍った。止まっていた足が再び動き出す。「おかた様っ」と、作左の声が追いかけてきたが、巡の足は止まらない。

「案ずるな、作左。私は冷静だ。最高に冴えている」

涼しい顔で答える。だが、内心は腸が煮えくり返っていた。

貞保の手を借りたとはいえ、清雅が自分で見初め、求婚し、手に入れた嫁を本人の居ぬ間に強奪しようとする盗人《ぬすっと》根性にも吐き気がするが、

（おのれ。俺の清雅を山猿などと！　許さん。断じて許さんっ）

自分も清雅のことを山猿呼ばわりしているくせに、他の人間が清雅を愚弄するのは我慢な

らない。昔からそうだ。

目にもの見せてくれる。と、門の上の見張り台に登る。だが、城外を見た瞬間、巡は小さく息を呑んだ。松明《たいまつ》に照らされる、おびただしい数の兵が見える。

この数、攻め込まれたら一溜《ひとた》まりもないのでは……？

「おお。貴様が京から来た化け狐か」

先ほどの濁声がかかる。顔を向けてみると、馬に乗った直垂姿の男が見えた。

中肉中背、思い切りひん曲がった口元が底意地の悪さを醸す二十代前半くらいの若い男だ。

「ご機嫌よう」

兵の数に驚いた内心などおくびにも出さず薄く微笑し、一分の隙もない洗練された動きで会釈した。相手、伊吹雅信は一瞬きょとんとした顔をしたが、すぐにげらげらと嗤い出した。

「はん！　さような面と笑みで騙したつもりか。知っておるのだぞ。その面の下は醜く崩れた化け物だと。残念だったな。ははは」

（なんじゃ。この救いようのない阿呆は）

見目《みめ》、物言い、物腰、全てにおいて下の下の下。この程度の分際で清雅を馬鹿にし、この自分を嫁にするなどとほざいたのか。

虫唾が走ったが、雅信の背後に控える雑兵たちの表情を見て、はっとした。

雅信に向けられる雑兵たちの目、どこまでも冷ややかだ。中には露骨に顔を歪めている者もいる。そこでようやく、巡は先ほどの作左の言葉を理解した。

(なるほど。これは確かに、好きにさせておくに限る)

あの男が粋《いき》がれば粋がるほど、家臣たちの心は離れていくのだから。

これは、雅信の生来の性分が招いた事態か。それとも、この八年をかけて清雅が作り上げた？ 判然としないが、もし後者なら空恐ろしい男だと内心ぞくぞくしていると、

「雅信、控えよ」

別の声が響く。山奥の湖のように凪《な》いだ声だ。

「久遠寺家のご子息に無礼であろう」

顔を向けると、馬に乗った男が闇より浮かび上がってきた。

痩せぎすで、不健康そうな青白い頬とは裏腹な柔和な顔立ちと、深い……いや、暗い色を帯びた山吹の瞳。

「伊吹家当主、雅次と申します。巡殿、遠路はるばるよう参られた。そして我が息子、雅信をぜひ婿にと所望してくださり、かたじけのうござる」

穏やかな笑みを浮かべ、礼儀正しくそう言ってきた雅次に、巡は両の目を細めた。

作左から聞いた話の印象では、雅信のようなぼんくらだろうと思ったのだが、こちらは一筋縄ではいかないようだ。

それにしても、婿にと所望？ 内心首を捻っていると、作左が耳打ちしてきた。

「実は、雅次らには、貞保様が若殿のことを吹聴したため、久遠寺家がぜひにと若殿に縁談を申し込んできた。しかも、こちらが返事をする前に花嫁行列が出発してしまったため受けるしかなく……と、説明しておりまして」

なるほど。こちらから清雅にと言うのは何だか癪に障るが、現在の清雅の立場では、それくらい言わなければ嫁取りなどできないだろう。だが、雅次は巡の婚礼相手は雅信だと言う。

「はて。私の夫は、喜勢殿の甥御に当たられる清雅殿でございますが」

訊き返すと雅次は笑みを深くした。人好きのする柔らかな笑みだ。その笑みで、

「貞保殿が褒めちぎっておったのは清雅のことではなく、雅信のことでござる。貞保殿は奇特な方で、血の繋がった清雅ではなく雅信のことを真の甥御と申し、それはそれは可愛がっておられるので」

抜け抜けと大嘘を吐いた。

「おや、そうなのですか？　しかし、失礼ながら雅信殿は山吹ではないようですが」

「俺は山吹だ」

巡の言葉を遮るようにして雅信は唸るように言った。

「父上は二十五で山吹に変化された。ゆえに、俺もそれまでには山吹になる。必ず！」

語勢を強めて言う。巡が黙ったままでいると、雅信が盛大な舌打ちをした。

「頭の悪い白銀め。なら、貴様でも分かるように説明してやろう。皆、鬨《とき》を上げよ」

背後に控える兵たちに向かって怒鳴ると、兵たちは声を張り上げ、持っていた松明を上下させた。空気がビリビリと震え、改めて兵の数の多さに息が詰まる。

「見よ、この兵の数を。だが、これでもほんの一部だ。俺の城も、かように粗末な馬小屋とは比べ物にならない、絢爛豪華で大きな城だ。な？　どちらが貴様の夫か分かるだろう？さっさと出てこい。蹴鞠《けまり》でも和歌でも好きなだけさせてやる」

従えた兵を示し、大威張《おおいば》りで言ってくる。

自分たちが一番偉い。武力を背景に脅しつければ、何でも思い通りにできると信じ切っているようだ。お前のような傷物をもらってやるんだからありがたく思えという感情や、清雅をこき下ろしたくてたまらないという思惑も透けて見える。

雅次も、「まあまあ」とやんわり窘めるが、止めようとしない。この男も、公家など脅しつければいくらでも言いなりにできると高を括っているようだ。

本来、雅次たちの見解は正しい。

公家は強い武家が現れれば平気で乗り換える。番犬は強くなければ飼ってやる価値はない。弱ければ捨てられて当然。それが公家の考え方だ。だが、自分は違う。

(見ておれ。極上の「毒」を打ち込んでくれるわ)

「なるほど。よう分かりました。雅信様はこの私を妻にしたいのですね」

「はあ？　俺が、ではない。お前ら久遠寺家がどうしてもと言うからもろうてやるのだ。分かったらさっさと」

「では、夫婦になったら生涯、私だけを愛してくださいますか」

「……。……は？」

続けた問いに、間の抜けた声が漏れる。雅信だけではない。雅次、背後に控えていた作左も……とにかく、その場にいた全員が思わずと言ったように声を漏らす。

政略結婚で、しかも大の男が何を言っているのだと言わんばかりだ。それを一切無視して、巡はにこやかに微笑む。

「私、愛のない夫婦は嫌なのです」

「へ？　あ……な、何を言うて」

「清雅殿は誓うてくださいましたよ？　その証として、この私に抱かれてくださいました」

そう言った瞬間、場が大きくどよめいた。

「だ、抱かれた？　山吹の清雅が白銀に？」

思わずと言ったように訊き返してくる。山吹が白銀に抱かれるなど、犬畜生に犯されるぐらいありえないこと。当然だ。だが、巡は平然と頷いてみせる。

「はい。私がこれまで男として生きてきた矜持も大切にしたいとおっしゃって。私、とても感動しました。なので、つい激しくしてしまって。私も男ですから。ふふふ」

笑顔でそう答え、一歩前に踏み出す。

「清雅殿でもできたのですから、あなたにもできますよね？　さあ、どう可愛がるのがいいか。ああ、四つん這《ば》いにして尻を叩くというのはいかがです？　あなたなら、さぞかしよいお声で啼《な》くはず」

「父上！」

扇で自分の掌を叩いて口ずさむと、雅信は悲鳴を上げた。

「かように無礼でいかれた白銀、置物でもごめん被《こうむ》ります。死んでも嫌じゃ」

「おや？　何を申される。この久遠寺巡を妻にできる、絶好の好機ですのに」

「黙れ、化け狐」

大げさに驚いてみせる巡を、雅信は怒鳴り散らした。

「貴様、何様のつもりだ。白銀に抱かれろなどと、貧乏公家、しかも醜い白銀の分際で何たる愚弄。貴様のような身の程知らず、あの山猿が似合いじゃ」

そう怒鳴って後ろを向くと、兵たちに「帰るぞ」と号令する。

そのさまを雅次は黙って見ていたが、ふと喉の奥で嗤うと、こちらを見上げてきた。

「巡殿、清雅に追い出された暁には、ぜひ当家へ参られよ。土下座で謝罪してくだされば、このおいた、不問に付しましょうほどに」

不敵な笑みを浮かべ、巡に背を向ける。

大軍が引いていく。そのさまを見、巡は小さく胸を撫で下ろした。

しかし振り返ると、表情を引きつらせ、こちらを睨みつける清雅の家臣たちの姿があって。

雅次たちが引き上げた後、風花城は怒号に包まれた。

「若殿へのあのような愚弄、ご正室といえど許せぬ！」

大声で怒鳴りつけてくる。最初は雅信たちのように脅しつけてきているのかと思ったが、どうも感情のままに怒鳴っているだけらしい。

なんと不作法な。これだから武家は……と、白い目で見つめ返していると、作左が家臣たちと巡の間に割って入り、声をかけてきた。

「おかた様、ここは少々物騒でございます。お部屋に戻りましょう」

さあ、お手を。と、手を差し出してくるので、巡は頷き、持っていた扇を逆手に取ると、柄の部分を鷹揚《おうよう》に突き出した。

公家はみだりに目下の者には触れない。足場の悪い場所で手を貸してもらう時は、このように扇越しに触れさせる。それが公家の常識なのだが、どうも武家は違うようで、巡の行動にその場にいた全員がぽかんとした。

それでも作左は知っていたようで、突き出された扇の柄を恭しく握ると、扇越しに巡の手を引き、部屋へと誘《いざな》う。それに対し、巡は澄まし顔で優雅についていく。

部屋に着き、トト丸に出迎えられたところで、「なんじゃ、あやつは」「我らを舐めておるのかっ」という大声が響いたかと思うと、大勢で部屋に押し入ってきた。

その時、「きゃっ」という女の悲鳴がかすかに耳に届いた。何の気なしにそちらに目を向け、

巡は目を丸くした。

庭先に桶《おけ》を抱えた、太ももが見えるほど裾を捲《まく》し上げた下女三人が見えたのだ。

ここでは、感情に任せて大声を出すだけでなく、女はあのように恥ずかしい姿で城内を闊《かっ》歩《ぽ》しているのか？

ありえない。この地には作法という概念はないのか？　と、内心驚愕していると、

「貴様、今度は我らの話も聞かず、女子《おなご》に現《うつつ》を抜かすかっ」

そんな怒鳴り声が聞こえてきた。顔を向けると、血走った無数の目がこちらを睨んでいた。中には、太刀《たち》に手をかけている者さえいる。

「貴様、我らを何だと思うておる」

「我らの主を白銀に抱かれる変態などと公然と言い放ち、訳の分からぬ畜生を城内にあげ、我らが必死に訴えておる最中も女子に鼻の下を伸ばし……何より！　その、終始人を舐め腐った態度。我慢ならん！」

そう言われてようやく、それまで一切動かなかった巡の表情筋が引きつった。

確かに、自分は策のためとはいえ、清雅を公衆の面前で愚弄した。

それが武家の世界において、「巡は自分たちの嫁だ」と主張する雅次たちに、巡は清雅の嫁でいいと認めさせ、大人しく撤退させた功績をも帳消しにするほどの大罪だったというのなら、己の認識不足を認め、罰も甘んじて受けよう。

だが、人を舐め腐った態度とはなんだ。自分は貴人として当然の振る舞いをしているだけだ。感情的に喚いたり、ありえない格好で動き回ったりするほうがよっぽど無礼だ。

その上、トト丸が訳の分からぬ畜生だと？　狆《ちん》さえ知らぬ無教養の分際で何をほざくか。

心底腹が立った。言い返してやりたいが、我慢だ。

こんな連中に心を乱し、怒鳴り返して己の程度を貶《おとし》めるなど愚の骨頂。それに、下手に刺激して斬りかかられでもしたらたまったものではない。

もし、自分が死にも値する過ちを犯したのだというのなら、清雅の手で斬られたい。それなら納得して死ぬ。ゆえに、清雅が戻ってくるまで、自分は生きていなければならない。

どうする。思案を巡らせていると、「きゅう」という小さな鳴き声がした。

目を向けると、巡に寄り添ったトト丸がこちらを見ている。

また、助けてくれるか？　目で問うと、任せて！　とばかりに尻尾を一振りして、トト丸は家臣たちの許に向かって、とてとてと駆け出した。

「わっ。なんじゃ、こやつ」

「トト丸は狆という、室内で飼う犬である」

トト丸を見て目を見開く連中に説明すると、「室内で飼う犬っ？」と驚きの声が上がる。

「犬は外で飼うものじゃ」

「そうじゃそうじゃ。犬など入れては城内が汚れる」

どうやら、室内で飼う犬もいるのだという知識もないらしい。どこまで無教養なのかと呆れていると、トト丸がちょんとお座りして、皆に右の前脚を上げ肉球をかざしてみせた。

「？　な、なんじゃ、貴様。いきなりどうした……」

「己の脚は汚れておらんと申しておる」

「は、はあ？」

「己は汚い脚で室内に入るなどという不作法を働く畜生ではない。よく見よ。そう申しておる」

「な、何を馬鹿な。犬がさようなこと……っ」

口をつぐむ。トト丸が、今度は左前脚を上げて足の裏を見せてきたからだ。

呆気に取られる相手を尻目に立ち上がったトト丸は、くるりと体を反転させ、右後ろ脚、左後ろ脚の足裏も晒して見せた。

また皆へと向き直るとお座りして、そばにいた家臣の一人の足にちょんと前脚を置いた。

「次はそなたたちの番だと申しておる」

「え……」

「そなたたちの足はどうだ。このトト丸を、城を汚す畜生などとほざいたからには、さぞかし綺麗な足をしておるのであろうな」

そう言ってやると、全員の顔が目に見えて引きつった。

怒りで我を忘れたのか、草鞋《わらじ》を履いたまま部屋に上がり込んでいたからだ。

「トト丸以下の不作法者め。諫言《かんげん》ならば、己を顧みてからにいたせ」

「！　な、何を……っ」

「次。作左、先ほどの下女たちを連れて参れ」

反論してこようとする相手の言葉を遮り、作左に命じる。その言葉に虚を突かれたのか、皆「は？」と間の抜けた声を漏らしたが、作左は心得たもので、「かしこまりました」と一礼すると、速やかに先ほどの下女たちを連れて戻ってきた。

作左が指示したのか、先ほどとは違い、着物の裾を下ろしている。

なぜ呼び出されたのか分からず不安そうな女たちを部屋に招き入れた巡は、祝言の時のために持参した化粧箱を取り出した。

箱から化粧道具を取り出し、それぞれの顔に化粧をしてやった。

彼女たちは最初、巡の意図が分からず戸惑うばかりだったが、化粧を施され、みるみる綺麗になっていく己の顔を見、「これがあたしっ？」と驚きつつも目を輝かせ始めた。

思ったとおり、着飾ったことが一度もなかったらしい。そんな彼女たちに、

「分かったか。そなたたちは、美しい花である」

そう言ってやる。全員きょとんとした。何を言われたのか分からなかったらしいので、もう一度繰り返してやる。

「そなたたちは、匂い立つ美しい花じゃ。ゆえに、みだりに肌を晒すな。恥じらいを持て。色づくほどに、花は美しさを増すものである」

穏やかな口調で言ってやった。瞬間、皆の頬がいっせいに色づいた。

先ほどより愛らしさが増したと思う。そんな彼女たちを見て、それまで突っ立っていた男たちも「ほう」と感嘆の息を吐き……全く、女に鼻の下を伸ばしているのはどちらだ。

だが、これで自分への怒りを一時有耶無耶にすることができた。女たちもみだりに肌を晒さなくなるだろう。女は自身の美しさに気づけば、己が身を大事にするものだと、内心ほっと息を吐いていた。


清雅の軍が戻って来たのは、翌日の夕刻のことであった。

『若殿、お帰りでございます』

『お味方大勝利』

自室でその言葉を聞いた巡は胸を撫で下ろした。城を引き上げた雅次たちが戦に出ている清雅たちに何かしていたらと心配していたのだ。しかし。

『若殿のお帰りじゃ』

『あの者の処罰をお伺いせねば』

続けて聞こえてきた家臣たちの言葉に胸のあたりがどきどきし始めた。

清雅は自分がしたことをどう見る？　皆と同じように愚弄されたと激怒するか。

雅次はそうすると見たから、大人しく引き下がった。

（あやつは、分かってくれるか……）

「きゅうう」

握りしめた巡の手に、ずっと寄り添ってくれていたトト丸が体を擦りつけてくる。大丈夫。おれがついてるよと。

その、小さくも温かい体をもう片方の手で撫でていると、声がかかった。

「おかた様、若殿が広間にてお待ちでございます」

「分かった」と短く答え、巡は立ち上がった。

「おお。来たか」

広間に入ると、こちらを刺すように睨んでくる家臣たちが居並ぶ最奥の上座に座った戦装束の清雅が、屈託のない笑顔で声をかけてきた。

巡は何も言わず歩み出ると、優雅に胡坐《あぐら》を搔き、深々と頭を下げた。

「お味方大勝利とのこと、おめでとうございまする」

家臣たちの前なので、きちんと臣下の礼を取る。

「うん。巡も俺の留守中、大手柄を挙げたそうだな」

「大手柄……」と、巡が思わず顔を上げると、家臣の一人が「若殿っ」と声を上げた。

「名家の公家だからとて遠慮は無用。この者は、若殿をこれ以上ないほどに愚弄いたしました。討たねば、若殿の名誉が」

「康孝《やすたか》」

やんわりと、しかし、低い声で家臣、康孝の進言を遮る。

「巡はたった一人で、一滴の血も流さず大軍を退かせただけでなく、あの雅信に『巡は嫁にしない』『巡は清雅の嫁』とも言わしめた」

「……っ」

「これほどの偉業、お前にできるか。巡以上の策があるなら言うてみよ」

(清雅。俺がしたこと、分かってくれた。大手柄と言うてくれた!)

顔には一切出さないが、歓びに胸を打ち震わせる。けれど、

「そ、それは……しかし、この者は若殿が白銀に抱かれたなどと、あり得ぬ嘘を」

主に巡の功績を説かれても、巡を睨みつけてくる。他の者たちも康孝と同じ顔をしている。

そのさまを見て、巡はふと顔に火傷を負った時のことを思い出した。

あの時も、公家たちの命綱である荘園の帳簿を火事から守ったが、自分は化け物扱いされるばかりだった。帳簿の必要性に気づいても、それは変わらず。

ここでも同じなのだ。どんなに功を立てようが、自分は誰にも評価されないし嫌われる。

ちくりと胸が痛む。だが、歓びのほうが勝った。ここまで、誰にも理解されない自分を清雅は分かってくれた。それだけでも、有り余る僥倖《ぎょうこう》だ。

ゆえに、巡は一歩前ににじり出た。自ら、この件についての処分を申し出るためだ。

これほど不満が出ているのだ。自分が何らかの罰を受けなければ収まりがつかない。これ以上庇《かば》わせて、清雅と家臣たちの間にわだかまりを生じさせないためにも……と、口を開きかけるが、それより早く清雅はこう言った。

「嘘ではない」

「そうです！　嘘では……え」

康孝は文字通り、鳩《はと》が豆鉄砲《まめでっぽう》を食ったような顔をした。他の家臣も同様だ。そんな彼らににっこり笑って、

「巡に言うた。山吹だの白銀だの関係ない。巡が望むならいつでも抱かれてやるぞと。俺はそれを隠す気もないし、恥とも思わん」

言い切る。その場にいた全員が驚愕の声を上げる。巡も目を見開く。というか狼狽した。

（こやつ、何を考えておるのだっ）

そんなことを言ったら家臣たちの気持ちが離れてしまうぞ！

内心絶叫したが、清雅は不思議そうに首を傾げてこう続ける。

「何を驚く。妻に立派な一物がついていて、『抱きたい』と言われたら喜んで足を開く。それが夫というものではないのか？」

あっけらかんとそう訊くので、場は一気にどよめいた。

「は、はあ？　若殿、何を申して」

「康孝。お前は妻にそう強請《ねだ》られても聞いてやらぬと申すか。いつも抱かせてもろうておるくせに、けちな奴だ」

「え。いや、一物が生《は》えた妻など考えたこともなく……そもそも！　我が妻はそれがしを抱きたいなどと思うわけが」

「桔梗《ききょう》っ」

目を白黒させる康孝を尻目に、清雅は大声でとある名前を呼んだ。

少しもしないうちに、目鼻立ちの整った若い女が広間に入ってきた。

「お召しでございましょうか」

「桔梗。お前、一物が生えてきたら康孝を抱きたいと思うか」

「！　わ、若殿。我が妻になんということを」

「望むところでございます」

「……へ」

「我が夫より、上手に抱いてみせますわ」

品のいい笑みを浮かべ、そう言い放つ。一瞬、場がしんと静まり返ったが、すぐに清雅が噴き出し、高らかに笑い出した。その明朗な笑い声につられるようにして、それまで表情を引きつらせていた面々もおかしそうに笑い出した。

康孝が一人だけしどろもどろになっていたが、

「康孝、よかったな。さように妻に想われて。羨《うらや》ましいぞ」

清雅がそう声をかけると、桔梗はほんのりと頬を赤らめて俯いた。そんな妻の姿を見ると、康孝も「若殿には敵《かな》いませぬ」と、照れ臭そうに笑い出して――。

そのどこまでも明るく和《なご》やかなさまに、巡だけが一人呆然とするばかりだった。

自室に戻ると、巡が座っていた円座で丸まっていたトト丸が飛び起き、駆け寄ってきた。

巡の前に来るなり腹を出すトト丸に微笑したが、

「トト丸。あやつはやはり滅茶苦茶じゃ」

しゃがみ込んでトト丸のぽっこり腹を撫でて、ぽつりと呟く。

清雅に自分がしたことを理解してほしい。そう、期待してはいた。だが、たとえ清雅の理解を得られたにせよ、断罪される覚悟はしていた。大勢の家臣たちから「斬り殺してやる」と言わんばかりの敵意を向けられたのだ。それしか解決策はないと。

だが、清雅は「巡に抱かれたいと言ったことは事実。恥とも思わん」と言い放ち、険悪極まりない空気を一掃し、笑い話にすり替えてしまった。

あの男はいつも、いとも簡単に巡の想像を飛び越えていく。

いけ好かない奴だと頬を赤らめていると、ドスドスと小気味のいい足音が聞こえてきた。清雅の足音だと認識すると同時に、「入るぞ」と障子が開き、清雅が部屋に入ってきた。

「無作法者め、いきなり入ってくる奴があるか」

「悪い。早く巡と話したくてな。気が急いた」

巡の前にどかりと腰を下ろし、真顔でそう謝ってくる。言葉に窮していると、続いて作左が入ってきた。

「さあトト丸様。お食事の時間です」

巡には一瞥くれもせずトト丸を抱き上げると、さっさと部屋を出ていく。巡は昨夜自分の好きにさせてくれたことへの礼を言いたくて、作左を引き留めようとしたが、

「んんっ？」

突如唇に噛みつかれて目を見張る。思わず体は逃げを打ったが、強引に膝上に引っ張り上げられる。

痛いほど強く抱き締められ、狐の面も剝ぎ取られて、口内を深く蹂躙される。

「ぁ…ま、ま…て……こ、んな……んん、ぅ。……ふ、ぁ」

制止は一切聞いてくれない。逃げ回る舌を捕らえられ、嚙まれ、きつく吸われる。

痛い。苦しい。そう思うのに、なぜだろう。全身が甘く痺れて、すごく気持ちいい。

「あ……は、ぁ。ふぅ……んん」

あまりの快感に眦から涙が零れ、体から力が抜ける。

崩れ落ちそうになる体を抱き竦《すく》められ、触れ合っていた唇が離れる。

その刹那、苛立った舌打ちが聞こえてきたものだから、涙で濡れた巡の眦が歪む。

「ぁ……んぅ。はあ……怒って、おるのか？」

「当然だ」

押し殺した声で即答され、喉の奥が震えた。やはり、清雅は皆と同じように怒っている。

「っ……そ、うか。やはり、雅信に言うたこと」

「そのことじゃない」

即座に否定された。

「俺は巡に抱かれても恥とは思わぬし、何より……巡は一滴の血も流さずこの城を守り、雅信たちに我らの婚礼を認めさせた上に、彼奴等に毒を打ち込んだ」

「……毒？」

「雅信は公家を馬鹿にしていると周囲に見せつけた。これで彼奴等は公家を敵に回したし、この件を上手く使って、公家と仲がよい高垣、あわよくば朝廷さえも敵に回させる。そういう算段だろう？」

先ほどの顚末《てんまつ》、武家の目から見れば、ただただ巡が非常識で無礼な行為だが、武家を「犬」だと見下している公家の目で見れば完全に逆転する。

山吹なのに白銀の巡に抱かれてまで忠誠を見せた清雅は、見所のあるよくできた犬。巡の申し出を蹴ったばかりか愚弄した雅信は、目をかけてやるに値しない駄犬。そう見る。

このことは武家は誰も気づくまいと思っていたが、清雅はそこまで見抜いていた。

あまりにも完璧《かんぺき》な読みに絶句する。それなのに。

「かように上手い手、誰が怒るか。俺が怒っているのは、作左にあのあられもない姿を見せたことだ」

「……は？」

「二度とするな。そうでないと、作左を斬ることになる」

「……。……さように嫌か」

「ああ。滅る」

憮然《ぶぜん》と答え、いよいよ深く抱き込んでくる。

ぽかんとした。だが、言葉の意味を理解した途端、かあっと顔が熱くなった。

こんなに頭が良くて、大勢の前で恥を掻かされてもけろっとしている度量の持ち主のくせに、巡が作左に情事の痕が色濃く残る素肌を見せたことには感情を剝き出しにして怒る。

意味が分からない！　内心盛大に毒づいたが。

（こういう、意味の分からぬところ、昔からちっとも変わらん）

しようのない奴め。

ぎゅっと抱き締め返す。両腕に感じる感触は硬くて、大きくて、あの頃とまるで違っていたが、胸の内から湧き上がってくるそわそわとした感覚はあの頃のまま。そのことを嚙み締める。けれど、あの頃と同じなのは嫌だとも思った。なにせ――。

「そなたが悪い」

「うん？　俺？」

「そうじゃ。そなたはいつも大事なことは何一つ俺に言わぬ。今も、あの頃も」

思ったまま口にした瞬間、しまったと思った。

なぜ八年前のことまで言及する。そのことは今関係ないし、詰《なじ》る資格も自分にはない。八年前の自分たちは、ただの学友でしかなかったというのに。

けれど、やはり……何も話してもらえないのは嫌だと思った。

深い苦しみを抱えている清雅に、「お前はこの世で一番能天気な奴だ」なんて暴言を吐いて傷つけるようなことはしたくないし、巡の力が欲しいと頼ってくれた気持ちに全力で応えたい。

体を離し、顔を覗き込んでみる。清雅は何とも難しい顔をしていた。それが何を意味しているのか分からなかったが、色々な感情が目まぐるしく浮かんでは消えていく山吹の瞳を真っ直ぐと見つめて、口を開く。

「すまぬ。八年前のことは関係なかったな。それと、策とは言え、そなたに恥を掻かせたことも悪かった。ゆえに、一刻も早うそなたの汚名をそそぐ。この巡に抱かれるなら誉《ほま》れよと、世に知らしめてやる」

宣言すると、山吹の瞳が大きく見開かれる。なんという大言を吐いているのかと、呆れている？　ならば。

「手始めに、そなたを伊吹家当主の座に据えてやる。近々、事を起こす算段なのだろう？　年老いた高垣家のご当主、つまり雅次の舅《しゅうと》殿は近頃病で床に伏しておるしな」

偶々《たまたま》漏れ聞いた内容ではったりをかましてみた。山吹の瞳がいよいよ見開かれる。

内心してやったりとほくそ笑んで先を続ける。

「雅次と懇意にしておる当主がいなくなるのを見計らい、公家に馴染《なじ》み深い高垣家に色々仕掛けるつもりなのだろう？　ゆえに俺を呼んだ」

「……」

「ならば、俺を信じよ。俺はそなたの力になるためなら己が恥でも使う覚悟ぞ。それなのに、そなたが俺を信じてくれぬのでは、俺は存分に力を振るえぬのだ。それに……っ」

また、強く抱き締められた。

「はあ。参った」

「参った？　……では！」

巡が顔を輝かせると、清雅は巡を膝上から下ろし、居住まいを正した。

「まず訊いておきたい。巡は俺の父上の御最期について、作左からどう聞いた」

「お義父上《ちちうえ》の？　凱旋《がいせん》途中、残党の放った矢でご落命されたと聞いたが、それが」

「それは表向きだ。真は、雅次の手の者に殺された」

そろりと言われた言葉に、息が止まった。

「このことを知っているのは作左をはじめ極々《ごくごく》わずかな者たちだけだ。他言せぬようにな。広まれば、この国がひっくり返る」

淡々と告げられる。あまりのことに巡は絶句するばかりだったが、

「そなた、そのことをいつ」

しばらくして、何とかそれだけ口にすると、清雅は真顔のまま、こう言った。

「八年前、お前に別れを告げて京を離れる前日に、叔父御より聞いた」

愕然とする。

八年前、別れた時のことが切れ切れに脳裏を過《よぎ》る。

泣かないと決めていたのに、目に裏切られたと泣きじゃくっていた清雅。あれはただ、京を離れることへの悲しみだと思っていたが、本当は――。

「喜勢殿、なにゆえさようなことを幼気《いたいけ》なそなたに話してしもうたのだ」

父親が死んだだけでも辛いだろうに、その父を殺したのは叔父であり、これからはその叔父の許で暮らさなければならないと知らせるなんてあまりにも惨い。

当時の、あどけない幼子だった清雅を思い出すと憤りを覚えずにはいられない。

慄く巡を清雅は黙って見ていたが、おもむろにゆっくりと両の目を細めた。

「全て包み隠さず話した後、叔父御は父上の形見の太刀を俺に寄越し、こう言うた。『お前は心に鬼を飼え』と」

「……鬼」

――高雅は心が綺麗過ぎた。イロナシが当主になるならば山吹の弟は斬るしかなかったというのに、兄弟ならば乗り越えられるなどと甘い夢を見た。お前はそうなるな。武将の道は修羅《しゅら》と知れ。憎しみの業火に身を焼き、地べたを這い、泥水を啜《すす》り、血が繋がっていようが必要とあらば容赦なく殺す。強《したた》かになれ。そうでなければこの乱世、生き残ることはできん。

わずか十歳の甥に、貞保はそう言い放ったのだという。

絶句することしかできなかった。

公家の世界でも世継ぎ争いや権力争いは当然ある。だが、それはあくまでも朝廷内だけの話で、命まで奪おうとは思わない。

高貴な存在である自分の身を血で穢《けが》すなど、最も忌むべき行為だから。

だが、武家は違う。その身を穢せ。必要とあらば肉親といえども殺せ。心に鬼を飼えなどと、幼子に言い放つ。

武家の世界とはこれほどまでに非情で、血腥《ちなまぐさ》いものなのか。

想像を絶する過酷さに身震いしたが、ふとあることに気がつく。

それは清雅の瞳。こんな話をしているというのに、なんと穏やかで、澄み切っているのか。

「俺は、教えてもろうてよかったと思うている。何も知らなかったら、一歩も動けなくなっていた」

声音も、凪いだ海のようだ。そのちぐはぐさに戸惑いを覚えつつ、巡は震える唇を再度開いた。

「……そなた。雅次のことを、どう思うて」

「殺してやりたい」

即答だった。巡がぎょっと目を剝くと、山吹の瞳が刃《やいば》のようにぎらりと光った。

「俺は、父が好きだった。優しゅうて、温かくて、この世の誰よりも格好良くて……彼奴のことも、ただ一人の弟ゆえと大事に想うておられた。それなのに。さような輩を殺してやりたいと思うて何が悪い。恥とも思わん」

何の淀《よど》みもない凛《りん》とした声音できっぱりと言い切る。そのさまに、巡は総毛立った。巡の知っている清雅は誰に何を言われてもにこにこ笑って聞き流し、悪口一つ言ったことがない男だったので、「殺す」などという言葉を口にしたことに衝撃を受けたから？

それもある。だが、一番の理由はそう言い切った瞳が、変わらず澄み切っていたから。

この男の清廉な心根はよく知っているつもりだったが、殺意でさえも「父を心から愛している証」とばかりに胸を張るとは。

本当に、どこまでも真っ直ぐで清冽《せいれつ》な男だ。痛々しいくらいに。

その胸の内が不覚にも顔に出てしまったのか。清雅は何かを誤魔化《ごまか》すように、いつもの屈託のない笑みを浮かべた。

「だがなあ。俺がこの感情の赴くままに彼奴を殺し、父上が命がけで愛したこの国を乱れさせてしまえば、俺は雅次以下の屑《くず》に成り下がり、父上に嫌われる。それは困る」

これまたいつもどおりの朗らかな口調で、清雅は無邪気に言った。

「俺は、あの世でもいい。父上にもう一度褒められたい。龍王丸、ようやった。龍王丸はすごいとな。そのためにはどうすればよいか。考えて、考えて、こう決めた。一滴の血も流さず雅次を失脚させ、俺が当主になる」

「！　一滴の血も、流さず？」

思わず訊き返した。この状況で一滴の血も流さず当主の座を奪い取るなど、無謀にも程があるという驚きもあるが、そこまで恨んでいる連中を殺さずに終わらせたいだなんて。

戸惑う巡に、清雅は大きく頷いた。

「そうだ。それなら領民を苦しめることはないし、同族で殺し合わせて家臣たちを泣かせることもなく、皆で新しい一歩を踏み出せる」

父上も俺を褒めてくれる。と、嬉しそうに微笑む。

その笑顔を見た瞬間、いまだかつてないほどの衝撃が全身を貫いた。それこそ、帝を初めて垣間見たあの衝撃が完全に色褪《いろあ》せてしまうほどの。

(ああ。なんと、美しいのか)

これこそが本物の美だと、心の底から思った。

この男こそが、自分が思い描いていた理想の「主」そのものだとも。

この男の許へ来て本当によかった。その歓びを噛み締め、巡は居住まいを正した。

「血を一滴も流さずにということは、徹底的に、それこそ彼奴等の尻の毛さえむしり取ってやらねばならぬなあ」

そう言ってやると、清雅が思わずと言ったように顔を覗き込んできた。

「できると、思うてくれるのか……っ」

「莫迦」と、指で鼻先を弾いてやる。

「後の天下人のそなたと、後に左大臣になるはずだった俺の二人でやるのだぞ。できぬはずがない」

不敵な笑みを浮かべ、断言してやる。

清雅の目が大きく見開かれる。そのまま固まって動かない。何も言わない。

あれ？　なぜそこで黙る？　ここは「そうだな！」と即答するところだろう。

「おい。何か言わぬか……んんっ？」

居たたまれなくて、おずおずと返事を促していると、突然唇に噛みつかれ、ぶちゅうっと音を立てて強く口内を吸われて仰天した。

「ぷはあ！　ありがとう。巡にそう言うてもらえたら、伊吹家どころかこの日《ひ》ノ本《もと》、いや！海を越えた外《と》つ国《くに》全部獲れたも同然だ」

「はぁ……はぁ……ば、莫迦。それは、いくら何でも大げさ」

「いや、本気で言っている。巡はすごい男だからな」

顔中に口づけの雨を降らせながら、そんなことを言う。

体中が燃えるように熱くなった。すごいと思った男に、ここまで言ってもらえる。これほど嬉しいことはない。だが、不意に下肢を触られて目を瞠った。

「そ、そなた……ぁ。今宵も、する気か。ふ、ぅ」

「ん……当たり前だ。我らは夫婦ではないか」

逃げを打つ巡の体を引き寄せ、何度も口づけてくる清雅に巡は目を白黒させた。

「そ、そうだが、俺は……ぁ」

こういうことをするために、ここへ来たわけではない。そもそも、自分は子どもができない体なのに、こんなことをしたって。と、言うより先に舌を甘く噛まれた。

「せっかく夫婦になったんだ。夫婦仲の良さも、天下一になりたい」

舌を絡《から》めつつ無邪気に囁かれ、驚愕した。

（そなた、俺を形だけではのうて、真の妻としてくれるのか？　妻としての心得など何も知らん、顔も醜く、子も産めぬ俺を？）

物好きにも程がある。自分ならこんな嫁ごめんだ。けれど、今はそれよりも。

「ん、んんぅ……痴《し》れ、者め」

「ふ…ぅ……うん？　何が」

「かようなことを、すれば……ふ、ぁ。俺との仲を深められる、とでも？　んぅ……浅はかな。お、俺は、さように好き者ではないぞ……ん、ふ」

確かに、清雅に触れられるとちょっと……いや、かなり盛大によがってしまうが、それはきっと、白銀の体質ゆえのこと。

自分は決して、体で容易く籠絡《ろうらく》できる好き者ではない。そんなふうに、清雅に思われたくない。と、抗議するように睨みつけると、清雅の肉厚な舌が歯列をなぞってきた。

「はは。勿論、かようなことで巡を落とせるなどとは思うておらん。というか、これは落とすためではのうて……俺がただ、巡を抱きたくて抱いている。それだけだ」

「……っ」

「見ていろ。『つがいにしてくれ』と懇願したくなるくらい、惚《ほ》れさせてやる。明日から
……ふ、ぅ」

「つがい」とは、山吹が白銀の項《うなじ》を噛むことで結ばれる特別な契りのことだ。

つがい関係が結ばれると、白銀は発情期を除き、つがい相手の山吹としか性交できなくなるし、淫気も振りまかなくなる。つまり、その身を一人の山吹に捧げるということだ。

このため、白銀は項を守る鍵つきの首飾りを常に身につけ、嫁入りしたら初夜に首飾りを外し、夫に項を噛んでもらい、つがいになるのがしきたりだ。

しかし現在、そのしきたりは完全に廃《すた》れてしまっている。

白銀は一度つがい関係を結んでしまうと元の状態には戻れない。つがい相手と離別、あるいは死別しようが、死ぬまでそのままだ。

いつどんな形でつがい相手を失うか分からないこの乱世で、つがいになるなど正気の沙汰《さた》ではない。それなのに、「つがいにしてくれ」と懇願するくらい惚れさせてみせるだと？

腹が立つ。巡なんて落とせて当然とばかりに自信満々なところも、夫婦になったことだし惚れさせるという言い草も、何もかもが気に入らない。

「誰が、そなたのような山猿に……ん。そう易々と、惚れたり、するものか」

「そうか？　……っ」

「そうなる前に、俺がそなたを落としてくれる」

後頭部に手を回し、引き寄せて、そう言ってやった。

山吹の瞳が歪に細められる。男の矜持を刺激されたのだろうかと思ったが、すぐに不敵な笑みを浮かべて、

「なら、毎日口説《くど》いてくれな？」

楽しみにしてる。と、口づけながら巡の体を押し倒してきて……全く。

やれるものならやってみろと言わんばかりのその態度。本当に憎たらしい。

（俺を落とす？　では、俺に惚れてから出直してこい。莫迦！）

思い切り、背中に爪《つめ》を立ててやった。けれど——。


翌朝、巡は清雅の腕の中で目を覚ました。

清雅はまだ眠っている。至近距離で見る寝顔はとても安らかだ。

昨夜も散々人の体を好き勝手しくさりおって！　と、最初はむかむかしたが、昨夜のことを思い返していると、だんだん体が熱くなってきた。

二度目の行為ということもあって、清雅の手や唇は的確に巡の性感帯を刺激してきた。さ

らに、「巡は綺麗だ」という囁きに馬鹿みたいに感じて、余計に乱れた自分。何度も達《い》かされると訳が分からなくなって、「達かせて」だの何だの、とんでもない言葉を口走ってしまった気もする。

高貴な公家の男が、なんとみっともない。と、心の底から思うのに。

──ああ……巡。可愛い。

快楽ですすり泣いてよがる巡を見て、清雅が言ったその言葉。

本来なら、女扱いするつもりか、抱いたからと言って下に見るつもりはないと言ったのは嘘だったのかと激怒して然るべきだ。

それなのに、その怒り以上にこの身を焼いたのは、今まで感じたことのない熱。

それはまるで灼熱《しゃくねつ》の炎のごとく全身を焼き、呼吸もままならない。

これは何という感情なのか。未知の感覚に戸惑う。しかし、巡はすぐに振り払うように首を振った。

この感覚は、これ以上味わいたくない。何だか、自分が自分でなくなりそうな気がして、

(怖い……っ! 俺は、今何を考えた)

怖いだと? 誰が、何に? よく分からないが、とにかく、怖いなんて違う。断じて違う!

そう結論づけたが、体は熱いまま。胸のあたりはそわそわと落ち着かなくて……ああ。

(とりあえず、かようなことも、か、可愛いなどというふざけた言葉もやめるよう言うて

……待て。さようなことを言うたら、俺がこのことで心を乱しておるとこやつに露呈することになるのでは?)

それも嫌だ。すごく癪だ。清雅はこんなにけろっとしているのに、自分だけ格好悪い。何とかこの動揺を気取《けど》られず、やめさせるにはどうしたら……全く! なぜこんなことで頭を悩ませなくてはならない。

自分は、自分の才覚を認め、必要としてくれた清雅の期待に全力で応えたい。亡き父にもう一度褒めてもらいたいという清雅の願いを叶《かな》えてやりたい。

そう切望しているのに、当の本人がそれを邪魔してどうする! 清雅の寝顔を見つめ、盛大に突っ込んでいると、睫毛の奥から山吹の瞳に覗かれて肩が跳ねた。

その瞳はしばし緩慢な動きで視線を彷徨《さまよ》わせた後、巡の顔を捉え、柔らかく細まる。その、どこか甘えたような笑みにどきりとする。

「おはよう。もう起きたのか」

「そなたがのんびりし過ぎなのだ。寝坊助《ねぼすけ》め……っ」

何だか気恥ずかしくて視線を泳がせていると、火傷痕が残る右頬を撫でられ、肩が跳ねた。

「狐の面、もうやめたらどうだ」

「……っ」

「あんなもので隠す必要なんてない。巡はすごく綺麗だ」

どくりと、心臓の音が聞こえた気がした。

この男はどうしていつも、こちらの心の最奥を刺し貫く台詞《せりふ》を平然と口にして、それが本心だと問答無用で思わせてしまうのか。

嬉しいと、思ってしまった。たとえ、この顔を見た誰もが化け物と罵《ののし》ってこようとも、清雅がこの火傷は隠さねばならぬ忌むべきものではないと思ってくれるなら構わないとさえ。

それほどに思う相手は清雅だけ。そんな清雅の期待に応えたい。

改めて、その思いを強くした。だからこそ、巡は首を横に振った。

「それはできん」

「やはり、素顔を晒すのは辛いか」

「そうではない。だが、この面は帝の勅命だ」

そう返すと、清雅の顔色が変わった。

「……命を懸けて大事な帳簿を守ったお前を、労わるどころか化け物呼ばわりしたあの男の言うことを聞き続けるのか」

真顔で訊いてくる。その声には怒気の色が滲んでいた。

親の仇《かたき》である雅次の話の時でさえ淡々としていた清雅が、ここまではっきりと怒りを表に出すなんて。それに、帝をあの男呼ばわりするなんて。武家にとっても帝は敬うべき君主であるだけに驚きだ。

それだけ、清雅は帝が巡にした仕打ちを怒ってくれている。

とても嬉しかった。思わず頬が緩んだが、

「それはそうだが、帝は帝であらせられるゆえなあ」

宥《なだ》めるように言った。

朝廷には力がない。けれど、その威光はこの国の隅々にまで沁み込んでいる。帝は現人神様。この世で最も尊いお方と。

狐の面はその帝に拝謁し、お言葉まで直々にかけていただいた証。きっと役に立つ。

清雅が置かれている事態は、巡が想定したものよりもかなり厳しい。

使えるものは何でも使いたい。だから、この面はつけ続ける。

そういう意味で言った言葉だった。

清雅の眉間に皺が寄る。帝のような男の力を利用することを良しと思えないらしい。

自分だって本心は嫌だが、この面はこれから大いに利用していきたいので、

「ところで、考えてみたのだが、俺は夫と大層仲の悪い放蕩三昧《ほうとうざんまい》の悪妻になろうと思う」

話を変えることにした。

押し黙っていた清雅の大きな目が、わずかに見開かれる。それからしばし逡巡するように少し瞳《ひ》を揺らした後、柔らかく微笑んだ。

「退きはしたが、雅次方は依然巡のことを警戒しているし、俺を潰す機会も虎視眈々《こしたんたん》と狙っ

ている。ゆえに、巡は仕事もせずに遊び惚ける愚妻を演じつつ事を進める。それなら、巡の才覚を見誤るし、俺の不幸が何より好きな彼奴等は大いに油断し、こちらの動きを見落とす」

「……！」

「巡はその隙を突いて……そうだな。手始めに、神社仏閣巡りと称してこのあたりの寺社の僧たち、都落ちした公家たちを調略する。巡への態度で分かるとおり、彼奴等は公家を馬鹿にしているし、信仰心も薄いゆえ僧もないがしろにしていて狙い目だ」

思わず息を止める。

都落ちした公家も僧も一見、何の力もないように見える。だが、僧侶は有力武家の次男、三男がなることが多いため武家との関わりが深いし、公家や連歌師《れんがし》は有力大名たちの風雅の師となっていることが多い。

彼らを味方につければ、たくさんの有益情報が手に入ることは勿論、高垣をはじめ有力武将に直接働きかけることができるし、寺は戦の拠点にも使える。一人でも多く味方にしておきたい。

そのあたりのことも考慮した完璧な回答に、ぽかんとしてしまう。

たったあれだけの言葉でそこまで読み解くなんて、この男の頭の中はどうなっているのだろう。素直に感心していると、清雅がうんうん頷いて上体を起こした。

「俺もそこには手を付けたいと思っていたが、今は武家の調略で手一杯だし、公家との繋がりもなく風雅にも疎い。下手に接触したら逆に嫌われそうで、なかなか手が出せなかった。

ゆえに、巡が連中の相手をしてくれたらとても助かる」

「！　そうか？　そういうてくれるなら安心……」

「でだ。その方面のことについては、巡に一切を任せる」

「……は？」

実に間の抜けた声が漏れた。

「一切？　まことに、全てを任せると申すか。新参者の俺に」

訊き返すと、清雅は大きく頷いた。

「巡の仕事ぶりは叔父御の文で読んだ。巡は俺を含め、家中の誰よりもずっと連中のことを理解しているし、扱いを心得ている。ならば、全て任せるべきだろう？」

そう言うと、清雅は力強く巡の肩を叩いた。

「思い切り、好きなようにやってくれ。勿論、俺にできることがあるなら何でもやるし、責任も全て俺が取る」

「……っ」

「その代わり、巡も武家に関してのことは一切俺に任せてくれ。俺は巡を信じるから、巡も俺を信じてくれ」

真っ直ぐとこちらを見据え、告げられたその言葉に心臓が激しく高鳴った。

これほどまでに絶大な信頼を寄せられたことなど、ただの一度もなかったから。

あまりにも嬉しくて、危なく顔に出そうになる。だが、そんなはしたないことはできないので、何とか澄まし顔を作る。ちょっと頬がひくひくしてしまったが。

「分かった。そなたがかように言うてくれるなら、俺も思い切りやる……」

「だがな」

心持ち弾んだ声で決意を新たにする巡の言葉を、低い声が遮ってきた。

「巡一人を悪者にするのは嫌だ」

そう付け足される。巡はきょとんとした。

「？　それは、どういう」

「俺はいつでも、巡を大事にしたい」

大真面目《おおまじめ》な顔でそう言い放つ。とっさに意味が分からず目をぱちくりさせたが、理解した途端、頬が熱くなった。

「己が立場を考えよ。一人でも多くの味方をつけておかねばならぬこの状況で、愚妻に現を抜かす無様《ぶざま》なさまを見せたらどうなる。せっかく仲間につけた者どころか、そなたの家臣たちにまで愛想を尽かされるかもしれん。俺が雅信に申したことも、表面上はそなたの取りなしで収まったが、許しておらぬ者たちがきっとおる。それに」

「巡」

清雅が、切々と説明する巡をやんわりと制する。

「今、宮中でのことを思い返しているだろう？」

さらりと問われた言葉に、びくりとする。

図星だった。自分は今まさに、宮中でのことをありありと思い返していた。

上り調子の者には際限なく擦《す》り寄り媚《こ》びを売るが、その者の隆盛に陰りが生じれば、たとえ親兄弟であろうと即座に切り捨て、別の者に鞍替《くらが》えする。

現に、巡が帝から火傷のことでそっぽを向かれた時、兄たちは勿論、巡を心から愛している父でさえも宮中では巡と距離を置いていた。

薄情とは思わない。落ちぶれた者、またはそれに類する者は徹底的に疎外され、陰湿ないびりを受けることになる。甘っちょろい情けに絆《ほだ》され、家族ごっこをした挙げ句に一族共倒れなんてことになったら目も当てられない。

この処世術は宮中に限ったことではなく、どこの組織だろうと同じだと巡は思っている。

この世は強者が正義であり弱者は悪。弱ければ見向きもされないし、裏切られても文句も言えない。上に立つ者は弱みを決して見せてはならない。作左曰《いわ》く、武家は強い男が好きだというのなら、なおさら。

そんな巡の胸中を見透かしたように、清雅はうんうん頷いた。

「巡の考えは間違っていない。この世の真理だ。だがな、巡がすることで間違っていないと思うたなら、俺は巡の味方を最後まで貫く。無様とも、恥とも思わん」

胸を張ってそう言い放つ。そして、ぽかんとしている巡の膝に頭を乗せてきて、

「心配するな、巡。言うたであろう？　左大臣になるより、俺の嫁になるほうがずっと楽しくてすごいことだと。それを今から証明してみせるゆえ、悠々と見物しておれ」

無邪気に笑った。


その後、巡は清雅とどの寺どの公家から調略にかかるか綿密に話し合い、下準備に取りかかった。

まずは、京にいた頃に渡りをつけておいた父の知り合いたちに挨拶の文をしたため、それに添える貢物《くもつ》を何にするか、京より持ってきた財物から厳選する。

その間頭に浮かぶのは、清雅が言った不可解な言葉。

巡が放蕩三昧の愚妻を演じ、雅次方を油断させる策は賛成だが、巡を悪者にはさせない？

何をどうすればそんなことができる。自分にはさっぱり分からない。

まあ、あの男は常に自分の想像を超えることをやり続ける男だから、何か考えがあるのだろう。だが、なぜかその策を教えてくれない。ここへ来てからは、巡が訊いたことはもったいぶらずにすぐ話してくれるのに、このことに関してだけは「今に分かる」の一点張り。

（変なことを考えておらねばよいが）

そう願いつつ、作業を進める。

翌日、色よい返事をくれた者の許へ、護衛の作左が引く馬に乗って赴いた。そこを足掛かりに、徐々に交友関係を広げていく。

彼らに取り入るのは実に容易かった。

公家たちは勿論のこと、僧侶たちも京の寺で修行していた者が多く、長年遠く離れた京を恋しく思う気持ちが強い。しかし、国主《こくしゅ》の雅次が京や風雅に全く関心がないゆえに、この国は京の香りがまるでしない。

そんな中、京の風情を纏った巡が京の品を貢《みつ》ぎ、京や風雅の話をしてやれば、皆嬉々《きき》として食いついてきた。

順調な滑り出しと言える。そして一日の終わり、清雅にその日の成果を報告し、お互いの考えを擦り合わせていく。その時間が……これまで内裏という箱庭の中で、風雅に揺蕩《たゆた》うばかりの無為の日々を送っていた巡にとって、いまだかつてない至福のひとときだった。

自分のすることを正確に理解してくれる相手と議論し、より良い策を練っていく。自分の提案が受け入れられ、「さすがは巡だ」と褒められようものなら、歓びで全身が震える。

今までで一番幸せだと思う。仕事面においては。だが、それ以外は散々だった。

原因は、清雅が自分を構い続けると言い張ったせいだ。愚妻の自分を庇ったりしたら、お前も悪く思われてしまうぞと、何度説得しても「嫌だ」の一点張りで聞きやしない。

こうなったら、巡が多少家中からの心象を良くするよう努めるしかない。清雅と家臣との間に溝ができてしまってはまずい。

ということで、できるだけ友好的に接しようとしているのだが、どうにも上手くいかない。公家と武家では色々勝手が違うと分かってはいたが、そもそも会話さえ成立しない。

「おかた様、みだりに女たちに手を出すのはおやめください」

訪ねてくる者たちの大半の用件はこれだった。

普通、正室のくせに奥の仕事をしないことについてではないのか？　と、内心首を捻りながらも、そんなことはしていないと否定すると、嘘を吐くなと怒り出す。

「『そなたは花』だの何だの言うて、口説いたではないですか」

「あれを口説《くぜつ》と申すか。花に花と言うただけぞ」

何を馬鹿なことを言っているんだとばかりに返すと、なぜか相手の顔が引きつる。

「おかた様には、あの者たちが花に見えたと？」

「あの者たちに限ったことではない。女子は皆、かぐわしい花じゃ。美しいがか弱く、傷つきやすい。ゆえに、己自身でも大事に扱わねばならん。それを分かってほしかっただけぞ」

「はああ〜」

不意に大きな溜息が聞こえてきた。見ると、庭先で箒《ほうき》を持った下女がうっとりした顔でこちらを見ていた。いたのか、と、内心思いつつ目が合う。瞬間、相手の顔が真っ赤になったかと思うと、「きゃっ」と小さく悲鳴を上げて走り去ってしまった。

「だから！　なにゆえさように見境なく口説くのですっ？」

意味が分からない。

他にも、「そなたは花」などと言うのは下心がある証拠と言ってくる者がいたので、「そなた、花に欲情すると申すか。面白い。試しにあそこの花とまぐわってみせよ」

純粋な好奇心から庭に咲いた花を扇で指してみせると、馬鹿にしているのかと怒り出す。

本当に意味が分からない。

そのうち、言葉を交わさなくても、「お面よりすかしているあの澄まし顔を見るだけで腹が立つ」と、陰で散々言われる始末。

この顔は生まれつきだし、まずは自分の顔面を鏡で見てから文句を言えと言いたい。

女たちはと言えば、思惑どおり、恥ずかしい格好をする者はいなくなったが、巡を一目見ただけで、「きゃっ」と悲鳴を上げ、顔を真っ赤にして逃げ出す者が続出し、これはこれで何とも居心地の悪いことになっている。

それに引き替え、トト丸はどんどん友人を増やしていた。

最初は、狆も室内犬の概念も知らない彼らから、得体の知れない畜生だの何だのと忌み嫌われていたはずなのに、いつの間にか皆から可愛がられるようになっていて、一部の家臣たちからは「トトさま」とまで呼ばれているらしい。

トト丸の愛くるしさは自分が一番よく分かっているけれど、犬にできて人間の自分にできないと思うと、何だか情けなくなる。

そして、トト丸に接する者たちを見ていると、じくりと胸が痛む。

トト丸に接する時は男も女も皆、表情が穏やかで優しい。接し方も、自分たちが知っている犬とはあまりにもかけ離れた、小さくか弱いトト丸が壊れぬようとても気を遣っている。

だが、これはトト丸に限ったことではなく、皆周囲の人間に対しても優しい。

目上の者、目下の者、伴侶、親兄弟、我が子。それぞれに温かい眼差《まなざ》しを向け、互いに思いやり、楽しそうに笑い合っている。

それを見れば本来、とても情に篤《あつ》く、気のいい者たちだと窺《うかが》い知れる。

でも、自分に対してだけは違う。その意味……。

聞くところによると、どこぞでこのことを聞きつけた雅次たちは、清雅はとんでもない愚妻をもらった。ざまあみろと嗤っているらしい。

それはとても喜ばしいことだが、歩み寄ろうとして嫌われているのだと思うと――。

公家と武家だからこういうことになるのか。いや……よくよく考えてみれば、京にいた時だって、知り合いはたくさんいたが、それはあくまでも打算によるもので、利害なしで交流した人間など一人もいなかった。

——もしや、舌を噛んで自害でもしたか。

——それは願ってもないことよ。これ以上、我が久遠寺家に泥を塗る前にいっそ。

兄たちが脳裏を過る。そんなことを考えていると、気持ちがどんどん沈んでいったが、そういう時に限って、

「巡。ちと暇になった。構《かも》うてくれ！」

城主としての仕事や家中の調略など、することは山ほどあるだろうに、清雅は暇さえあれば巡にちょっかいをかけてきた。

雨の日や夜は、膝枕してほしい。巡が得意な楽を奏でてほしい。といった、室内でできる細々としたおねだり。天気のいい昼間は大抵外に連れ出された。このあたりの地形を教えておきたいというのだ。

まあ、それはとても重要なことなのでできる限り応じるのだが、その外出がとにかく酷い。

まず、巡を同乗させているにもかかわらず、馬を爆走させたり、小川や土手を飛び越えたりと滅茶苦茶やって、もみくちゃにされる。

道中、領民を見つけると急停止させて、

「俺の嫁の巡だ。どうじゃ。お内裏様人形のように凛々しく綺麗であろう？」

一々自慢をして、巡を羞恥心でいっぱいにさせる。また、人がいないところでも突然急停止したかと思うと、

「巡、あの沼地にいるドジョウはすごく美味《うま》いんだ。捕ってきてやるから待ってろな」

美味そうなものを見つけると木の上だろうが沼地だろうが平気で飛び込んでいくという、昔と全く同じことをやらかす。巡は悲鳴を上げた。

「そなたという男はっ。まるで成長しておらぬではないか。これが主のすることか」

何度も説教したが、「巡の喜ぶ顔を想像したらつい」などと、これまた昔と同じ言い訳を悪びれずほざいて、まるで反省しない。

だが、このまま放置するわけにはいかず、清雅と出かける時は必ず着替えを用意して持っていくようにし、汚れたら巡がこまめに汚れを拭い、着替えさせるようになった……が、そもそも清雅の普段着が――。

「なにゆえ戦でもないのに籠手《こて》をつけて、直垂の両袖を引きちぎっておるのだ」

奇怪な着こなしを指摘すると、清雅は思い切り首を傾げる。

「袖なんか邪魔だし、籠手は格好いいだろ？」

「よくない。というか、袖を引きちぎるとは何事ぞ。袖こそ立ち居振る舞いを美しく見せる要素で……とにかく、もっと身だしなみに気を遣え。見栄えが悪い主など誰が敬う」

童のように動き回ってぼさぼさに乱れた髪を整えてやりつつまた説教した。そしたら、袖を引きちぎることはやめたが、やっぱり邪魔だと背中で縛ってしまうし、

「巡、見ろ！　格好いいだろう」

近くの港で買ったという虎《とら》の皮を腰に巻くという、とんでもない着こなしをし始める。みっともないからやめろと怒っても、

「嘘を吐くな。虎だぞ？　強いだろ？　格好よくないはずがない」

謎の理論を展開し、毎日巻くようになってしまった。

この男の美的感覚はどうなっているのか。眩暈《めまい》がしたが、そんなことは些末なことだった。

「そなた、俺を落としてみせるなどと大言を吐いたが、きちんと手管を心得ておるのか」

「手管？　例えば何だ」

「そうだな。例えば、歌を送るとか」

何の気なしにそう言った。すると、大声で歌い始めたものだからぎょっとした。

和歌を詠むという意味だったのに。まさか、恋の歌を詠んで送るという慣習も知らないのか？　怖くて聞けなかった。挙げ句の果てに、

「あ。都鳥《みやこどり》。ここにもおるのか」

「うん？　あの鳥、好きなのか？」

「ああ。都にいた時は、よく……」

愛《め》でて歌を詠んだりしていた。とまでは言葉にならなかった。

巡が言い終わる前に、清雅が持っていた矢をつがえ、都鳥を射殺してしまったせいだ。

「よし。今日の夕餉《ゆうげ》、楽しみにしておけ」

弾んだ声で言う。どうやら、巡の「好き」を「好物」と勘違いしたらしい。

そんなことを延々繰り返すので、遠巻きから見ていた家臣や侍女たちもとうとう我慢できなくなったようで、

「若殿様、違います。それはそういう意味ではなくて」

と、口に出して訂正し、

「申し訳ありません。よくよく言い聞かせますので」

こちらに向かって謝ってくるようになった。

さらには、城中外ところ構わずやらかしたので、このことは瞬く間に国中に広まった。

雅次たちはますます愉快だと笑い転げているらしいが、あまりにもひどい内容に、渡りをつけた僧侶や公家たちは「清雅は野蛮な野生児なのか」とドン引き。なので、必死に「あれは雅次を欺《あざむ》くための芝居」「決して本気ではない」と弁明する羽目になって……全く、八年経ってもつくづく、類稀なる才覚以外は残念な男だ！

これで、よくもこの自分を落とすなどとほざけたものだ。呆れ返って、思わず父に愚痴《ぐち》の文を送ってしまうくらいげんなりした。

とはいえ、清雅が残念な男であることは十年前から承知しているし、世話を焼いてやると必ずやたらと嬉しそうな笑顔で「ありがとう」と礼を言い、

「巡。楽しいなあ」

無邪気に笑ってそう口ずさまれると、やはりあの頃と同じく、胸のあたりがもあもあするので、清雅の世話もやめられないし、

「ぁ……ん、んぅ。そ、れ……ぃ、や……ぁ、あっ」

「巡。巡……可愛い」

毎夜、抱かれることも拒めない。

この行為だって、恥ずかしかったり、理解できない感情の渦に翻弄されて、自分からは何もできず、されるがままで、性の相手としては面白くも何ともないだろうに。

(全く。俺などを構うて何がさように楽しゅうて……真の夫婦になりたいなどと思うのか)

物好きな奴め。今宵も巡を抱き締めて眠る清雅の胸に顔を押しつけて思った。

そんなある日、この地に来てふた月ほどが経った頃。

「巡殿は誠に逞《たくま》しくていらっしゃる」

調略中の公家の一人がそう言ってきた。

どういうことかと尋ねてみると、この地に落ちてきた公家はほぼ全員、十日ほど過ごす頃には体調を崩し、しばらく寝込んでしまうのだと言われた。

寝込む？　どうしてそんなことに？　と、首を傾げていると、

「ここは京とあまりにも違うでしょう？　肌着はごわごわした木綿で、滑《なめ》らかな絹に慣れた我らとしては終始気分が悪いし、食事も……私、ここの料理がとにかく駄目で。濃い味つけ

もそうですが、あのおぞましい見た目と感触！　五年経ちますが、今でも受けつけなくて往生することしきり」

「え……」

思わず声が漏れてしまった。だが、相手も「え？」と声を漏らすのを聞いて、はっとした。

「失礼。その、私はここへ来てからも、肌着は絹のままですし、食事も普通に口に合っておりましたので」

動揺のあまり素直に現状を話すと、相手は声を上げた。

「巡殿。それはおそらく、肌着は京から取り寄せて、お食事は京より料理人を招いて作らせていると思いますよ。そうとしか思えない」

そう言って、相手は京とこの地の風土の違いを説明してくれた。

聞けば聞くほど、京とこの地の風土がいかに違うか。清雅がどれだけ公家の暮らし向きを熟知しているかが窺い知れて、じわじわと動揺が広がっていく。

「武家と申す者、嫁入り前は下手《したて》に出ていても、嫁入りした途端『当家に嫁いだからには全て当家のやり方に従え』と居丈高《いたけだか》に公家を虐《しいた》げるものじゃが、清雅殿はなんと心配りの行き届いた、殊勝なお方か。それで、どうでしょう？　一度、そちらにお招きいただくことはできないでしょうか？　久々に、京料理が食べたい……」

相手がせっついてきたが、巡の頭には入って来なかった。

嫁入り前、静谷は京から遠く離れているから暮らしぶりはだいぶ違うはず。大丈夫だろうかと心配していたが、いざ来てみれば、出される料理は普通に美味《おい》しいし、気候も穏やかで過ごしやすくて……なんだ。案外簡単に適応できるものだと、今の今まで思っていた。

だが実際は、巡が愛用していた品は極力京から取り寄せ、食事に至っては巡専属の料理人を京より呼び寄せるほどの徹底ぶりで清雅に気遣われていた。

そのことにも驚愕だったが、それ以上に衝撃を受けたのは、さらにその先。

ここまで公家の巡に快適な暮らしをさらりと提供できてしまう男が、皆が呆れ返るような構い方を巡にするか……否。

わざとだ。間違っていると分かっていて、あえてあのような構い方をした。

あの行為は何か意図があってのことだった。では、

——巡、楽しいなあ。

いつも言っていたあの言葉は嘘だった？　そう思ったら、胸がざわざわと騒ぎ出して。

「おかた様」

声をかけられ我に返る。顔を上げると、そこには先ほどまで話していた公家の姿はなく、顔を覗き込んでくる作左の顔があった。

「急に立ち止まって、いかがなされました。もしやお加減でも」

「いや、少し考え事をしていた。それと、これより港へ行く」

「港へ？　今日はこのままお帰りになって、書き物をなされるはずでは」

「今、世間ではどのような噂《うわさ》が流れているか確認しておきたい。それによって、それぞれに送る文の内容を変えねばならん」

作左はなるほどと合点がいったように頷き、巡を乗せた馬を港へと向けた。

馬に揺られながら、必死に自分を落ち着ける。

憶測だけで決めつけるな。これまで、どれだけ清雅に良くしてもらったと思っている。

確かに、誰からも嫌われる自分を構って、この男は何が楽しいのだろうと不思議に思うことしきりではあったが、それでも……！

必死に自分に言い聞かせる。

結局、城に帰ったのは、空が夕焼けに染まる頃になった。それでも、気持ちはちっとも落ち着いていなくて、清雅と顔を合わせた時、いつもどおり振る舞えるだろうかと内心どきどきしていたのだが、城に戻ると、思ってもみなかったことが起こっていた。

「清雅殿が、風邪？」

「はい。昼頃から急にお熱が出たそうで。若殿様は大丈夫だと言い張っておられましたが、咳も出始めて……先ほどようやくお休みになられました」

（あの莫迦！　みだりに川やら沼やらに飛び込むからだ）

あれだけ風邪を引くからやめろと言ったのに。

風邪の程度はどのくらいなのだろう。とにかく看病してやらないと。

「清雅殿はどこにおられる。自室か」

心配のあまり、つい先ほどまで、清雅と顔を合わせたくないと思っていたことも忘れて歩き出す巡を、桔梗が慌てて止めてきた。

「おかた様。若殿様は、おかた様は部屋に来ぬようにとの仰せでございます」

かけられた言葉に、歩が止まる。

「私には、部屋に来るなと？　清雅殿が、そう申したのか」

「はい。お風邪を移しては大変だ。治るまで決して近づけぬようにとおっしゃって」

「……決して、か」

「はい。おかた様はこの地に来られたばかり。万一移って悪化しては一大事です。なので、申し訳ありませんが」

丁寧な言い方だったが、否を許さぬ風情。

「若殿のご容態は後ほど作左が伺いに参りますので、おかた様は部屋にお戻りくださいませ」

作左も桔梗と同じような口調で言ってくる。そんな二人を見ていると、巡には絶対逢いたくないという清雅の強い意志が透けて見えてきた気がして、息が詰まった。

結局、見えない清雅の意志に気圧《けお》されるようにして、巡は言われるまま自室に戻った……が、すぐにあることに気がつく。

いつも、巡が部屋に戻ると即座に駆け寄ってくるはずのトト丸がいない。

「トト丸は……」

「あ。トト丸様でしたら、若殿様のおそばです」

桔梗のその返答に、頰が引きつりそうになった。

「若殿様の異変に気づいたのか、おそばを片時も離れないのです。若殿様も、愛らしいトト丸様がいるとお熱の辛さが紛れて助かるとおっしゃって……」

「分かった。下がってよい」

全く悪びれず、笑みまで浮かべて話す桔梗の言葉をやんわりと遮り、下がらせた。

薄暗い部屋に独りきりになると、巡はゆっくりと崩れ落ちるように座り込んだ。

そのまま固まっていたが、しばらくして乾いた声で嗤い出した。

「はは……あははは。そうか。俺は、犬のトト丸以下か。あははは」

しかも、誰もがそれを当然のこととして話している。

おかしくてしかたない。病に臥《ふ》した夫に遠ざけられ、犬はそばに置かれる妻。実に滑稽だ。

嗤いが止まらない。腹が捩《よじ》れて痛い。

だが、よかったではないか。

考えてみれば、自分はこれまで一度も看病という行為をしたことがないから、何をどうすればいいのか分からない。トト丸のような愛らしさも愛嬌《あいきょう》もないから、辛さが紛れることもない。面倒をかけ、恥を晒すだけだ。

それに……と、巡は文箱《ふばこ》を開け、とある文を取り出した。清雅が貞保に宛てた、巡を嫁にしたいと書かれた文だ。

『これほどの傑物は他になし。些末なことで潰していいはずがない』

そうだ。清雅が自分を嫁にと望んだ一番の理由は、巡の才覚がほしかったからだ。

だったら、その才覚で仕事を頑張り、そちら方面の清雅の負担を軽くしてやるのが一番有効な手だ。

だからよかったのだ、これで。

そう結論づけて、その日はそのまま部屋に籠り、一睡もせず書き物に明け暮れた。

翌日、作左が清雅の容態を報せに来た。熱はまだ下がっておらず、咳もひどいようで、今日も養生するという。

巡は文机《ふづくえ》に向かったまま、振り返りもせず、「そうか」とだけ呟いた。

清雅に何か言伝《ことづて》はないかと聞かれたが、昨日の進捗《しんちょく》状況だけ記した紙を渡した。

体調が悪い時は絶対近づいてほしくない自分から労わりの言葉をもらったって、何の効力もない。

その日も、仕事に勤しんだ。

わざと嫌がらせしてきた件についてはいまだにもやもやしているが、いつも元気いっぱいのあの男が病に臥せっていると思うとどうにも具合が悪い。

少しでも仕事を減らしてやることも、疲弊した体にはいいはず。やれるところまで……と、思っていると、誰かに袖を引っ張られた。

見ると、なぜかトト丸がいて、巡の袖を咥えて引っ張っている。

「なんじゃ。そなた、あやつの許へ行ったのではなかったのか。……離せ。邪魔をするな」

書状が書けぬ。と、袖を払うが、トト丸は離さない。いつも以上に大きな目を潤《うる》ませて、なおも引っ張ってくる。そんなトト丸に巡は苛立った。

「トト丸、なにゆえさようなおいたをする。いい子ゆえ離せ」

「おかた様」

トト丸を宥めていると声がした。顔を向けてみると、開け放たれた障子から片膝を突いて部屋を覗く作左の姿があった。

その背後に見える景色は、夜の帳が下りていた。もう夜か。一体いつの間に？　と、内心驚いていると、

「今日はもうお休みくださいませ。昨夜も徹夜されておりますのに。お体に障ります」

作左のその言葉に頬が引きつりそうになるのを懸命に堪え、そっぽを向いた。何だろう。労わりの言葉が、無性に癇《かん》に障《さわ》る。

「よい。さようにやわではない……」

「どうあっても、お休みいただきます。若殿のご命令でございます」

つっけんどんに言った言葉に対し、返ってきたその言葉。どくりと心臓が妙な音を立てた。

「命令？　清雅殿が、俺に命令すると申したか」

「いえ。おかた様にではなく、作左めにでございます。おかた様がこれ以上ご無理をなされぬように説き伏せよと。若殿はおかた様のお体のことを心配なさって」

その言葉を聞いた瞬間、思わず文机に拳を叩きつけていた。

トト丸が驚いて、飛び跳ねる。

「心配？　今、心配と申したか」

振り返って尋ねると、怪訝顔の作左と目が合った。突然どうしたのだと言わんばかりの表情だ。だが、すぐにいつもの真顔に戻り、淡々と頷く。

「さようでございます。おかた様は住み慣れた京の都とはまるで違うかの地に来られて日も浅く、色々と無理をなさっておられる。その上無理を重ねては倒れてしまう。仕事が楽しくてしかたない気持ちは分かるが、おかた様のさようなお姿は見たくないと……おかた様っ」

巡は立ち上がり、部屋を出た。とても、聞いていられなかった。

毎日、巡が嫌がると分かる構い方をしてきたくせに。具合が悪い時は顔も見たくない。トト丸以下だと思っているくせに、大事だの、心配だの。

腸が煮えくり返る。人の気も知らないで、好き勝手なことばっかり。

もう何も聞きたくない。そんな思いに突き動かされて、作左や侍女たちの制止を振り切り、清雅の自室にたどり着くと、障子を勢いよく開けた。

途端、布団で寝ていたらしい清雅が、そばに置いていた刀を手に飛び起きる。が、巡の姿を見るなり、目を瞠った。

「巡っ？　一体どうした……っ」

後ろ手に障子を閉め、猛然と清雅に歩み寄ると、巡は清雅の唇に嚙みついた。

無遠慮に舌を口内に突っ込んでやると、清雅は目をますます見開いた。巡がこんなことをしてくるとは思いもしなかったらしい。その惚けた顔に余計心を搔《か》き毟《むし》られて、清雅の両頰を鷲摑《わしづか》み、いよいよ舌を差し入れる。

いつもより熱い舌を絡め、音を立てて吸い上げる。そんな巡を清雅は目を見開いたまま見つめていたが、巡が喉を鳴らして清雅の唾液を呑み込んだ途端、我に返ったように息を吞み、腕を摑んできた。

「巡、やめろ。風邪が」

「移せ」

珍しく戸惑いの声を漏らす清雅に、巡は居丈高に言い捨てる。

「その風邪、俺に移せ」

「っ……お前、何を言うて」

「そうして風邪で倒れたら、そなたに言うてやる。『俺には決して近づくな』と」

清雅の顔色が変わった。

「一切構うな。それと、俺には看病どころか近づくことさえ許さぬくせに、俺の体調にとやかく口を出すな。不公平ぞ……っ」

そこまで一気にまくし立てていた巡は息を呑んだ。清雅がいきなり咳き込んだせいだ。本人は止めようとしているが、なかなか止まらないようでひどく苦しそうだ。その姿を見ていられず、すぐさま震える背に触れた。

「だ、大丈夫か。あ……今、薬師を」

慌てて立ち上がろうとすると腕を取られ、抱き竦められる。

「ごほごほ……はあ。すまん、巡」

ようやく整った吐息で、清雅が囁いてきた。

「俺が、間違うていた。巡には絶対、この病を移しとうない。臥せる巡など見たくない。それしか頭になかった。巡の気持ちを、考えていなかった」

その声音も抱き締めてくる腕も、どこまでも優しい。そこに嘘は見えなくて息が詰まる。

「お、俺の気持ち……？　何の、こと」

「こんなに怒るくらい、俺のこと、看病したいと思うてくれたのか？」

不意の問いに肩が跳ねた。それを肯定と受け取ったらしい清雅は、小さく笑った。

「ありがとう、巡。すごく嬉しい」

心底、嬉しそうな声だった。

「看病してくれ。巡に、看病してほしい」

耳元で甘えるように囁かれた刹那、色んな感情がいっぺんに噴き出し、体が砕け散るような錯覚を覚えた。

（ああ。俺はなんと矮小《わいしょう》で、駄目な男なのか……っ）

今までずっと、あんなに良くしてもらいながら、些細《ささい》なことで簡単に清雅のことを悪く思い、臥せっている清雅に当たり散らした己の非道さもさることながら、巡が自分の看病をしたいと思うだなんて夢にも思わなかったとばかりに喜ぶ清雅がやるせなくてしかたない。

自分は清雅にどれだけ、情のない冷たい人間と認識されているのだろう。

確かに自分は情の薄い人間だが、清雅には一番、優しくしよう労わろうと努力してきたつもりだったのに。

それだけ、自分はきちんと、清雅に優しくできたことがない。伝わってもいない。

あまりの惨状に眩暈がした。それなのに、この期《ご》に及んで、清雅に看病してほしいと強請《ねだ》られて喜んでいる。

本当に、どこまでも……どうしようもない。だが、それでも。

清雅《きよまさ》が風邪をこじらせた数日後、静谷国《しずやこく》は雲一つない晴天となった。

夏の白い日差しが降り注ぎ、青々と茂った草木を焼く。京《きょう》の都《みやこ》であればこんな日はうだる暑さに苦しんでいるのだが、どこからともなく吹いてくる爽やかな風が頬を撫《な》で、何とも涼やかだ。

清雅曰《いわ》く、海から吹いてくる風なのだそうだ。では、静谷の冬はとても寒いのかと聞けば、冬は冬で海が暖かい風を吹かせるのでそこまで冷え込まないのだとか。

海とはすごいものだ。あんなに大きくて美しくて、海の幸を与えてくれるだけでなく、暑い夏には涼やかな風を吹かせ、寒い冬には暖かい風を吹かせて皆を労《いた》わるなんて。

（まるであやつのよう……ふん！）

自分は何を考えているのか。首を振り、作業を再開させる。

現在、巡《めぐる》は自室の文机《ふづくえ》に向かい、写本をしている。

写しているのは今京で流行《はや》っている物語の一説。最近知り合うことができた公家《くげ》に贈るためのものだ。彼は高垣《たかがき》家に頻繁に出入りしている男だ。気合を入れて取り入らねば。

勿論《もちろん》、渡りをつけた他の公家や僧への調略も手を抜かない。

この三カ月、神社仏閣巡《めぐ》りと称してできるだけ多く知り合い、せっせと貢物《くもつ》を送り、京の話や風雅で交流を深めてきた。

だが、問題はここから。彼らとの関係をより深めるためには、今のままでは不十分だ。力や権威が好きな彼らの気を引く餌が必要。そのためには……と、巡の膝に顎を乗せているトト丸の頭を撫でて眉間《みけん》に皺《しわ》を寄せていると、「おかた様」と、部屋の外から声がかかる。

『ただいま、京の久遠寺《くおんじ》様より便りが参りました』

「父上から？　入れ」

すぐさま招き入れ、包みを受け取る。中身を見ると、文《ふみ》と小さな包みが一つずつ。

まずは文を手に取り、開いた。

『新たな地で達者でやっているか。静谷の水や食べ物には慣れただろうか。先日は山のような財物をかたじけない。上役に贈り、寺社伝奏《じしゃてんそう》の内定をいただいた。正式に就任した暁《あかつき》には申し合わせのとおりに致すゆえ、おって報せる』

（おお。父上、やってくださったか）

寺社伝奏とは、有力寺社からの訴えを当事者に代わって朝廷や幕府に伝える役職のことだ。重要な決め事は全て朝廷や幕府の許可が必要なため、その取次役は寺社、さらにはその寺社と深い関わりのある商人たちにとって、絶対敵にしたくない相手。

この職に父が就けば、このあたりの寺社、商人たちは完全にこちら側が掌握できる。

念のため、上役に贈る財物をさらに送ってくれるよう清雅に頼んでおこう。後は、あらかじめ父が寺社伝奏に就任することを報せておく人選をして……と、嬉々《きき》として考えつつ、文を読み進める。

『また、そなたが静谷国へ嫁いでも帝《みかど》の命《めい》を守り、狐《きつね》の面をつけておることは上役に話しておる。遠く離れても、帝への忠誠を忘れぬ心、天晴《あっぱれ》なりとご満悦であった。婿《むこ》殿や雅次《まさつぐ》親子のことも宮中に広めておる。皆様、実に食いつきがよいので、また何か話の種ができたら送れ。他にも何かあれば遠慮なく報せよ。この父にできることがあるならば、何でも致すゆえな』

(父上。かたじけのうございます)

遠く離れても、こうして助けになってくれる。なんとありがたいことだろう。と、感謝の念を噛《か》み締めたが、

『遠慮はいらぬ。父は嬉《うれ》しいのだ。そなたが婿殿のことを好ましく想い、その婿殿にこの上なく大事にされておることが嬉しくてたまらぬ。ますます睦《むつ》まじい夫婦《めおと》になってほしいと心から願っている』

「……は?」

続けて読んだ文言に、思い切り間の抜けた声が漏れた。

『ゆえに発情促進薬を同封する。その名のとおり、白銀《はくぎん》に発情を促すための薬じゃ。そなたは婿殿が自分に求めておるのは才覚だけゆえ必要ないと申すであろうが、婿殿への想いが深まっていけば、婿殿とのややを産みたいと願う日が必ず来る。その時のためにな。

老婆心じゃ。許してくれ。とにもかくにも嬉しい。くれぐれも体に気をつけて、婿殿と仲良くな。何かあればまた知らせておくれ。そなたの幸せをいつも願っている』

雪のように白い肌が柿《かき》のように真っ赤になった。

父へ文を書き殴った当時、自分は清雅に憤慨していた。自分が置かれた状況も考えず、勝手気ままに振る舞って何を考えているのかと。

だから思わず、父に文で盛大に愚痴《ぐち》ったのだ。清雅は滅茶苦茶な分からず屋で困ると。

それなのに、巡は清雅を好ましく思っているだの、清雅はこの上なく巡を大事にしているだの、意味が分からない！

文を書き殴った当時の自分なら、力いっぱいそう思ったことだろう。だが、今は……と、思った時、にわかに外が騒がしくなった。

巡の傍らで丸まっていたトト丸が飛び起き、障子へと駆けて行く。巡も眉を顰《ひそ》めつつ障子へと向かい、開けてみた……瞬間、目を剝《む》いた。大きな黒い影、黒馬に乗った清雅が部屋の前の小さな庭に飛び込んできたせいだ。

ここは風花城《かざはなじょう》の最奥。人一人がようやく通れる細い道も多かったはず。どうやって馬で入ってきたっ？　と、絶句していると、

「巡、海へ行こう」

馬から身を乗り出し、清雅が弾んだ声で言ってきた。山吹《やまぶき》の瞳は童《わらべ》のようにきらきらと輝

いている。この顔、巡が喜びそうだと思った何かを見つけた時の顔だ。

海へ行こうということは海で見つけたのだろうが、そこからここまで馬を飛ばしてきたのか？　そう思い至った途端、巡の眦《まなじり》がつり上がった。

「そなた、病み上がりのくせに何を考えておる。しばらくは無理をせぬという俺との戒《いまし》めをもう忘れたか……わっ」

懐《ふところ》から紙を出し、頬についていた汚れを拭《ぬぐ》ってやろうと伸ばした腕を取られ、馬上に引き上げられてしまった。

「すまん。急ぐぞ……うん？　なんだ、トト丸。お前も来たいのか？　いいぞ、おいで」

「い、いきなり無礼な。それに、俺はまだ行くとは言うておらん……おっと」

「『まだ』？　なら、いいじゃないか」

トト丸を渡されつつ、すかさずそう返されてぎょっとする。とっさに言い返せずにいると、「若殿様」と声がかかった。桔梗《ききょう》をはじめとする侍女たちだ。

「若殿様！　また、おかた様にさような乱暴なことをなさって」

「おかた様は高貴なお公家様なのですから、野蛮なことはお嫌いですと何度も申し上げたではございませぬか」

口々に諫《いさ》められ、清雅はバツの悪そうな顔をして頭を掻《か》いた。

「すまん。巡の喜ぶ顔が早《はよ》う見たくて、つい」

清雅が素直に謝ると、侍女たちはやれやれというふうに盛大な溜息《ためいき》を吐《つ》いた後、巡へと向き直り、

「おかた様、大変申し訳ございません。また、よくよくご注進いたしますので、どうぞ、若殿様をお許しくださいませ」

深々と頭を下げてくる。その、あまりにも真剣な謝罪に猛烈な居心地の悪さを覚えて、

「よ、よい。もう慣れた」

明後日《あさって》の方向を向き、苦し紛れに持っていた紙で清雅の汚れた頬をごしごし擦《こす》る。

そのさまを見て、侍女たちが「まあ」と色めいた声を上げる。全身の血液が沸騰しそうになった。

病に臥《ふ》した清雅の看病をして以来、城内での巡への態度は急激に軟化した。

巡としては、これまで看病というものをしたことがないため勝手が分からず、無様《ぶざま》な失態ばかりを晒《さら》してしまい、いよいよ周囲から呆《あき》れられると思ったのに、

——おかた様がこんなに若殿様のことを大事に想うてくださっていたなんて！

看病の仕方を教えてくれた侍女たちに、そう言って泣かれた。ちっとも上手《うま》くできなかったのにと首を捻《ひね》ると、清雅を労わりたいと思った気持ちが嬉しいのだと言われた。

——若殿様は輿《こし》入れの前から、おかた様を大事になされようと一生懸命でいらっしゃいましたから、そのお気持ちがおかた様に届いたのかと思うと。

その言葉に、巡は何とも言えぬ気持ちになった。

一応、家来たちの前では臣下の礼を取っていたつもりだったのに、彼女たちの目には清雅に接する自分がどう映っていたのか。という思いもあるが、一番に想うことは——。

「では、行って参る」

「若殿様、走ってはいけませんよ」

「おかた様がご一緒なのです。ゆっくり、優しく」

念を押してくる侍女たちに「分かった、ありがとう」と礼を言い、清雅が鐙《あぶみ》を蹴《け》る。

馬が動き出す。侍女たちに言われたとおり、あまり揺れない、ゆったりとした動きだ。

城を出てからも、その動きは変わらない。海へと続く道をのんびりと進む。

途中で幾人かの領民たちとすれ違ったのだが、

「おお。若殿様、今日はおかた様にお優しい歩き方ですな」

「そのまま、そのままですぞ」

皆、口々にそう声をかけてくる。巡に対しても「ご機嫌麗《うるわ》しゅう」と優しく声をかけてきて……ああ。

領民たちの態度も驚くほど好意的になっていると気づいたのは、ここ数日のことだ。

これまでは、何とも得体の知れない生き物を見るような目で、遠くから様子を窺《うかが》ってくるばかりだったのに、いつの間にか、毎日野生児にもみくちゃにされているので城から逃げ出したくなって当然。それでも、野生児に礼儀作法を教えようと日々格闘している健気《けなげ》なお貴族様。という認識に上書きされ、「毎日お疲れ様」と労《ねぎら》われるようになった。

するど、清雅の滅茶苦茶な構い方はなりを潜めた。周囲は、自分たちが散々注意したからだとほっとしているが、ここまできて巡はようやく気づいた。

清雅があえてあのような無茶苦茶な構い方をしてきたのは、巡のためだった。

自分を非常識な不調法者という悪役にすることで、表面上、仕事もせずに遊び回る巡に対し、あんな構われ方をされては城から飛び出して逃げ回ってもしかたない。巡は悪くないと、周囲に印象づけた。

しかも、本当のことを言えば巡が拒否すると見越して、八年前と全く同じ方法を用いることで、「こいつはまるで成長していない」と巡をも欺《あざむ》く周到ぶりで……いや。

同じだったのは、方法だけではない。

こちらに向けてくる笑顔も、荒々しいように見えて実は驚くほど繊細で労わりに満ちた触れ方も、それを五感に感じて胸の内で湧き上がってくる感情も、全部あの頃と同じ。

つまり、清雅にとって八年前のそれと今の行為は同じことなのだ。

巡を嵌《は》めて意のままに動かしてやろうという考えは欠片《かけら》もない。ただ、上辺だけではなく、どうしたら本当の意味で巡を大事にできるか見極めて行動している。

看病のために一日中付き添った時、巡の拙《つたな》すぎる看病を笑顔で全て受け入れ、限りなく温かな眼差《まなざ》しで見守り続ける清雅を見ていると、無性にそう思えた。今だって。

「巡、着いたぞ」

浜辺にたどり着くと、清雅は馬から飛び降り、腰に巻いていた虎《とら》の皮を解き地面に敷いた。その上にトト丸を抱いた巡を下ろして……虎の皮を腰に巻くようになって以来、巡を外に連れ出した時、清雅はいつもそうする。仰々《ぎょうぎょう》しさは微塵《みじん》もなく、極々《ごくごく》自然に。

その事実に改めてむず痒《がゆ》さを覚えていると、漁師らしき風体の男が二人、何かを抱えて近づいてきた。

「若殿様、よいところに。ちょうど準備ができたところでございます」

準備？　と、首を傾《かし》げていた巡は、目の前に置かれたものにぎょっとした。

それは、桜色の大きな生魚だったのだが、その肉をそぎ、小さく切った白い肉片を魚の生首の横に並べて置くという、なんと残虐で、なんとえげつなく、なんと――。

(気持ち悪い！)

力いっぱい腹の中で叫んでいると、清雅が明朗な声でこう言ってきた。

「さあ遠慮なく食ってくれ。新鮮で美味《うま》いぞ」

「遠慮なく……食うっ？　この死骸をか」

あまりのことに声を上げると、清雅をはじめ漁師たちが目をぱちくりさせた。

「巡。お前、活け造りを知らないのか？　まあ、京には海がないからな。魚を生で食うなんて知らないか」

そう言えば、先日話した公家がここの人間は魚を生で食すと言っていたような気がする。だが、まさかこんなにも気持ち悪い調理法をするだなんて思うわけもなくて。

戦慄《せんりつ》のあまり言葉も出ない巡に、今度は漁師たちが口を開く。

「おかた様。海の魚は捕れたての新鮮なうちですと、生で食うことができるのです。刺身と申しましてな。こちらの醤《ひしお》をつけて食べます」

「さあどうぞ。とても美味《おい》しゅうございますぞ……おや」

粗い味噌のようなものが載った皿と箸を差し出してきた漁師が声を漏らした。

巡の隣で行儀よくお座りしていたトト丸が、活け造りを見つめる大きな垂れ目を爛々と輝かせ、鼻息荒くだらだらと涎を垂らしていたからだ。

「なんだ、お前。そんなに食いてえのか。しょうがねえなあ」

そらよ。と、鯛の刺身を一枚乗せた掌を差し出すと、トト丸は即座に飛びつき、二口ほどで食べてしまった。

いつもなら、人の飼い犬に勝手にものを食わせるなと抗議しているところだが、今の巡にはそれどころではない。

「はは、もっと味わって食ってくれよ。ささ、おかた様もどうぞお一つ」

「これは、かたじけない。ただ」

思わず清雅に目を向ける。それだけで、清雅は巡の言いたいことを察したらしく、漁師たちに向き直った。

「すまん。少々外してくれるか。巡はまだ、人にものを食うところを見られるのに慣れていなくてな」

「ははあ、そうなのでございますか。それではわしら、汁の準備をしておきますで」

漁師たちは畏《かしこ》まったように頭を下げると、その場から離れていった。そのさまを見届け、清雅と二人きりになったことを確認すると、

「無理だ」

すぐさま小声で訴えた。こんな気持ち悪いもの、食べられない。絶対無理――。

「巡、落ち着け。何が無理なんだ。トト丸だってこんなに美味そうに食ってるのに」

「犬のトト丸と一緒にするな。全部だ。かように残虐でえげつない見た目もさることながら、魚を生で食うなど、間違いなく腹を壊す」

「壊さない。この魚は捕れたてだ。美味いばっかり……まあ、騙《だま》されたと思って」

「俺は騙されとうない」

即座にそっぽを向く。トト丸が「食べてごらんよ」と言わんばかりに袖を引っ張ってきても駄目だ。こんな薄気味悪いものを口に入れるなんて、想像するだけで身も毛もよだつ。

「……巡は、俺を信じてくれぬのか」

いつもとうって変わった沈んだ声。思わず振り返ると、がっくりと肩を落とし、そっぽを向いた背中があった。

「その鯛《たい》、俺が釣り上げたのに」

「そなたがか？」

「ああ。一生懸命看病してくれたお前に礼がしたくて、朝から気張った」

「……」

「先ほどの者たちも巡を喜ばせたいと、よう気張ってくれたのに」

ぼそりとそう付け加えて俯《うつむ》く。それきり何も言わない。そんな清雅の足に、トト丸が「元気出して」と言うように前脚をそっと置くもますます項垂れる。そんなものだから、

「……ああ！　分かった」

無言の圧力に負け、巡は箸を手に取った。

刺身の一切れを箸で摘まむ。瞬間、指先にむにゅっとした何とも言えない感触を覚え、背筋に悪寒が走った。

この気色悪い感触、やっぱり無理……と、思ったが、依然肩を落としたままの清雅の背中を見ると引くに引けず、醤をつけ、口に含んだ。

思い切って噛むと、今まで味わったこともないぷりぷりとした食感に身震いしたが、次の瞬間、ほのかな甘みとコクのある味わいが舌に溶けて……これは！

気がつけば二切れ目、三切れ目と箸が伸びていた。

四切れ目を口に含んだ時、何やら気配を感じて顔を上げると、トト丸を抱いた清雅が満面の笑みを浮かべてこちらを見ていてびくりとした。

「朝から気張った甲斐《かい》があった」

心底嬉しそうに言われた途端、はっとした。

——私、ここの料理がとにかく駄目で。あのおぞましい見た目と感触！

おそらく、あの公家は何の説明もなく、いきなりこの料理を出されたのだろう。

自分がそうされていたらどうだろう。きっと、あの公家のように卒倒しかけただろうし、かと言って、「こんなおぞましいもの食えるか」と文句を言うだなんてはしたないこともできなくて……と、そこまで考えたところで、ふとこれまでのやり取りを思い返し、顔から火が出そうになった。

「こんなもの食べたくない」と駄々を捏《こ》ねたり、宥《なだ》められたり、食べ物にがっついてしまったり。みっともないったらない。「誰に対しても常に取り乱さず、品よく、優雅に」が鉄則である貴族としてあるまじき行為だ。

それなのに、清雅が相手だといつの間にかこのような醜態を晒してしまう。

最初の頃は、清雅があまりにも自分に対して好き勝手やるから、それにつられてしまうのだと思っていたが、今は……清雅の優しさに溺《おぼ》れているのだと分かる。はしたなく駄々を捏ねても、粗相をしても、清雅なら笑って受け入れてくれると安心している。

ただその場限りの親切ではなくて、相手の意志や立場を考慮し、どうすることが本当に相手のためになるのか常に考えて、時には己を悪く見せてまで言動する器量と、労わりに満ちた大きな掌《てのひら》。何でも飲み込んで包み込んでやると言わんばかりの、穏やかで深い、まるで海のような眼差し。

清雅の全てが、温かくて心地よい。

父はそれを巡の文から読み取ったから、あんな返事を寄越した。

分かっていなかったのは自分だけ。すごく恥ずかしい。けれど。

――婿殿への想いが深まっていけば、婿殿とのややを産みたいと願う日が必ず来る。

あの一文を思い返すと、何とも苦い心持ちになる。

実は清雅との子がほしくてしかたないが、いまだ妊娠できるようになった証《あかし》である発情が来ないことが苦しい？　……違う。

清雅との子なんてほしくない。なにせ――。

「若殿様。おかた様は刺身をお食べになりましたか」

「うん。お前たちがともに気張ってくれたおかげで、もう四切れも平らげてしもうたぞ」

「おお。それはようございました！」

清雅は家臣たちだけではなく、領民たちからとても慕われている。信頼、忠誠心も絶大で、ちょっとやそっとのことでは揺るがない。

雅次に虐《しいた》げられ、圧倒的に弱い立場にあろうと。たとえ、嫁に無茶苦茶な構い方をし、山吹なのに白銀に抱かれてもいいと明言しようと、調略は順調に進んでいるし、清雅が巡を大事にしようとしているところを見せるほどに、誰もが巡に好意を寄せ、大事にしようとする。

清雅が大事なものであるなら、大事にしなければと。

ここまでの関係を築くことができたのは、清雅の才覚もあるが、血を吐くような努力があったればこそだ。

清雅は老若男女、身分関係なく、誰に対しても礼節と親しみを持って接し、彼らのために日々、命がけで領主としての務めに励んでいる。

敵襲があれば、自ら兵を率いて撃退するだけでなく、このあたりの地理を調べ上げ、物見《ものみ》やぐらや塀、罠《わな》を設置させるなどして守備の強化に努め、日々の見回りを欠かさない。

領民たちに会えば気さくに声をかけ、困ったことがあれば話を聞いてやり、できる限り応えようと尽力する。

時々、雅次の城に呼び出されて登城することもあるのだが……清雅は何も言わないが、大好きだった父親の仇《かたき》からの嫌がらせに耐えつつ、領地を守り続けるのは至難の業だ。

毎日欠かさず、父親の形見である太刀《たち》を念入りに手入れする姿を見るにつけ、その苦悩を思わずにはいられず、胸がぎゅっと詰まる。

どれだけ、辛《つら》かったろう。苦しかったろう。

こんな時は、心優しく愛らしい妻がその心を癒し、安らぎを与えるものなのだろう。

この地に来て垣間見《かいまみ》てきた妻たちは、皆そうしている。

だが、自分はどうだ。策略のためとはいえ悪妻を演じるわ、そのせいで周囲との調整を図りつつ一々気を遣わねばならぬわ。安らぎどころか気苦労ばかりだろう。

では、このようなことはやめ、奥の仕事に専念するべきかと言えば……否。そんなことをしても全くの無意味だ。

病で苦しんでいる清雅を労わるどころか罵声を浴びせ、

――俺のこと、看病したいと思うてくれたのか？

自分なりに労わってきたつもりだったのに、そんなことを言われた自分の気遣いなんて、無価値以外の何物でもない。それに、

――巡殿が飼っておられる犬はまことによい犬でございますなあ。山吹でありながら白銀に股《また》を開くなど、武家とは何たるか、まことの主《あるじ》は誰であるかよう弁《わきま》えた見上げた利口さよ。

策のためとはいえ、清雅のことをそのように揶揄《やゆ》する公家連中に平然と同調し、笑い者にする。夫をこのように扱う男を親に持っては子が可哀想だ。

妻にも母にも、自分はなるべき人間ではない。だから、妊娠できる体にもなりたくない。

白銀は子が産める体になると、三カ月に一度、七日間ほど発情期と呼ばれる周期がやって

くる。この期間は常に身の内を火照《ほて》らせ、淫気《いんき》をまき散らす。

抑制薬を用いてそれらを鎮めることはできるが、服用すると体の動きが緩慢になり、歩くのが精いっぱいの状態になってしまう。そんな体、仕事に支障が出てしかたがない。

自分の取り柄は仕事しかない。それでしか、自分の力を認め、必要としてくれたことや、こんなに大事にしてくれたことへの礼を返せないし……清雅が抱えている負担を軽くしてやれない。

このままでいい。妻としての取り柄が何もない自分は、このままの体で仕事に励む。そう思って、今夜も夜更けまで文机に向かい、調略の準備に勤《いそ》しんでいるというのに。

「巡は今夜もつれない」

清雅は放っておいてくれない。無邪気な顔でやってきて、無遠慮に抱き締めてくる。

心臓が跳ねて、苦しくなる。

清雅が病に臥《ふ》したあの時以来、このようなふれあいが苦痛になってしまっていた。

常に、ありとあらゆることに目を向け、気を配り、言動している清雅。考えなしの身勝手としか思えないものに至るまで、全てに意図がある。だが、計算高い薄情者かといえばそうでもなく、しっかりと血が通っていて、温かくて——。

度量が違い過ぎる。大き過ぎて、深過ぎて、海のように姿が見えない。

このようなじゃれ合いの時、特にそう感じる。

清雅の意図が摑《つか》めぬまま、一方的に気遣われ、際限なく甘やかされるだけ。自分から何かしようとしても上手くできず、醜態を晒すばかりで、何一つ清雅に返せない。

まるで、広大な海の真ん中で一人藻掻《もが》いて溺れているような感覚。目の前にいるのに、包み込まれるように抱き締められているのに、自分が清雅に触れている気がまるでしない。

こんなのは嫌だと、矜持《きょうじ》が、心が悲鳴を上げる。

だから、できることなら仕事のことだけで関わりたい。それなら、自信を持って清雅に対《たい》峙《じ》できるし、関係も一方的にはならない。自分も清雅に何がしか返すことができて、まだ……清雅に触れられている気がする。

そう思っているのに、清雅が寄ってきてじゃれついてきたり、抱き締められたりすると、胸が高鳴り思い知らされる。

自分はずっと、清雅を待っていた。息ができなくなって、苦しくなるほど、清雅に溺れたいのだと。

そんな自分が嫌で、恥ずかしくて、つい……誤魔化《ごまか》すように清雅を睨《にら》みつけ、つんけんした態度を取ってしまう。

「そなたはいつも俺の邪魔をする」

「構ってくれたら大人しくする」

「構うてやっておる」

「嘘吐《つ》け。どう見ても仕事してる……」

「これは仕事ではない。昼間の鯛の礼だ」

俺は、感謝の意を言葉だけで済ませる恩知らずではないのでな。

目を逸《そ》らしつつも、ぞんざいに言ってやる。

返事はすぐにはなかった。しばらくして、喉の奥で笑う気配がした。

「あれは看病の礼だったんだがなあ。それにしても、狡《ずる》い言い方だ」

「何が狡い。礼をしてやると言うておるのだから喜べ……っ」

後ろから首飾りをがりりと噛まれて、肩が跳ねる。

「礼をしてくれる気なら、俺は巡の言葉がほしい」

今度は肌に唇を寄せられて、肌が粟立《あわだ》つ。

「ん……こ、とば？」

「『ありがとう、愛《いと》しの清雅』」

「……！」

「そう言うてくれたら、他には何もいらん」

首筋に唇を押しつけたまま、吐息だけでそう囁《ささや》いてくる。

息を吹きかけられた箇所が、大火傷《おおやけど》したような気がした。

「い、言うかっ。鯛だけでこの俺を落とせると思うな……わ」

とっさにそうまくし立てると、少々乱暴に押し倒された。

「じゃあ、お前の達《い》き顔でいい」

「！　『じゃあ』とは何だ。俺を何だと思うて……ぁ」

「けちな巡が悪い」

下肢をまさぐってきながら、不貞腐《ふてくさ》れたように唇を尖《とが》らせる清雅に巡は唇を嚙みしめた。

清雅にとっては、言葉遊びの延長のようなものだろう。だが、今の自分には怖くてたまらない言葉だ。

まず名前。ずっと山猿《やまざる》山猿と呼んできたから、今更名前で呼ぶのはどうにも気恥ずかしくてたまらないし、「愛しい」なんて言葉、たとえ戯《たわむ》れでも口にしたら、自分がどうなってしまうのか、まるで想像できない。

一瞬見えるのは、海の底に沈んでいき、二度と浮かび上がることができずに息絶える自分の姿。だから怖い。言いたくない。

この三カ月毎夜抱かれ続けたせいか、清雅に触れられただけで内に火が灯《とも》り、抵抗できずされるがままとなってしまう我が身を思うほど、切実にそう思う。

それなのに、何がけちだ。人の気も知らないで。

やっぱり、どこまでもいけ好かない男だ。だが、巡の体をまさぐりながらもどこか寂しそうな顔を見せられると、別の意味で胸がざわついて、落ち着かなくなって、

「ア……莫迦《ばか》。……鯛、美味かった。ありがとう」
しがみついて、耳元でそれだけ小さく囁いた。
数カ月前だったら、公家としての矜持が邪魔をして決して言えなかった言葉。でも、今は
……頑張って口にした。自分は今、公家である前に清雅の妻だし、清雅は自分にとても良くしてくれていると分かるから。

清雅が思わずといったように体を離し、顔を覗《のぞ》き込んできた。慌てて目を逸らす。

「今宵は、これで我慢いたせ……んんっ」

目を逸らしたままぼそぼそ呟《つぶや》いていると、唇を塞がれた。

「んぅ……しかたない。今日はそれで、我慢してやる」

そんなことを言いつつ舌を差し入れてくる。

なんだ、偉そうに！　と、腹が立ったが、嬉しそうな顔でぎゅっと抱き締められると、全身の血が沸き立って……夫を労わる妻としての才覚が著しく欠如している己を恥じていながら、こんな可愛くない受け答えしかできない、度量が小さ過ぎる自分に嫌気が差してくる。

つくづく、自分は矮小《わいしょう》な男だ。清雅を労わるなど夢のまた夢。

やはり、唯一《ゆいいつ》の取り柄である仕事で返していくしかない。無事当主の座に就けば、清雅の心労も少しは軽くなるはずだ。

明日も気張らねば。と、清雅の袖をそっと摑んだ。

翌朝、夜通し清雅に抱かれて気怠《けだる》い体を引きずり起き出した巡は、いつものように清雅の身支度を整えてやり、ともに朝餉《あさげ》を摂って早々、作左《さくざ》が引く馬に乗り、外へ繰り出した。昨日父より届いた寺社伝奏内定という情報を用いて、さらなる調略を進めるためだ。

「まずは相承寺《そうしょうじ》に参る。あの寺はここいらで一番大きな寺ゆえ、真っ先に知らせておくべきであろう。次は、安妙寺《あんみょうじ》」

「いえ、そこの住職は兄君に対して口が軽うございます。その兄君は雅次の重臣。しばらく待ったほうがよろしいかと」

「そうか。では」

作左と神社仏閣巡りを続けて三カ月。最近では、気軽に相談できるようになった。

作左は高雅の代からの忠臣なだけあって、この土地の人々の人間関係を熟知しているし、頭の回転が非常に速い。三カ月行動を共にした今は、巡の意向を完璧《かんぺき》に理解しているため、いつも的確な意見をくれる。

危機回避能力にも優れているので、これまで一度も危ない目に遭ったことがないし……本当に、清雅はいい家臣をつけてくれた。しみじみ思い、目当ての相承寺に向かう。

「今日はよい墨が手に入りましたので、ぜひ住職にと思い、まかり越しました」

まずは書が趣味の相手に、都でしか手に入らない上等の墨を贈り、いい気分にさせた後、

「実は、あなた様にだけお話しするのですが」

そう前置きして寺社伝奏の件をもったいぶって話してやった。

内容が内容だけに相手は驚きつつも、そこまで自分のことを見込んでくださるなんて！

と、大層喜んだ。よし、このままさらにいい気分にさせて、完全にこちらに引き込んで……

と、頭の中で策を巡らせていると、相手はおもむろに居住まいを正した。

「それでは私も、あなた様にお話ししたいことがございます」

「話したいこと？　はて、何でございましょう……」

「高垣家のご当主様、すでに身罷《みまか》っておいでです」

思ってもみなかった言葉に、思わず息を詰めた。

「死んだ？　いつ」

「五日ほど前のことです。されど、高垣家は今、隣国と交戦中でございますから、この件はしばらく伏せるようにと。内密に供養に招かれた知り合いの僧より聞きましてございます」

「なるほど。で、このことを雅次殿は」

「まだ知らぬと思われます。次期ご当主様は、雅次様とは縁を切りたいご様子。雅次様は清雅様元服の暁には家督を譲れという幕府からの命をいまだ実行せぬばかりか、最近では朝廷

からの覚えも悪い。さようなお方の仲間と思われとうはないと」

身震いした。巡がこの三カ月、顔見知りになった公家や僧侶たちに流した話、巡の父が朝廷で流した噂《うわさ》が効いたのだ。

とはいえ、ここで舞い上がってはならない。このことが真《まこと》か否かきちんと裏を取らなければ。だが、もし事実であったなら。

「作左、この機を逃す手はないぞ」

寺を辞した後、興奮気味に話しかけると、作左も深く頷《うなず》いた。

「はい。しかしまずは、若殿にお伝えいたしませんと」

「そうじゃな。このような大事、早う清雅殿に伝えねば！　今、どこにおろうか」

「そうですな。この刻限ですと、漁場あたりの見回りをされておるはず……あ」

「先に行く。作左もすぐ参れ」

鐙を蹴り、作左を置きざりに馬を駆けさせる。

一刻も早く、このことを清雅に伝えたかった。事を起こすのは、雅次の最大の後ろ盾である高垣家当主が死んでからにしようと話していたから。

しかも、雅次はいまだこのことを知らぬと言う。これほどの好機はない。

（すぐ、真偽を確かめるための忍びを放ってもらおう。それから）

あれこれと思案を巡らせながら、浜辺へと急ぐ。

浜辺に着くと、昨日鯛を振る舞ってくれた漁師の一人とばったり出くわした。清雅のことを尋ねてみるとついさっき会ったと言うので、案内してもらうことにした。

(清雅、どのような顔をするであろう)

漁師に馬を引いてもらいながらそわそわしていたが、ふと顔を上げた時、あるものが視界に映り、巡は息を詰めた。

見えたのは二人の男。一人は清雅。片膝を突き、平伏している。もう一人は、清雅の前に見下すようにして立つ雅信《まさのぶ》……と、思った時だ。

「あ……」

思わず声が出た。雅信が足を上げたかと思うと、それを平伏している清雅の肩に乗せたのだ。そのまま、踵《かかと》でぐりぐりと踏みにじって――。

「あ、あれは」

掠《かす》れた声を漏らすと、馬を引いていた漁師が馬を止め、苦々しく顔を歪《ゆが》めた。

「ご当主様の馬鹿息子、雅信です。時々やってきては、ああやって若殿様を虐《いじ》めるのです。逆ろうたら親父《おやじ》に言うて、お前の家来たちを戦《いくさ》の最前線に放り出してやるだの、わしらを人垣に使うだの何だと脅しつけて。ほんに、嫌な奴……」

「聞こえなかったのかっ？　今日はその太刀を寄越せと申しておる」

漁師の声が掻き消えるほどの大声で、雅信が怒鳴った。

清雅が何か言い返した。おそらく渋ったのだろう。雅信はますます清雅の肩を踏みにじり、問答無用で清雅が手に持っていた太刀を奪い取った。

刀身を鞘《さや》から引き抜き、雅信はげらげらと嗤《わら》った。

「ははは。イロナシの分際で山吹の父上を押しのけて当主になるような身の程知らずの太刀、どれほどのなまくらかと思うたら、想像以上じゃ。あはは」

（なんということを！）

あまりの暴言に憤慨した。だが次の瞬間、怒りで燃えていた巡の血は一気に凍りついた。

雅信が太刀を振り上げ、そばに転がっていた大きな石に刀身を叩きつけたのだ。

がつんと、鈍い音がした。だが、雅信はやめない。

石めがけて振り下ろす。何度も、何度も。

「ははは。見ろ。なまくらが少しはましになった。感謝しろ」

刃こぼれしてボロボロになった太刀を清雅の眼前に、ごみを捨てるように放り投げた。

清雅は微動だにしない。太刀を見つめている。だが、握り締めた拳《こぶし》はかすかに震えている。

本当は斬りかかりたくてしかたないのだ。だが、今の清雅は耐えるしかない。ここで手打ちにされる口実を与えてしまったら、今まで積み上げてきたものがふいになってしまう。

そんな清雅の肩を、雅信は再度踏みつける。

「おい。礼はどうした？　言え。不格好ななまくらを良くしていただきありがとうございますと。さあ！」

「ひでえ」

漁師が思わずと言ったように声を震わせる。

「若殿様が山吹になってから、甚振《いたぶ》りが余計ひどうなっていたが、ここまでは……あ」

漁師が声を上げげた。巡が鐙を蹴り、馬を走らせたのだ。

巡は乗馬が不得手だ。その上、ここは足場の悪い砂浜。今にも振り落とされそうだ。

それでも加速させ、二人めがけて突っ込む。

(よくも大事なお義父上の形見を、俺の清雅を！　目にもの見せてくれるっ)

清雅を踏みつけ、雅信はニヤニヤと心底下卑《げび》た顔で嗤っていた。だが、ふと顔を上げ、こちらを見た途端、目を剝いた。

「うわああ」

情けない悲鳴を上げ、清雅を蹴って飛びのく。

無様に尻餅《しりもち》を突く。いい気味だ。と、ほくそ笑んだ時。気が抜けたせいか、体がぐらりと揺れた。このままでは落ちる。けれど、巡は踏ん張ることなく、そのまま身を投げ出した。

確信があった。清雅なら必ず抱き留めてくれると。

すると案の定、地面に落ちる前に、清雅が投げ出された体をしっかり抱き留めてくれた。

「巡っ。大丈夫か。怪我《けが》は」

「ははは」

慌てた様子で顔を覗き込んでくる清雅に、巡は声を上げて笑った。

「あいすみませぬ。馬が暴走しました。まこと、乗馬とは難しい……おや」

立ち上がり、尻餅を突いた状態で固まっている雅信に目を向け、首を傾げてみせる。

「雅信様、いらっしゃったのですか。地べたなどにお座りになって何を？」

せっかくのお召し物が台無しですぞ？　素知らぬ顔で嗤ってやると、雅信はすぐさま顔を真っ赤にして立ち上がった。

「貴様っ。この俺によくも」

「よくも？　まさか、馬に恐怖して無様に尻餅を突かれたのですか？　『山吹でいらっしゃる』雅信様が？」

以前の雅信の発言を引用し、大げさに驚いてみせる。雅信は声にならない声で唸《うな》り、腰に差していた太刀に手をかけてきたが、巡は怯《ひる》まない。

このような、骨の髄まで腐った男に臆してなるものか。と、笑みを深めた時、視界が翳《かげ》った。清雅が巡を庇《かば》うようにして、二人の間に割って入ったのだ。

「巡。雅信様に無礼を申すな」

「っ……無礼とは」

「雅信様ほどの武将が、馬に臆するわけがなかろう。海の水が甘くなるくらいありえん」

不服そうに眉を寄せる巡にさらりとそう告げると、清雅は踵《きびす》を返し、雅信に片膝を突いて深々と頭を下げた。

「我が妻が大変な無礼を申し上げました。お許しくださいませ」

二人が何か言うより早く、そう言って頭を下げる。巡が雅信を馬で襲った事実を有耶無耶《うやむや》にするために。そんな清雅に、巡は内心苛立《いらだ》った。

自分を助けようとしてくれていることは分かる。だが、大きなお世話。むしろ邪魔だ。雅信を陥れるためには……。

「ほう、悪かった？　そこの化け狐《ばぎつね》もさように思うておるのか」

太刀の柄《つか》にかけていた手を離し、雅信がこちらに目を向けてきた。

見るだけで胸糞《むなくそ》が悪くなる顔だ。だが、大変不本意ではあるが、ここはいったん謝ってみせるべきだろう。下手をしたら、謝ってみせた清雅に累が及ぶ。

「はい。雅信様ほどの武人に対してあるまじき物言い、お許しくださいませ」

頭を下げる。これは清雅のためだと、屈辱で煮えくり返る心を押さえつけながら。

すると、落とした視線の先にぬっと、黒い影が入り込んできた。

「では、償《つぐな》いをせよ」

落ちてきたのは雅信の声だった。では、これは雅信の影？　そう思った時だ。突如、後頭部を鷲摑《わしづか》まれた。

「無礼者！」と、声を上げかけ、はっとした。顔右半分に感じた違和感、これは……！

「では、この面をもらう。それだけで済ませてやるのだ。ありがたく思え」

剝《は》ぎ取った狐の面を高々と掲げて、雅信がせせら嗤う。

帝に化け物と慄《おのの》かれた醜い素顔を公衆の面前で晒《さら》させ、辱《はずかし》めようとしているのだ。

下衆《げす》な雅信らしい、悪趣味極まりない意趣返しだ。だが、巡は口許《くちもと》を歪ませた。

（莫迦め。こやつ、自ら墓穴を掘りおった）

巡が狐の面を四六時中つけているのは、「決して素顔を晒すな」という帝の勅命によるもの。つまり、面を外すという行為は帝に背いたことと同義にできる。恐ろしい大罪人に仕立て上げられる。煽《あお》って外させる計画だったが、手間が省けた。けれど、

「さあ。いつまで頭を下げておる。顔を上げよ」

身が竦《すく》んだ。帝に化け物と叫ばれ、そのように扱われた時のことが脳裏を過《よぎ》ったせいだ。

本当は、あのような辱めは二度と受けたくない。だが、構うものか。

清雅が大事にしていた父親の形見を台無しにし、清雅を辱めたこの下郎を破滅させられるなら、晒し者ぐらい喜んでなってやる。そんな決意のもと、巡は思い切って顔を上げた。

巡の素顔を見た途端、雅信がぎょっと目を見開いた。想像していたよりもずっと醜い火傷の痕《あと》に慄いているのだろうか。

（ふん。嗤いたければ大いに嗤え。その代わり、地獄の底に叩き落としてくれる……っ）

静かに雅信を睨みつけていた巡は、突如顎を摑まれて息を詰めた。

「清雅、これを寄越せ」

「……は？　……いっ」

意味が分からず瞬《まばた》きしていると、腕まで摑まれて強引に引き寄せられる。

「くそっ。どれほど醜い火傷なのかと思うたら、この程度。これなら抱ける。抱きたい」

鼻息荒く言われた言葉に戦慄した。

頭で、ではない。本能が慄いたのだ。

これまで、男色の気《け》のある連中から幾度も言い寄られてきたが、相手は皆貴族。手荒な真似をしてくる者など一人もいなかった。

しかし、この男はどうだ。無遠慮に触れてきただけでなく、力任せにねじ伏せようとしてくる。怖くて、気持ち悪くてしかたない。

あまりの嫌悪感と恐怖に思考が完全に止まり、体が硬直してしまった。

そんな巡が雅信にはどう見えたのか、下卑た笑みを浮かべ、顔を近づけてきた。生臭い息がとんでもなく気持ち悪い。

「なんだ、その顔は。俺に『抱ける』と言われたのがそんなに嬉しいのか？　案外可愛いところが……がはっ！」

雅信の薄汚い顔が、視界から消えた。巡の顎や腕を摑んでいた手も離れる。

何が起こったのか分からず立ち尽くす巡の前を、男が一人横切っていく。清雅だ。巡には目もくれず、ただ前だけを向いて無言で歩いていく。その先に目を向け、息を呑《の》んだ。

右頬が変色し、口から血を流す雅信が、砂に汚れるのも構わずのたうち回っている。

「ひ……ぃ……い、痛い。た、すけ……助けて……ぎゃっ」

涙を流して痛がる雅信の顔面を、清雅は無造作に蹴り飛ばした。

背筋が凍るような気味の悪い音とともに、雅信の体が鞠《まり》のように跳ねる。それでも、清雅は眉一つ動かさないし、何も言わない。ただただ爛々《らんらん》と光る山吹の瞳を見開いた真顔で歩み寄り、再び雅信に足を振り落とす。雅信が「助けて」「許してくだされ」と懇願してもやめず、何度も、何度も。

そのさまは完全に常軌を逸している上に、巡が知る伊吹《いぶき》清雅とはあまりにかけ離れていて、巡は呆然《ぼうぜん》とすることしかできない。

だが、夏の強い日差しに照らされる、ぎらぎらとした山吹の瞳に激しい憎悪と憤怒の色を見た刹那《せつな》、唐突に理解した。

（……切れて、しもうた）

この八年間、耐えに耐えてきた清雅の堪忍袋《かんにんぶくろ》の緒《お》が、ついに。

やはり、大切にしていた父の形見を目の前で台無しにされたことは、清雅にとって耐え難いことだった。それでも何とか踏みとどまろうとしていたのに、巡に無体を働く雅信を見て、ぶちりと切れてしまった。そう思い至ってようやく、巡は己の失態を悟った。

——俺はいつでも、巡を大事にしたい。

常々そう言っている清雅が、目の前で雅信に辱められる巡を見たらどうなるかぐらい、少し考えれば分かるはずなのに、雅信に万倍返しの仕返しをすることに頭がいっぱいになって、ぎりぎり踏みとどまっていた清雅の理性を考えなかった。

自分のせいだ。自分がとどめの一押しをしたせいで、清雅は八年間の我慢も忘れてこんなことを……と、罪悪感で全身を震わせていると、清雅が振り落としていた足を止めた。かと思うと踵を返し、落ちていた刀を拾い上げる。それを見た巡は叫んだ。

そこまでしてしまったら今度こそ、清雅のこれまでの努力全てが無駄になってしまう。

「だ、駄目だ！　待て……」

「若殿っ！」

巡が清雅を止めるより先に、誰かが清雅を羽交《はが》い絞《じ》めにした。血相を変えた作左だ。

「若殿、お鎮まりくださいませ。かようなこと、若殿らしゅうもない。若殿っ」

清雅をしっかりと押さえ、必死に声をかける。今度は、直垂《ひたたれ》姿の男が数人「若様」と声を上げながら雅信へと駆け寄った。

雅信の護衛だろうか。雅信が清雅に蹴られ続けている間、一体何をしていたのだと思わず

呆れていると、

「貴様ら、若様になんという無礼を。ただで済むと思うなよ」

護衛の一人がこちらに振り返り、そう叫んできたものだから、

「っ……否！」

巡はすぐさま声を荒らげ、一歩前に踏み出した。

清雅は今、普通の精神状態ではない。自分が何とかしなければ。清雅を守らなければ！

断固たる決意の元、相手を静かに睨みつけ、扇《おうぎ》で雅信を指し示す。

「無礼はそこな不心得者じゃ。私が面をつけるのは、『人前で素顔を晒すな』という帝の勅命によるもの。それを、その男はみだりに引きはがした。つまりは帝への反逆ぞ」

巡が仰々しくそう言い返した瞬間、その場の空気が一気に凍りついた。雅信の護衛たち、騒ぎを聞きつけて駆けつけた野次馬たちも。

それを見て取り、内心ほくそ笑む。しめた。帝の威光は遠く離れたこの静谷国でも効く。

ならば。と、巡はもう一歩前に踏み出す。

「ゆえに、我が夫がその男に鉄槌《てっつい》を見舞った。その男の罪を少しでも軽くせんと。これは我が夫の慈悲である」

「え？　あ、あ……」

「帝にはこの件、そのように言上《ごんじょう》する。我が夫が帝に成り代わり罰を与えたゆえ、お許し

いただきたいと。帝がどう判断なされるかは分からぬが……雅次様にそう伝えよ。疾《と》くゆけ」

できるだけ厳《おごそ》かに命じてみせる。途端、護衛たちは雅信を担ぎ上げ、脱兎《だっと》のごとく駆け出し、行ってしまった。

巡はその後ろ姿をずっと睨みつけていたが、見えなくなったところでようやく、大きく息を吐いた。よかった。これで、清雅が雅信に狼藉《ろうぜき》を働いた件は有耶無耶にできる。

「おかた様、ありがとうございました」

「いや、よいのだ。それより……っ」

清雅は……と、振り向きかけた時、いきなり世界が反転し、全身に浮遊感が襲ってきた。

「は？」と声を漏らした時にはもう馬に乗せられていた。そこへすかさず、清雅も乗り上げてきた。

「若殿っ」と作左が声を上げたが一切答えず、清雅は馬で駆け出した。

「お、おい。突然どうした。どこへ行く気だ」

しがみついて尋ねるが、清雅はやはり答えない。無言のまま、馬を走らせ続ける。

それが何を意味するのか分からず戸惑っていると、馬は山へと入り、程なく止まった。

こんなところに何の用だ？　首を傾げていると、横抱きに抱かれ、馬から降ろされた……かと思うと、

「んんぅ……っ？」

突然唇に嚙みつかれて、巡は目を見開いた。

「そ、なた……な、に……ぁ、んんぅ」

「やらん」

近くに生えていた木に背を押しつけられ、口内を貪《むさぼ》られる。呼吸も奪い尽くしてやると言わんばかりの、深くて、痛みさえ伴う口づけに怯《おび》える体をまさぐられて、

「巡はやらん。誰にも、やるものかっ」

濃厚な口づけを続けながら、うわ言のように唸る。その、どこまでも必死で痛々しい響きに胸が張り裂けるように痛んで、巡は思わず清雅にしがみついた。

先ほどの雅信の言葉を思い返す。

あの男は、「今日はその刀を寄越せ」と言った。つまり、清雅と会う時はいつも清雅が持っている何かを分捕《ぶんど》っていたということだ。そして、あの刀のように、目の前で滅茶苦茶に壊された――。

今まで、何を取られてきたのだろう。

偶々《たまたま》持っていたものもあるだろうが、大事にしていた宝物もいくつかあったに違いない。それを目の前で壊され、馬鹿にされてもひたすら耐え続ける。どれほど辛かっただろう。だが、これまで父親の形見が無事だったということは、細心の注意を払い守り抜いてきたのだ。

それだけ、清雅にとってあの刀はとても大事なものだった。もしかしたら、亡き父そのものだったのかもしれない。それなのに。

いまだ、この時期に雅信に手を上げてしまった暴挙に思い至らず、宝物を壊された喪失感を埋めるように巡の体を性急に求めてくる、縋《すが》るような掌に苦しくなる。

清雅が今味わっている悲しみ、怒りがどれだけ深いものか、巡には想像もできない。

でも、この身を求めることでそのやり切れなさが少しでも和らぐなら、いくらでも貪ればいいと思った。今の自分には、それしかしてやれない。

そう思ったから、このような場所でも抵抗せず、身を任せた……はずだった。

それなのに、清雅に暴かれた肌を少々乱暴にまさぐられ、掻き抱かれているうちに、別の感情が芽生え始めた。それは、

(……気持ち、いい)

ひどく浅ましいものだった。

今、こんなことを考えるべきではない。分かっている。だが、清雅に触れられると……特に、雅信に触られた箇所が清雅の感触で満たされていけばいくほど気持ちよくて、安心して、でも……感じれば感じるほど、もっともっとほしくなって、自分から身を擦《こす》りつけ、指を挿《い》入れられたら襞《ひだ》を絡《から》みつけ、奥へ奥へと誘って……ああ。

(俺は、どうしてしまったのだ)

今は、大事な宝物を無残にも壊された清雅の心を慮《おもんぱか》るべき時なのに、清雅に抱かれて気持ちいいだの、もっとほしいだの。浅ましいにも程がある。

けれど、止められないのだ。

——清雅、これを寄越せ。これなら抱ける。抱きたい。

そう言って、無遠慮にねじ伏せてこようとした雅信を思い返すほど……雅信に触れられた気持ち悪い感触をきれいさっぱり拭い取り、清雅でいっぱいにしてほしい。

（あんな男に俺を渡すな。渡すぐらいなら、今すぐ壊せ。そなたの妻でいられなくなるくらいなら、俺は……っ）

そこまで考えて、巡は愕然《がくぜん》とした。なんだ。自分は今、何を考えて……いや！　駄目だ。これ以上は考えるな。これ以上考えたら、自分は——。

「やらない。ずっと、ずっと好きだったのだ」

不意に聞こえてきたその言葉。「え……」と、思わず顔を上げた瞬間。

「！　い……あああッ」

熱い楔《くさび》をねじ込まれ、強烈な圧迫感と痛みで背が撓《しな》った。

だが、それは一瞬のこと。毎夜熱烈に抱かれて、清雅のみを受け入れるよう作り変えられた内部はあっさりと楔を飲み込み、嬉々として絡みついた。

いつもなら、その後与えられる悦楽に思考が溶けて、何も考えられなくなるのだが、この時は違った。

「ずっとほしかった、忘れられなかった巡が、俺のものになった。ようやく、俺だけの巡になった。それなのにっ。……やるものか。あの男に、巡はやるものかっ」

全身を包む快楽が、一瞬にして吹き飛ぶ。

(ずっと、好きだった？　あの頃から俺が好きで、逢《あ》えなくなってもずっと、俺を想い続けてくれていたのか？　ならば、俺を嫁にしたいと言うたのは、俺の力のみがほしかったわけではのうて、俺のことが……あ、あ)

全身が炎で燃え上がった気がした。

出逢った時から、清雅が好意的だったことは重々承知している。

いつだって優しかったし、巡が喜びそうなものを見つけると川でも沼地でも平気で飛び込んで、色んなものを贈ってくれた。

再会して夫婦になってからは、八年前以上に巡を気遣い、目一杯甘やかしてくれた。

大事に想われていると、思ってはいた。だが、それは巡が認識している色恋とは別のものだとも思っていた。

八年前は言わずもがな。求婚された時も、清雅が貞保《さだやす》に書き送った文には、巡を嫁に欲しいのは巡の才覚が欲しいから。妻として迎え入れれば、巡が白銀でも遺憾《いかん》なく活動できるからとのみ書かれていたし、祝言を挙げ、巡を口説《くど》くと言い出した時も、夫婦は仲がいいほうが何かと都合がいいからと言わんばかりだったから、この男は色恋のいの字も分かっていない。こんな輩《やから》に惚《ほ》れてなるものか。自分と惚れた腫《は》れたがしたいなら、まずは自分に惚れてから出直してこい！　そう思った。

最近は……海のように大きくて広い度量の清雅に、おちょこくらい小さな度量の自分が優しくできたためしはなく、一方的に巡が望むものを与えられ、甘やかされるばかり。

こんな関係で、自分が思い描く恋情を清雅が抱いてくれるわけがない。

海が人に溺れるなんてありえない。

そう思っていた。けれど今、清雅がいつも以上に熱烈に掻き抱いてきながら言う。「ずっと好きだった」「ほしかった」と。

恋も嗜《たしな》みの一つだと嘯《うそぶ》く公家の世界に生きてきて、これまで数多くの男女から愛の言葉を囁かれてきた巡としては本来、もののあはれも品もない、一笑に付してしかるべき台詞《せりふ》だ。

それなのに、この言葉はかつてないほどに巡の魂を揺さぶり、心をはちきれんばかりの歓喜で包み込んだ。

巡を嫁にと望んだのも、落としてみせると言ったのも、全部巡が好きだから。

どうしよう。気絶しそうなほど嬉しい。

なにせ、清雅という存在を認識した時から、巡の心の真ん中には常に清雅がいた。

山猿みたいな風体の武家に、朝廷の学問を司《つかさど》ってきた久遠寺家の自分が負けてなるものか

と、努力に努力を重ねて……だが、清雅には自分にはないすごいところがたくさんあることを知っていくと、この男に負けたくないという気持ちの他に、この男に認められたい。「すごいな」と褒められたいという気持ちと、一緒にいて楽しい。そばにいたいという願望が湧き上がっていった。

こんなふうに思ったのは後にも先にも清雅だけで、離れ離れになってからも一日だって忘れたことはなかった。

清雅が贈ってくれたものは皆食べ物だったから、手元に残ったものはなく、どうして形で残せるものをくれないのだと腹を立て、もう一度清雅と会うにはどうしたらいいか、そればかり考えて、再会してからもその気持ちは変わらず……いや、むしろ募っていくばかりで。

つまり、ありていに言えば、自分は清雅のことが――。

「！　ァあ…っ。あああぁ」

目の前が真っ白になる。かろうじて爪先《つまさき》立ちしていた右足も抱えられてしまった。

全体重が結合部分にかかり、ありえないほど奥に楔を突き立てられ、抉《えぐ》られる。それが、苦痛を伴うほど強烈な気持ちよさで、巡ははしたなく啼《な》いてよがった。

「ゃ…こ、んな……ふ、か……ん、んぁっ。ァあああ」

ひっきりなしに声が漏れる。耳を覆いたくなるような、甘ったるい嬌声《きょうせい》だ。

ここが外だということも忘れて、乱れに乱れる。

「巡。好きだ……好きだっ。あの男にはやらん。あの男にはっ」

狂おしい声音で繰り返されるその言葉に酔いしれながら。


気がつくと、木にもたれかかった清雅の腕の中にいた。

「起きたか」

「あ……俺は……こほっ」

声を出すと咳《せき》も出た。喉がイガイガする。どうやら、喘《あえ》ぎ過ぎて声が嗄《か》れたらしい。そう思い至った途端、急に先ほどのことが一気に思い出されて巡は赤面した。自分の痴態にというより、清雅に何度も「好きだ」と言われたことに。

どんな顔をして、清雅と顔を合わせればいい。分からなくて下を向いていると、口元に竹の水筒を差し出されたので、無言で飲み口に口をつけた。

とりあえず、水を飲んで落ち着こう。そう思って、こくこく水を飲んでいると、頬を労わるように撫でられた。

「すまん」

ぽつりと小さな声が落ちてきた。

目を上げると、叱られた童のようにしゅんと項垂《うなだ》れた清雅の顔があった。

「俺は巡に面倒をかけて、ひどいことをした……っ」

今度は巡が清雅の頬に労わるように触れた。

「よい……いや、俺のほうこそすまなかった」

珍しくすんなりと謝罪の言葉が出た。今回のことで清雅に謝らせるのは、良心の呵責《かしゃく》に耐えられなかった。

「そなたは耐えていた。お父上の大事な形見をあのように壊され、辱めを受けても、お父上の無念を晴らすためと、必死に耐えようとしていた」

「……っ」

「それだというに、俺の考えなしな行動がその我慢を踏みにじった。そなたが耐えに耐えた八年間をふいにするところであった。それゆえ……？」

懸命に謝っていた巡は首を傾げた。沈んでいた清雅の表情が、何ともばつの悪い風情に変わったせいだ。どうしたのかと尋ねると、清雅はそっぽを向いた。

「それが、その……言うてもよいが、怒らぬか？」

「それは、内容次第じゃ」

何やら嫌な予感を覚え、ぴしゃりと返すと、「なら言わん」とますますそっぽを向くではないか。巡はすぐさま清雅の袖を引っ張った。

「さような言い草をされて引けると思うか。言え」

摑んだ袖を揺すって命じる。清雅は唇を尖らせ黙っていたが、しばらくして観念したように息を吐くと、なぜか声を潜めて耳打ちしてきた。途端、巡は目を見開いた。

「今、なんと申した」

「あの太刀は偽物だ」

また、小声で耳打ちしてきた。それでもとっさに意味が分からずぽかんとしていると、

「ついでに言うと、父上の形見のことを雅信の耳に入れたのは俺だ」

続けて言われたその言葉に、巡はついに「はあ?」と声を上げた。

「なにゆえさようなことを」

「理由は二つある。一つは、雅信を最小限の損害で帰すためだ」

顔を合わせるたびに甚振《いたぶ》られていたが、雅信は嫌なことがあると清雅の持ち物を壊して憂《う》さを晴らすのが常だったのだという。

清雅がこの地の領主になってからも、わざわざここまで壊しにやって来ていたのだとか。ゆえに、清雅は雅信の動向を常に探らせ、憂さ晴らしの事案をあらかじめ用意しておいて、この地に来たら即対応しているのだという。

「なるほど。しかし、お父上の形見を使うのは」

「今回は特に大きくて上等な餌にしておきたかった。万が一、巡を盗られたらたまらん」

巡は俺の一番大事なものだからな。

そう言い切る清雅に、巡はどぎまぎした。

「う、うむ。さように念入りに手を打ってくれるのはありがたいが、その……あ。お父上の形見を使うたもう一つの理由、調略の総仕上げか」

突如閃《ひらめ》き、ぽんっと手を打つ。

いまだ雅次派にいる者たちは、雅信の、亡父の大事な形見を憂さ晴らしで破壊する人間性や、先代当主に対しての敬意のなさに呆れ果て、離反がより加速するだろうし、高雅《たかまさ》にいまだ敬愛の念を抱いている者が多い清雅派は、雅信に対する怒りで士気と団結力が深まる。

そう言うと、清雅は正解だとばかりに口角をつり上げた。だが、すぐに口角を下げ、完全な無表情になった。

「巡は前に言うたな。血を一滴も流さず当主の座を奪い取るには、彼奴等《きやつら》の尻の毛までむしり取らねばならんと。俺は、そうは思わん」

「……え」

「尻の毛までなど温《ぬる》いわ」

声が、急落した。

「命以外全て奪う。地位、名誉、金、尊厳、傅《かしず》く家臣、心と心の繋《つな》がり、ことごとく奪い尽くす。事が成った時、誰も彼奴等を顧みない。叔父《おじ》殺し、主殺しの罪さえ負うてなどやるものか。そして、独り寂しく死んでいき、誰も彼奴等を思い出さない。一度たりとも」

「そなた……」

「ゆえに、父上の形見を使うた。父上とともに、この手でやり遂げてみせる」

唸るように言う。山吹の瞳を、獲物を見据える鷲《わし》のように、ぎらぎらと光らせて。

その異様なまでに鈍く光る瞳に、巡は悪寒が走った。

自分は、今の今まで分かっていなかった。

清雅が言う、血を一滴も流さずとはどういう意味だったのか。心に鬼を飼うとはどういうことなのか。武将とはどういう生き物なのか。何も、分かっていなかった。

ああ。なんと激しく、なんと惨《むご》く、なんて……血腥《ちなまぐさ》いのだろう。

初めて触れた、武将というものの恐ろしさと、むせ返るような殺意に身震いした。しかしすぐに、これでは駄目だと内心首を振った。

ここで怖気《おじけ》づいたら、清雅は今後一切、このような策を立てても自分には打ち明けてはくれなくなる。

(恐れるな。受け止めろ)

これもまた、清雅の心だ。ならば、恐れることなど何もない。と、己に言い聞かせ、

「よく分かった。されど、さような大事、なにゆえ黙っておった。これからともに事を成そうとしている時に、それでは困る」

内心の動揺はおくびにも出さず、素知らぬ顔で不服そうに言ってやった。

それまで異様に光っていた山吹の瞳が、我に返ったように瞬きして、まじまじとこちらを覗き込んできた。まるで、こちらの心中を隅々まで探ろうとしてくるような視線に少々緊張していると、清雅がそっぽを向いて、

「雅信などに足蹴《あしげ》にされる俺を巡に見られとうなかった。格好悪い」

そんなことを言うではないか。本気でぽかんとした。

（なんだ、その幼稚すぎる理由は。先ほどまでとはまるで別人……待てよ？）

そういえば、自分はこれまで、清雅が雅信を殴りつけたのは、父親の形見を目の前で壊された激しい怒りが最大の理由だと思っていたが、あの刀は清雅があらかじめ用意しておいた偽物で、わざと破壊させるように仕向けたという。それなら――。

「そなた。まさか、雅信をあのように殴りつけたのは」

「あやつが巡を寄越せとほざいて、巡に薄汚い手で触れたからだ」

「！　それは」

思わず声を漏らすと、清雅の横顔がますます顰められる。

「自分でもびっくりしている。軽はずみなことこの上ない。だが、後悔はせん。巡に無体を働く輩を放ってなどおけるか」

鼻息混じりにそう答える。巡は驚愕《きょうがく》した。

（な、何なのだ。こやつは）

自分こそ、巡が受けたそれとは比べ物にならないほどの恥辱を八年間も受け続け、耐えに耐えてきたというのに、巡がたった一回、目の前で少々無体を働かれただけで、後先考えず激昂《げっこう》して雅信を殴った？

訳が分からない。滅茶苦茶にも程がある。けれど、そのことを考えれば考えるほど、胸がどきどきしてきた。

「……そなた。どさくさに紛れて、俺のことを、ずっと前から好きだった、などと申したな」

気がつくと、清雅の袖を摘まみ、ぼそぼそ尋ねていた。清雅が目だけこちらに向けてくる。

「どさくさに紛れて？」

「あのようなこと、今まで言われたことがない」

「そうだったか？」

思い切り首を捻られる。自覚がないらしい。巡は眦をつり上げた。

「そうだ。なにゆえ、さように大事なことを早く言わん。俺を口説くと偉そうなことを言うておいて、そのようなことも分からぬのか。というか、なにゆえそう想える。俺は、そなたに優しくできたためしが……なんだ」

「気に入ったのか？」

ぐいっと顔を近づけられ、尋ねられた問いに滑稽なほどに体が跳ねた。

「な、なんだ、その言い草は。気に入るか入らぬかの話ではない。俺が言いたいのは…っ」

「もっと、言うてほしいのか?」

抱く手に力を籠《こ》められ、ますます顔を近づけられたので、思わず目を逸らした。

目を合わせていられない。羞恥《しゅうち》で死ぬ。

「だ、だから、そういう言い草は……だが、まあ……そう、だな。その言葉なら、聞いてやらぬでもない」

(あー! 俺は、何を言うておる)

このような言い方をしては……と、しどろもどろになっていると、突然ぎゅっと抱き締められた。

「好きだ」

「……!」

「ずっと、巡だけが好きだ。素直じゃないが、俺にやたらと甘い、優しい巡が好きだ」

掠れた声で囁かれて、目頭《めがしら》が熱くなった。

(優しいと、思うてくれるのか? 仕事以外、上手くできたためしがない俺を)

好きだという言葉と同じくらい心を揺さぶり、じわりと優しく沁み込んで、幸福感でくらくらした。

俺も、そなたのことが好きだ。

そんな言葉が、喉元まで出かかった。でも、言えなかった。

巡のことになると我を忘れて暴走する清雅に、この想いを伝えたらどうなることか。

大事の前だ。これ以上、清雅の心を乱してはならない。

自分だってそうだ。清雅にこの胸の内を告げたら最後、堰《せき》を切ったように想いが噴き出して、どうなるか分からない。ここぞという時に役に立てなくなるかもしれない。

それでは困るから、

(早う伊吹家の当主になれ。さすれば、俺も……気張って、言うてやるゆえ)

気づかれぬよう清雅の袖を握り締め、心の中で囁く。

この時、巡は自分の認識よりもずっとずっと浮かれていた。だから、思い至れなかった。

「好きだ」と何度も狂おしく告げたのに、何一つ言葉を返されなかった清雅がどう想うか。

そして、清雅が言った「あの男」とは誰だったのかを。

巡の面を剥ぎ取った件について、雅信は気にも留めていなかった。

巡は帝への不敬だ何だと騒いでいたが、それがどうした。遠く離れた京にいる上に、兵だって持っていない帝に何ができる。

それよりも問題なのは清雅だ。伊吹家当主の嫡子に怪我を負わせるなど言語道断。即刻首を刎《は》ねるべきだ。

城に逃げ帰った雅信はまず、護衛たちを全員斬り捨てさせた。護衛の分際で、痛めつけられる自分を助けなかった罪は万死に値する。

その後、騒ぎを聞きつけてやって来た雅次に、ちょっと悪ふざけしただけなのに、清雅が自分に狼藉を働いたとだけ報告し、清雅の首を刎ねてくれと懇願した。

雅信の報告を鵜呑《うの》みにした雅次は、よくぞあの者を攻める口実を作ってくれたと雅信を大いに褒め、嬉々として風花城攻めの戦支度にかかった。

だが翌朝、清雅から送られてきた文により仔細《しさい》を知った雅次は雅信を殴りつけた。

「貴様という奴は何ということをしてくれたのだ。よりにもよって、我らを朝敵にする口実を与えてしまうなど」

「そ、そんな……朝廷なんてここから遠く離れているし、力もないのに……ぎゃっ」

「我ら武士は元々、帝をお守りするために作られたものぞ。時代が移ろい、世の形が変わろうが、それは決して変わらん。つまり、帝を敵に回すことはこの日ノ本《ひのもと》全ての武士を敵に回すことになるのだ。さようなことも分からぬのかっ」

と、扇で雅信を打ち据える雅次の許に、血相を変えた家臣の一人が飛び込んできた。

「大変でございます。城下の至る所にかような落首《らくしゅ》が」

差し出された立て札には、「雅信は平気で他人の親の形見を壊し、人の妻を奪おうとする外道だが、童に怒鳴られただけで泣き出す腰抜け」といった揶揄が面白おかしく書かれていた。

雅信は慌てて撤去を命じたが、立て札の数が多い上に、なぜか撤去したそばから新しく建てられて埒《らち》が明かない。しかも、これだけの数の立て札が建てられたというのにその現場を目撃した者が一人もいない。訳が分からない。

そのうち、領民たちは雅信の姿を見かけると、腰抜け様のお通りだと遠巻きにクスクス嗤うようになった。

自尊心だけは人一倍高い雅信はこれに激怒。「無礼者」「俺を嗤うな」と城下町で何度も大暴れし、近くにいた領民を何人も斬り殺した。

そんなものだから、雅信が城下に来ると領民たちはいっせいに店を閉め、家に閉じ籠《こも》るようになってしまった。雅信が出て来いといくら命じても、誰一人返事もしない。

それから程なく、明け方こっそり荷を背負って店を抜け出す商人が出始めた。それは日が経つにつれてどんどん増えていき、客足も遠のいて町は閑散としていく。

皆どこへ行ったのか。探りを入れてみれば風花城城下に集い、商いをしているというではないか。

この報せに激怒した雅信は十数名の家来衆を引きつれ、清雅が治める由衣里《ゆいのさと》へ向かった。

雅次にはしばらく清雅に手を出すなと厳命されていたが、知ったことか。我が城下の領民たちを掠め取るなど許せるものか。

だが、その勢いもすぐに掻き消えた。なぜか里境《さとざかい》に、朱槍《しゅやり》を持った清雅が一人仁王立ちしていたのだ。

「これは雅信殿。ようこそおいでくださいました」

まるで、雅信が来ることを事前に知っていたような口ぶりだ。

それに、話しかけてきた声音。これまでどおり朗らかなものだったが、目は違った。

（あ、あの時の目だ……っ）

自分を踏みつけてきた時と同じ、殺意迸《ほとばし》るぎらついた山吹の瞳。

その目に射貫かれた瞬間、全身を言いようのない恐怖が貫いた。

殺される！　本能でそう悟った雅信の体は、本人の意思とは関係なく、家来たちの制止も聞かず、一人脱兎のごとく逃げ出した。

この件もまたすぐ噂になってしまい、領民流出がいよいよ加速して……と、何かすればするほど泥沼に嵌《はま》り込んでいく。

本来なら、これ以上悪化する前に雅次や優秀な家臣が対処するのだが、彼らもそれどころではなかった。

まず、これまで良好だった高垣をはじめとする同盟国の大名たちから「同盟を解消したい」という書状が相次いで送られてきた。幕府と朝廷から疎《うと》まれている輩の仲間と思われたらたまらぬと。

聞けば、幕府と朝廷の雅次親子への評判がすこぶる悪いのだという。調べてみれば、まさにそのとおりで――。

清雅が幕府の官僚である貞保に、巡は大納言である父親に、すでにこの件を報せてしまった。それは分かる。だがなぜ、同盟国の大名たち全員が、雅信がしでかした所業も、幕府と朝廷での雅次たちの心証が悪いことを恐ろしいほど詳細に知っているのか。

誰が吹き込んだのか。分からないが、大名たちはもう取り付く島もない。

そのうち、他国が「伊吹家は朝敵」を理由に攻め込んでこようとしているという物騒な噂まで流れてきて、その対応にも追われることになった。

それなのに、大病を患ったとして登城を拒否する家臣が相次ぎ、昨夜はついに、港の収益が激減しているという報せまでもが届いた。

登城拒否の家臣が続出しているのは、清雅の調略が進み清雅側に皆寝返ったから。港の収益が激減したのは、巡の父親が寺社伝奏になると知った商人たちが巡側についたから。

そうとは知らない雅次方は右往左往する一方。

そう書かれた、雅次の城に送り込んだ間者《かんじゃ》からの文を自室の文机で読んだ巡は、形の良い唇を歪ませた。

京で工作を続けてくれている父や貞保は勿論、雅信のおかげで、事は怖いくらい順調に進んでいる。

だが、ここで気を抜いてはならない。完全勝利のためにはもう一押し。

ということで、巡はここ一カ月、繋がりを持てた公家たちを招いた蹴鞠《けまり》の会の準備に勤しんでいる。清雅を公家たちに引き合わせるためだ。

彼らは巡が話して聞かせた雅次親子の悪口を、交流のある近隣諸国の大名《だいみょう》たちに吹き込んでくれたが、それはあくまでも朝廷を軽んじる雅次親子が嫌いなだけで、こちら側についたわけではない。

その証拠に、彼らは自分と巡との間に明確な線を引き、それ以上は決して踏み込んでこようとしない。それはひとえに、巡の夫である清雅を「田舎《いなか》の山猿」「雅次親子に虐げられるばかりの弱者」と軽んじているからに他ならない。

弱くて下品な犬……もとい、山猿など構う価値などない。それが公家の考え方だ。

ゆえに、彼らを完全に掌握するためには、清雅はこの静谷国一の実力者であり、ついでに品も多少はある男であると示すことが必要不可欠。

そのため、巡は念入りに準備している。

客人を招く部屋は持参した京の調度品で飾りつけ、帰りに持たせる土産《みやげ》の品は厳選に厳選を重ねる。

金に糸目はつけない。巡が次期寺社伝奏の息子であると知った商人たちが、「父上様によしなに」と献上してきた金品を惜しげもなく注ぎ込み、できるだけ品よく豪勢に見えるよう努めている。実は、清雅には雅次を凌《しの》ぐ財力があると思い込ませるために。

このあたりのことはそれほど難はなかったが、客人をもてなす侍女、家臣たちへの作法指導。それから、蹴鞠の会に参加できるだけの腕にするまでの育成には大層骨が折れた。

「蹴鞠で最も大事なことはいかに優雅であるかだ。鞠が蹴れればよいというものではない」

「ゆ、優雅？　そう言われましても、さようなもの、どうやったら出せるのです」

「ではまず、十日間ほど朝起きたら寝るまで無心で鞠を蹴り続けろ。話はそれからだ」

「はあっ？　起きてから寝るまでずっと？　さようなこと、できるわけ」

「清雅殿のためぞ。やれ。トト丸、こやつらが怠けぬようしかと見張れ」

相手が泣き出すほど猛特訓した。それもこれも皆、客人たちの目をできる限り清雅から逸らせるため。

清雅と引き合わせるのが目的なのに清雅から注意を逸らすなんて本末転倒だが、しかたないのだ。

清雅は依然、調略や領主の仕事で忙しいし、そもそも……あのような野生児に短期間で、公家たちを唸らせるほど優雅な礼儀作法を仕込むなど、海を赤くするくらい不可能だ。

上品な着物を着せ、ひな人形のように座らせておくしかない。

そのため、清雅に着せる着物には最も気を配った。吟味に吟味を重ね、家臣や侍女たちにも意見を聞き、蹴鞠の会が三日後と迫った今日、ようやく完成した。薄紫色の狩衣《かりぎぬ》が。

「我ながら、よき色を探し出せたものじゃ。そう思わぬか、トト丸」

広げた狩衣をかざしてみせると、ちょんとお座りして見ていたトト丸は立ち上がってくるんと一回りすると、「きゃん」と一声鳴いた。

「そうか！　そなたもそう思うか。やはりな。この色を一目見た瞬間、これしかないと思うたのだ。ふふん。あやつ、早う帰って来ぬかな」

きっと似合うはずだと、広げた狩衣を撫でていると、部屋の外から作左が声をかけてきた。

緩んでいた表情を慌てて引き締め、入るよう声をかけると、文を手に持って作左が入ってきた。

「失礼いたします。ただいま……おお。若殿の狩衣、仕上がりましたか」

「うむ。先ほど届いた。どう思う」

作左にも狩衣をかざしてみせると、作左は食い入るように凝視した後、両の目を細めた。

「嬉しゅうございます」

「嬉しい？」

「若殿に最も似合うお色は何か、おかた様が懸命に考え抜かれて決められたのが、かように品の良い、格調高きお色とは。日頃山猿と呼ばれている若殿もお喜びになられるかと」

そう言われて、頬が熱くなった。

「いや、これは似合うというか、何というか……それより、その文は何じゃ」

これ以上この話題を続けると顔が赤くなりそうだったので、強引に話を逸らすと、作左は淡い笑みを引っ込め、文を差し出してきた。

「泉盛寺《せんじょうじ》の住職より文が参りました」

「泉盛寺？　珍しい。雅信近習《きんじゅ》の兄を持たれるあの方は、私のことをあまりよく思うておられぬはずだが……っ」

言いかけ、巡は息を詰めた。開いた文の末尾に「雅次」の文字が見えたせいだ。

雅次が名を騙《かた》って自分に文を寄越してきた？　だが、一体何のために？

緊張しつつも目を走らせる。最初に書かれていたのは、先日の雅信の愚行に対する謝罪。次に、朝廷に対してはどうぞよしなにという頼み事。ここまでは想定内だったが、

『愚息のせいで、領内も不穏になってしまいました。特に、由衣里の東にある久我山《くがやま》。あそこには、清雅の子がおるゆえ心配で』

清雅の子。その単語を見た刹那、息が止まった。

「おかた様？　いかがなさいました」

「……何でもない。それより作左。久我山の守りはどうなっておる」

努めて澄まし顔でそろりと尋ねてみる。作左の頬が一瞬強張ったのを巡は見逃さなかった。

「文に、久我山のことで何か？」

「久我山で見慣れぬ雑兵《ぞうひょう》を幾人か見たらしい。ゆえに、どこぞから入り込んで来ておるのではないか、不安でしかたがない、どうにかならぬかと書かれている。久我山とは、さよう

に守りが手薄なところなのか？　ならば、一度見ておきたい。よくよく考えてみれば、清雅殿もあのあたりは案内してくれなかった……」

「お気遣い痛み入ります。されど」

巡の言葉を少々強引に遮り、作左はやんわりと言った。滅多にないことだ。

「この件につきましては、作左にお任せくださいませ。おかた様のご負担をこれ以上増やすわけには参りませぬし、軍事については若殿の領分。おかた様に口を出されますと、その」

「分かった」

風情は変わらないが、普段より饒舌《じょうぜつ》な作左に巡は薄く笑ってみせる。

「確かに、これは清雅殿の領分であった。私からは何も言うまい。全てそなたに任せる」

涼しい顔で言って、下がらせた。だが、作左が部屋を出て行った途端、巡の表情は見る見る引きつっていった。

再び文を手に取る。手は、小刻みに震えていた。

『そういえば、清雅の子、勝千代《かっちよ》にはもうお会いになられたかな。まだ三つにも満たぬ幼子ゆえ可愛い盛りであろう』

『これ以上、領内が不穏になった折は、風花城に生母とともに避難させてくだされ。清雅はのびのび育てたいからと城の外で暮らさせているようだが、勝千代は清雅の立派な嫡子。何か起こっては一大事』

そこまで読んで、巡は文から顔を上げた。

目を瞑《つ》り、深く深く息を吐いて、乾いた声で嗤い出した。

「ははは。雅次め。実にしょうもない手を使う」

蹴鞠の会直前にこのような偽情報を送りつけ、巡と清雅を仲違《なかたが》いさせて蹴鞠の会を大失敗に終わらせる。

このように見え透いたかく乱作戦に引っかかってたまるか。

しきりに嗤う。笑い飛ばそうとする。だが、胸の内は荒れに荒れていた。

先ほどの作左の反応、どう考えても不自然だった。それに、清雅は久我山のあたりは案内してくれなかった。自分の領土は一通り見せておきたいと言っていたのに。これらが示す意味――。

(まさか、真に……ふん。だったら何だというのだ)

病や戦で大人であろうとすぐに死んでしまうこの乱世において、子どもを一人でも多く作ることは当主の大事な責務だ。

ゆえに公家にしろ武家にしろ、夫が妻以外に情を交わす相手がいることも、正室を娶《めと》る前から側室を置き、子を成すことも極々一般的なことだ。

良妻は側室やその子どもに対して目くじらを立てぬもの。浮気だ何だと騒ぎ立てるのは愚妻の証。みっともない。それが世の常識だ。

現に、自分もそう思っていた。特に、子も産めぬのに側室を作る夫を詰る正室の話を聞くと、跡取りを作るという嫁の責務を果たせていない分際で何を言っているのだと呆れることしきりだった。だから……。

『巡っ』

不意に聞こえてきた呼び声に飛び上がりそうになった。

どかどかと、荒っぽいが軽快な足音が近づいてくる。

巡はすぐさま文机の引き出しを引き、持っていた文をぐしゃぐしゃになるのも構わず押し込んだ。考えてのことではない。体が勝手に動いたのだ。

なぜ自分はこんなことをしているのか。意味が分からず狼狽《ろうばい》したが、障子が勢いよく開いて清雅が入ってきた時には、いつもの澄まし顔に戻っていた。

公家はみだりに感情を表に出してはならない。その躾《しつけ》の賜物だ。

「今日、脂の乗った大きな山鳥を射落とした。夕餉《ゆうげ》を楽しみにしておれ……お？」

清雅が面白いものを見つけた童のような顔で、畳の上に広げられた狩衣に寄ってきた。

「これは巡の着物か？」

「違う。そなたのだ。この俺が厳選して誂《あつら》えてやったのだぞ。ありがたく思え」

声も普段どおりに出た。そのことに内心ほっとしていると、清雅が目を輝かせる。どうかしたのかと尋ねると、

「嬉しいんだ。かように高貴な色が俺に似合うと、巡が思うてくれて」

そう言ってくるので、瞬時に顔が真っ赤になった。

「そうかそうか。俺はかような色が似合う男なのか。すごいな、俺」

「そ、それはまだ分からぬぞ。俺の見立て違いかもしれん」

何だか気恥ずかしくてよく分からない憎まれ口を叩いたが、清雅は上機嫌のままだ。

「そうか？　なら今から着てみよう。絶対似合うぞ。巡が一生懸命選んでくれたんだからな」

得意げに胸を張る。この男のこういうところが嫌いだ！　と、内心盛大に悪態を吐きながらも、心を込めて着替えさせてやる。

今着ている武骨な装束を脱がせ、鋼のような筋肉が程よくついたしなやかな肢体にこびりつく汚れを丹念に拭い取り、誂えたばかりの狩衣を着せ、ぼさぼさになっていた髷《まげ》を鬢《びん》付け油で丁寧に整え、烏帽子《えぼし》を被せてやると——。

「……はあ」

着替えさせ、改めてその姿を見た時、巡は感嘆の声を漏らした。

格式高い薄紫がよく似合う、輝くばかりに美しい貴公子が目の前に現れたからだ。いつもなら「さすがは自分！」と、思い切り自画自賛しているところだが、

（か、かように似合うとは思わなんだ……）

予想をはるかに超える似合いっぷりに驚愕し、うっとりしていると、清雅はその顔で巡の

心中を察したのか、また得意げに笑った。それから少し考えるふうを見せた後、

「なあ巡。少し見ていてくれぬか？」

そう声をかけてきた。何だろうと小首を傾げていたが、次の瞬間巡は目を瞠った。

清雅が吟《ぎん》じながら舞い始めたのだ。

（あの山猿が！　というか、こやつ舞など舞えたのかっ？）

トト丸が人語を喋り出す以上に信じられぬ状況に、絶句することしかできない。

だが、清雅の舞を見ているうち、別の感情が湧き上がり始めた。

清雅の歌と舞は、京で馴《な》れ親しんだそれとは異質なものだった。

優美さも雅も薄い。しかし、体幹から指先の動きに至るまで基礎はしっかりしているので、堂々さまになっている。

そして、所作の一つ一つに清雅の内面が溢れ出る。

力強く、鋭利で、しなやかで、どこまでも清白な心根が。

いつも邪魔臭いと言っている長い袖も、流水のごとくたなびく。

息を呑むほどに美しい。だがこれだけの舞、数カ月やそこらで体得できるわけがない。少なくとも、十年くらいは修練を積んでいる。

十年。自分たちが出会ってからの歳月だ。

（まさか……）

胸がざわつき始めた時、舞が終わった。

二人とも何も言わない。ただただ互いに見つめ合う。

そこで確信する。清雅は山猿山猿と呼んでくる巡に認めてもらうため……いや、好かれるために、舞の修練を続けてきたのだ。巡と離れ離れになっても、「いつか会おう」という約束が叶う日を信じて。

どうしようもなく胸が詰まって、気がつくと清雅に抱きついていた。

「ば、か……莫迦だ、そなた。かような……莫迦、莫迦」

それしか言えなかった。けれど、清雅に抱き締め返されて、「それだけ？」と少々拗《す》ねたように囁かれたものだから、

「……もう二度と、山猿とは言えぬ」

首筋に顔を埋め、くぐもった声でそう呟くと、嬉しそうな笑い声が聞こえてきて……ああ。

この男は、どうしようもなく自分が好きなのだ。子どもの頃から、一途《いちず》にずっと。

心の底からそう思えた。

可愛い可愛い。好きだ好きだ。そんな感情で胸がいっぱいになる。けれど。

――清雅の子、勝千代にはもうお会いになられたかな。

翌日、巡は昨夜急遽《きゅうきょ》したためた数通の文を作左に渡した。

「それぞれ大事な文ゆえ、そなたの手で直《じか》に渡してきてほしい。一日仕事になるが、私も今日一日城に籠って蹴鞠の会の支度をするゆえ問題あるまい」

そう言って作左を追い払った巡は、清雅も作左も城を出て程なく、何かに使えるかもとこっそり用意しておいた僧服に着替えた。

誰にも気づかれずに城を抜け出した巡は、斑髪《まだらがみ》と顔が見えぬよう笠《かさ》を深く被り、久我山へと向かった。雅次の文の真偽を確かめるために。

やはり、気になってしかたない。

清雅本人に直接訊けばいいと分かっているが、もし本当だった場合、平静を保てる気がしない。さらに言えば、自分がこんなことで思い悩み、狼狽《うろた》えていることさえ知られたくない。

領主の妻のくせに、夫の側室や隠し子の一人や二人で目くじらを立てるなんてみっともないったらない。自分の目で、確かめるしかない。

嘘ならそれでよし。けれど、作左の不自然な反応を思うと……。

「……」

もし本当だったら、自分はその子を我が子として受け入れ、城に呼び戻さねばならない。

自分が産んだ子でなくとも、夫の血を引く子なら慈《いつく》しんで育てるのが正室の責務だ。

愛しい男が自分以外と情を交わして出来た子どもと思うと胸が騒ぐが、考えてみれば、清雅がその子を成したのは自分を娶る以前のことだ。

そして当時、自分たちは将来を誓い合った仲でもなければ、同性でも結婚できる山吹、白銀であったわけでもない。つまり、自分たちが夫婦になるなど叶わぬ夢だった。

さらにいえば、清雅は伊吹家の嫡男。世継ぎを作らねばならぬ義務がある。忘れられない初恋の相手がいるなどという私情は一切考慮されない。だから、子どもを作るのは当然のことだし……子どもができていたからこそ、子が産めない巡を嫁にできたとも言える。

それらを考慮すると、巡に清雅を責める道理はない。

これは裏切りではない。清雅が子どもの頃から一途に巡を想い続け、今もこよなく愛してくれていることも嘘ではない。

だったら、よいではないか。いらぬ後ろめたさを感じて子どもの件を隠している清雅に、気にしていない、大事に育てていこうと笑ってやればよいのだ。笑って……と、唇を噛みしめた時、巡は弾かれたように顔を上げた。

かすかだが、童の笑い声が耳に届いたのだ。

(まさか。まさか……っ)

道を逸れ、山へと分け入る。道なき道を声を頼りに進んでいくと、不意に視界が開け、建物が見えてきた。

人目を忍ぶように山の中にひっそりと建てられた庵《いおり》だった。

その庭で、小さな手に棒切れを握った童が覚束《おぼつか》ない足取りで駆け回っている。歳の頃は三歳くらい。くりっとした大きな黒目と赤いほっぺがとても愛らしい……！

（……似ている。あやつの童の時とそっくり）

「勝千代」

聞こえてきた男の呼び声に、心臓が止まりそうになった。

ぎこちなく首を回し、声がしたほうに顔を向ける。そこには、満面の笑みを浮かべた清雅が立っていた。

なぜ、ここに清雅が？　今にも止まりそうな思考回路で何とかそれだけ考えた巡の存在に気づきもせず、清雅はぽんっと手を叩いて童に両手を広げてみせる。

「勝千代。そらおいで」

清雅がそう言うと、童は目を輝かせ、「とーとー！」と愛らしい声を上げながら、何の迷いもなく清雅の腕に飛び込んだ。

その小さな体を軽々抱き上げると、清雅は童を抱いたまま嬉しそうにくるくる回った。

「はは。今日も可愛い奴め。いい子にしておったか？」

清雅が尋ねると、童は「けーこ、けーこ」と言って、持っていた棒をぶんぶん振った。

「剣術の稽古か？　さように小さいのに勝千代は偉いなあ。父様《とと》のような、立派な強い武将になれるぞ」

父様。清雅が童に対し、自分を指して父様と言った。その事実に愕然としていると、

「清雅殿。今日もいらしたの？」

涼やかで愛らしい呼び声とともに、庵から女が出てきた。

垂れた目許《めもと》が愛らしくも、上品な顔立ちの若い女だ。彼女が花が咲くような笑みを向けると、清雅も自然な笑みを浮かべて答える。まるで、長年連れ添った妻に向けるそれのような。

「勝千代が可愛いゆえ、つい。なあ？　勝千代」

清雅が抱いている童に向かって言うと、女は親しげに清雅の肩に触れた。清雅は嫌がらない。されるに任せている。

「もう。『つい』と言えば何でも許されると思って。昔からそう。でも、良い時に来たわ。ちょうどあなたの好物のニラ雑炊を作ったところなの。食べて行って」

「おお。それはまことに良い時に来た」

(……なん、だ。なんだ、これは)

昔からだの、清雅がニラ雑炊が好きだの……そんなこと、自分は知らないのに。と、ますます動揺していると、

「巡殿はニラ、お好きなの？」

女の口から、突如自分の名前が発せられたものだから、口から心臓が飛び出しそうになった。だが、清雅は全く動じない。

「巡？　どうだろう。野菜はよく食べるが」

自然な口調で答える。悪びれた様子さえない。そんな清雅に、女は優しく微笑む。

「あら。なら、ぜひ持って帰って。きっと気に入ってくださるはず……」

それ以上は聞こえてこなかった。体が勝手に踵を返し、その場から逃げ出したから。

だが、いくらも行かないうちに足がもつれ、無様に転んでしまった。

強烈な嫌悪感がせり上がって来て、巡はその場で嘔吐《おうと》した。

吐いて吐いて、胃の中にあるもの全てを吐き出しても吐き気は止まらず、えずき続ける。

気持ち悪い。

清雅によく似た見知らぬ童。巡が知らない温かな笑みを浮かべてその子を抱き締める清雅。

そんな二人の輪に当然のごとく迎え入れられ、清雅と穏やかに笑い合う美しい女。

吐き気がするほど……先ほど延々考えていた、清雅の隠し子を受け入れる理屈が粉微塵に吹き飛ぶくらい気持ち悪い。苦しい。

なにせ、あの女は巡がどんなに望んでも手に入らないものを全て持っている。

清雅にあれほどまでに柔らかで愛らしい、魅力的な笑みを浮かべる術《すべ》を、自分は知らない。

あのように気軽に清雅に触れたり、清雅を歓《よろこ》ばせる気遣いもできない。

何より、自分はあんなに愛らしい子を産めない。

いくら清雅に愛されても、可愛い命をこの世に生み出すことはできない。あんな……温かな家庭を、清雅と築くことができない。

それがどれだけ辛いことか、我が子を愛おしむ清雅を目の当たりにするまで気づきもしなかった。

苦しい。悲しい。こんな胸の痛み、耐えられない。

なんて、ほんの少しその光景を目の当たりにしただけで思うのに、あの女は……。

——巡殿はニラ、お好きなの？

平然と、自分の夫を奪い、城から追い出される原因を作った巡の名を口にした。

そこに憎しみの色など欠片もない。むしろ、気遣う風情さえあった。

さらには、清雅と巡のことを自然に話し、笑い合っていた。

清雅のためなら、妻の座を奪われようが、我が子とともに城を追われようが、全て受け入れ、それでも変わらず清雅を愛しているというのか。

圧倒されることしかできない。

それはかつて、男の生を生きていた自分が、当然のごとく世の妻たちに求めた夫の愛し方

……いや、嗜みだった。こんなにも辛く、途方もないことだと知りもせず。

とんでもなく愚かで浅はかだった己に眩暈《めまい》がした。

だが、今まさに、この嗜みを自分も突きつけられている。

あの童のこともあの女のことも、彼女のごとく笑顔で受け入れろと。

それに、清雅が……いや、周囲が清雅の子どもはあの子一人で満足できるか？

「……っ」

するわけがない。と、心の中で誰かが即答する。

たった一人だけで許されるはずがない。伊吹家当主ともなれば、なおさら。

では、清雅はまたあの女を……自分以外の誰かを抱くのか？　自分という妻がいながら！

（嫌じゃ……嫌じゃ嫌じゃ。違う違う！）

何か言おうとする理性を踏みつけ、感情が声高に叫ぶ。

――嬉しいんだ。かように高貴な色が俺に似合うと、巡が思うてくれて。

そう言って、自分が見立てた狩衣を着て嬉しそうに笑い、精進した舞を披露してみせる。

あんなにいじらしくて可愛い男は自分のものだ。他の誰でもない、自分だけの男だ。

誰にもやらない。触れさせたくもない。自分だけを見て、触れて、愛してほしい。

そのすえにできた清雅との子どもを、清雅と一緒に愛おしみたい。

けれど、そんなこと、清雅に面と向かって言えない。

自分は子が産めぬ、白銀の出来損ないだから。そんなことを言うのはみっともない、駄目な妻だと知っているから。清雅に幻滅され、嫌われたくないから。

尋常ではない恐怖と、途方もない絶望感に眩暈がした。

――婿殿への想いが深まっていけば、婿殿とのややを産みたいと願う日が必ず来る。

ふと、父の文に書かれていた一文が脳裏に浮かぶ。

あの文が送られてきた時、自分は……冷血漢の自分の子どもなんかいらない。というか、妊娠出産は仕事の邪魔だと思っていた。

父は正しかった。分かっていなかったのは、自分のほうだった。

「ああ。俺は、なにゆえかように……っ」

駄目なのか。そう零した刹那、巡は弾かれたように立ち上がった。

文とともに同封されていた、あるものの存在を思い出したのだ。

風花城へ舞い戻り、無事、誰にも気づかれずトト丸が待つ自室に戻った巡は服を着替えると、急いで文机の引き出しを開け、小さな包みを取り出した。

父が送ってくれた発情促進薬だ。これを飲めば、自分は子が産める体になって、清雅に自分ではない誰かを抱かせずに済む。

だが包みを開くと、何やら文字が書かれた紙が出てきて、「この丸薬は、すぐには効果が出ない」という文言が目に飛び込んできて仰天した。

(すぐには効果がない？　そんな、それは困るっ)

いよいよ焦燥に取り憑《つ》かれた巡は、完全に冷静な判断ができなくなっていた。

(そうじゃ。たくさん飲めば、効果も増すはず)

短絡的にそう考えて、紙に記された容量も見ず丸薬数個を口に放り込んだ。

「！　……うぐっ」

程なく、胸に刺し貫かれたような激痛が走り、巡は昏倒した。

「ぁ……が、は。く…るし……ぐ」

あまりの痛みに声を出すどころか、息もできない。

死ぬと、本気で思った。そんな巡にトト丸は全身の毛を逆立てて飛び上がり、障子を突き倒して廊下に転がり出ると、力の限り鳴いた。おれのご主人さまを助けてと。

悲鳴のような鳴き声を最後に聞いて、巡は意識を手放した。


次に目を開いた時、こちらを心配そうに覗き込む山吹の瞳と目が合った。

「……巡？　巡、気がついたのかっ？」

「え。そなた、なにゆえここに……っ」

「馬鹿っ」

乱暴に抱き起こされ、きつく抱き締められる。

「お前、二日も目を覚まさなかったんだぞ。どれだけ心配したか」

震える声で怒鳴られたが、まだ頭が覚醒していない巡には何を言われているのか分からない。だが、徐々に頭が冴えてきて、最初に注目した言葉は。

「二日……二日っ？　あ……蹴鞠、蹴鞠の会……ぐっ」

清雅を突き飛ばし、勢いよく立ち上がった途端、胸を突かれたような激痛が走り、体勢が崩れる。すかさず、清雅が抱き留めてくれた。

「いきなり動くな。体に障る」

「離せ。今日は大事な蹴鞠の会ぞ。やることは山ほど」

「終わった」

「……え」

「蹴鞠の会は、俺と作左たちで滞りなく終わらせた。お前がしっかり準備しておいてくれたおかげで。大丈夫、大丈夫だから」

抱き竦められ、宥めるように言われた。巡はきょとんとしたが、意味を理解するとその場に崩れ落ちた。

清雅にとって一番大事なこの時期に、自分がすると言い出し、家臣たちにも尽力させて準備した会を寝過ごしてしまうなんて、何たる失態。何たる無能。なんと、みっともない。

「俺は……俺は、なんということを」

顔面蒼白になる。そんな巡に清雅は呆気に取られていたが、

「なにゆえ、発情促進薬をあのように大量に飲んだ」

押し殺した声で訊かれたその問いに、息が止まった。

「舅《しゅうと》殿が添えておられた但《ただ》し書きにしっかり書いてあったろう。あの薬は強力ゆえ、薬師とよくよく相談してから使えと。それなのに」

そんなことが書いてあったのか？　全く気がつかなかった。

「まさか、但し書きも読まずに飲んだのか？　本当に何があった。誰かに何か言われたのか」

心臓が止まりそうになった。

清雅の隠し子のことが一気に思い出されて、全身の血液がぞわりとうねった。

(何があっただと？　俺が何も知らぬと思うてよくもそのような！　子どもがおるくせに。あの美しい女と、温かな家庭を築いておるくせに。俺のこと、ずっと好きだったと言うたくせに……っ)

突如噴き出した感情に愕然とする。なんだ、この幼稚でみっともない思考は。

こんなことを一瞬でも清雅にぶちまけようとした自分が信じられない。

しかし、清雅の顔を見ていると、言いようのない怒りと憎しみが込み上げてくる。少しでも気を抜くと、声を荒らげて詰りそうになる。

駄目だ。そんなことは断じてしたくない。

こんなにも醜い己を知られたくない。清雅に嫌われたくない。

どう答えたらいい。何を言えば、本心を隠したままここを乗り切れるっ？

清雅が憎らしくてしかたない。だが、嫌われたくない。今のまま好きでいてもらいたい。

出来た嫁だと思われていたい。

相反する感情にもみくちゃにされ、巡の心中はいまだかつてないほどに乱れていた。だが、躾の賜物というか何というか、やはりこの時も澄まし顔だけは完璧に作れた。

そして、混乱の中ひねり出されたのは、

「別に、何も言われておらん。ただ、俺は子が産めぬのにあのようなことをしても、無駄と思うてしただけぞ」

そんな言葉だった。

瞬間、清雅の顔が無表情になった。

「それ、本気で言っているのか」

「そうだ。子作りも当主の立派な責務。それだというのに、そなたは毎夜毎夜。当主になる自覚が足らぬ……っ」

淡々と、いつもの口調で一般的な模範解答をまくし立てていたら、軽く突き放された。

「お前の気持ちはよく分かった」

「……え」

「俺が何をしようが、お前の中には帝しかいない」

「……っ」

「本当に、よく分かった」

色のない声でそう独り言《ご》ちると、清雅は立ち上がった。

そのまま部屋を出ていく。一度も、振り返ることなく。

遠ざかっていく背中を巡は呆然と見送ったが、その姿が消えた途端、全身が怒りで燃え上がった。

（なにゆえ、ここで帝が出てくるっ？）

あんな男のことなどどうでもいいし、そもそも、清雅に再会してからは、巡が清雅に帝の話をしたことなどほぼ皆無。

帝を無理矢理引き合いに出して、巡を責めているとしか思えない。

巡の心の中にずっと誰がいるのか、どうせ知っているくせに！

「そなたは……そなたには、子まで成した女がおるくせに……ぐっ」

追いかけようとして、また胸に激痛が走り、突っ伏した。

それでも、巡は先へ進もうとした。あの、どうしようもなく底意地の悪い男に、一言言ってやらなければ気が済まない。

だが、どんなに進もうとしても、一歩も前に進めない。そのくせ、痛みだけが増していくばかり。だったらやめればいいのに、どうしてもやめられない。

清雅のところに行く。行って――。

「俺を、嫌うてくれるな……」

漏れた言葉は、情けないほど弱々しいものだった。

その後、巡は夢を見た。幼い頃の自分と清雅の夢だ。

清雅は今よりもずっと泥だらけで、小汚い格好をしていた。自分はそんな清雅の頬を手ぬぐいで拭いてやっている。

自分と清雅の、いつもの光景。だが、一つだけいつもと違うところがあった。

巡の記憶では、自分はいらぬ世話をかけさせる清雅に腹を立てて顰めっ面をし、清雅は何が楽しいんだか、いつもにこにこ笑っていた。

けれど、夢の中の自分たちはその正反対だった。

巡のほうがやたらと上機嫌で、何やらしきりに喋っている。清雅は頬を拭かれながら黙ってそれを聞き続けている。顔には一応笑みが浮いているが、普段の弾けるようなそれとは似ても似つかない浮かない笑みだ。

何とも不思議な光景だ。こんなことがあっただろうか？

まるで覚えがない。だが、その光景を見ているうちにだんだん落ち着かなくなってきた。

もしかして、自分の認識が間違っていたのか？　笑っていたのは、楽しんでいたのは自分だけで、清雅はいつもこんな顔をしていたのか？

本当は、あの美しい女と可愛い童といるほうがいい？　もし、そうだとしたら――。

「巡」

不意に、遠くのほうで声がした。これは、清雅の声だ。

「巡。まだ起きぬか」

起きてくれと促してくるような言い方。

目を開けば本物の清雅がいると、すぐに認識できた。

けれど、巡は目を開くことができない。

清雅と顔を合わせるのが怖い。何をしても清雅を傷つけそうで、嫌われそうで……恐怖で、瞼一つ動かせない。

清雅は何も言わない。ただ、押し殺した吐息が聞こえてくるばかり。

しばらくして、足音が聞こえた。それはどんどん遠ざかっていき、ついには聞こえなくなった。

ようやくいなくなった。ほっと息を吐く。でも、身を切られるほど悲しくなって……。

自分で自分が分からず、嗚咽を噛み殺すことしかできなかった。

どのくらい、そうしていただろう。

「……おかた様？」

また、声がした。今度は、清雅ではない声。そのことに安堵し、重い瞼を開いてみると、こちらを覗き込む桔梗の顔が現れた。ついでに、トト丸の顔も覗く。

「っ……おかた様、お目覚めでございますか」

「桔梗？　トト丸？　なにゆえ……わ」

「きゅう」

トト丸が甘ったれた声を上げ、顔に飛びついてきた。桔梗は部屋の外に向かって駆け出し、廊下に向かって大声で叫んだ。

「作左様っ。おかた様がお目覚めでございます」

すさまじい勢いで顔を舐めてくるトト丸を抱き締め、巡が目を丸くしていると、薬師《くすし》の老爺《ろうや》を横抱きに抱えた作左が駆け込んできた。

「さあ、疾くと診よ。おかた様の加減はいかがじゃ」

薬師を巡の前にどんと座らせ、淡々と急《せ》かすと、今度は巡へと向き直り深々と平伏した。

「お目覚めになられて早々申し訳ありません。されど、一刻も早く若殿に、おかた様の病状をお伝えしたく」

「一刻も早く、とは」

「おかた様。発情促進薬をお飲みになられた二日後、若殿とお話しになられたことを覚えておられますか」

「っ……覚えて、おる。それが」

「あれから、さらに三日経っております」

「三日？　……三日もかっ」

思わず訊き返すと、作左は神妙な顔で頷いた。

「若殿とお話しなされた後、おかた様のご容態が急変したのです。何度呼びかけてもお目覚めにならぬおかた様を見て、己が余計なことを申したせいじゃと、若殿は大層自分をお責めになられて」

その言葉に、巡の胸は張り裂けそうになった。

自分との会話の後、昏睡状態に陥った巡を見て清雅がどれだけ傷ついたか、容易に想像できた。なぜか。それは、あの男はいつだって巡を大事にしようと必死だからで……ああ。

（……そうで、あった）

清雅はいつも、自分のできうる限りを尽くして、巡の望みを叶え、大事にしてくれた。時には自分を悪者にすることも我慢することも厭《いと》わず。

こんなにも自分を想ってくれるのは、清雅しかいない。心の底からそう思ったから感謝して、清雅が自分にくれたものの数億分の一でもいいから返したい。自分も清雅を大事にしたい。そう、思っていた……はずなのに。

なぜ、こうも上手くいかないのか。唇を噛み締めていると、巡の体を診ていた薬師が巡から手を離した。

「おかた様、発情促進薬の副作用はすでに消えておられます。もはや、心配は無用かと」

薬師がそう告げると、作左は小さく顎を引いた。

「ご苦労。下がってよい。桔梗、おかた様に粥《かゆ》を」

それぞれに告げると、二人は一礼して部屋を出て行った。それを見届けると、作左がこちらににじり寄ってきた。

「お耳に入れておかねばならぬことがございます。若殿が昨日、出陣いたしました」

「なんじゃとっ？」

予想だにしていなかった言葉に、巡は飛び起きた。

「相手は誰じゃ。雅次が攻めてきたか」

「いえ、桃井《ももい》です」

「桃井っ？　桃井というと、河内国《かわちのくに》の」

「はい。旺仁《おうにん》の乱のどさくさに紛れて主筋の当家から河内国を掠め取ったこそ泥の桃井です」

そうだ。そういう家だった。では、今回も伊吹家中の不和を嗅《か》ぎつけ、これ幸いと攻め込んできたのか？　ざわざわと、胸が騒ぎ始める。

「兵の数は？」

「総勢一万。志倉路《しくらじ》を通ってくるようです」

一万。伊吹家が総動員できる兵と同等の数だ。それに志倉路といえば、以前清雅に領内を

案内された時、

——静谷国一番の急所は志倉路だ。侵入は難しいが、一度突破されると一気に国内に雪崩《なだ》れ込まれてしまう。そこの守りを強化するべきなのだが、なかなか手がつけられなくてなあ。

忌々《いまいま》しげにそう言っていた。だったら。

「志倉路は静谷国の急所。そこから一万の兵に雪崩れ込まれたら一溜《ひとた》まりもありません。伊吹家総出で何としてでも侵入を阻止する以外にない。ゆえに、若殿は雅次めの命に応じ、出陣した次第で」

なるほど。それでは致し方ない。されどっ。

「もしや、清雅殿は出陣前、私の許に来られたか」

「……はい。出陣前に一目お顔を見たい。できることなら、目を覚まされたおかた様をとおっしゃって」

その言葉は、巡の心を深々と抉った。

——巡。まだ起きぬか。

あの時、出陣直前だと知っていたら、狸《たぬき》寝入りなんて絶対しなかった。

自分は大丈夫だと伝え、心置きなく戦に専念してくれと励まし出陣を見送りたかった。

それなのに、今は話したくないと、清雅の呼びかけを無視してしまった。

どうせ、また話せる。すぐ帰ってくると思ったから。

清雅はどんな思いで、呼びかけに応じない巡を見、命懸けの戦場へ赴いたのだろう。居ても立ってもいられなくなって、巡は抱えていたトト丸を放り出して立ち上がった。

「おかた様、いかがなさいました」

「文を書く」

文机に駆け寄り、文箱《ふばこ》を取り出す。

「清雅に知らせる。俺は大事ない。心配はいらぬ。それと、すまなかった。全部俺が悪かった。清雅は何も悪くないと……」

『申し上げます』

性急に墨をすりながら、普段のかしこまった喋りも忘れてまくし立てていると、部屋の外から声がかかった。

『ただいま、喜勢《きせ》貞保様がお越しでございます』

あまりにも意外な来客に、巡は振り返った。

「喜勢殿がっ？　なにゆえここに」

貞保には再度幕府から、雅次に家督を清雅に譲るようにという御内書《ごないしょ》を引き出してほしい、その御内書をもって、雅次を伊吹家当主の座から引きずり下ろすという文を送ってはいた。

だが、幕府の官僚である貞保がわざわざ静谷国に来るはずがないと、巡が目を見開いていると、横に控えていた作左は「いいえ」と小さく首を振った。

「あの方は暇さえあればお忍びでこの地にいらっしゃっておられました。若殿の母君……つまり、貞保様の姉君にお会いするために」

「は？　姉に会うためだけに京からこの静谷へ？　さようなこと……あるか。喜勢殿なら」

貞保の、姉への盲愛ぶりを思い出し納得する。だが、その姉はすでにこの世の人ではない。何の用で来たのか。分からない。だが、きちんと出迎えなくては。

急ぎ狩衣に着替えた巡は作左とともに、貞保が待つ客間へと向かった。程なく、客間前の廊下で、清雅の家来の一人に何やら声をかけている貞保を見つけた。

「よいな？　委細任せたぞ。行け。……おお、これは巡殿。お久しゅう」

家来たちを行かせた後、貞保はにこやかな笑みでこちらに向き直り、恭《うやうや》しく会釈してきた。

「喜勢殿、ようこそおいでくださいました。今、あの者たちに何を」

「いいえ。この者たちに茶をと頼んでいただけです」

「この者たち……っ」

客間へと目を向けた途端、全身凍りついた。客間にあの女と、清雅の幼き日によく似た童、勝千代がちょこんと行儀よく座っていたからだ。

(なにゆえ、こやつらがここにっ？)

絶句する。そんな巡をよそに、貞保は女の隣に座りつつ朗らかに喋り続ける。

「現状は先ほどの者たちより聞きました。かような時に戦とは、何ともかんとも」

「貞保様。何の御用で参られました。あなた様の愛しの姉上様はすでにおられませぬが」

貞保の言葉を遮るようにして作左が尋ねる。やたらと刺々《とげとげ》しい声だ。

「うん？　清雅から聞いておらぬか？　改めて清雅を伊吹家当主と認める御内書を幕府より引き出せた暁には、伊吹家に俺を雇うてくれると」

「は？　貞保様が当家に、でございますか？」

作左の声が思い切り急落する。

「うむ！　実は、姉上会いたさに通う内にすっかりこの地が気に入ってしもうてなあ。幕府におってもつまらぬし、姉上からくれぐれもと頼まれた清雅の行く末も気になってしかたない。いっそ雇うてくれと言うたら、清雅が快く了承してくれたので、お言葉に甘えて」

「お考え直しください」

「何じゃと？」

「貞保様は幕府の官僚でいてくださりませ。当家の一家臣では、価値ががくんと下がります」

きっぱりと告げる作左に、貞保は唇を尖らせた。清雅と同じ癖だ。

「作左、お前は相変わらず俺に冷たい」

「高雅様を悪う言われる方には当然の扱いでございます……」

「作左」

つっけんどんに言い返す作左の名を、女がやんわりと呼んだ。

「おやめなさい。勝千代が見ている前で大人げない」

女が窘《たしな》めるように言うと、作左は口をへの字に曲げ、女に頭を下げた。

「申し訳ありません。貞保様がいきなり、我が同僚になるなどと空恐ろしいことを申されるものですから、つい我を忘れました」

「もう。作左まで清雅殿の真似をして」

女が困ったように笑う。その光景に、巡の中でじわじわと動揺が広がっていく。

女と作左のこのやり取り。まるで、主従のそれではないか。

ここで、巡の脳裏にこの女が清雅の正室としてこの城に住まい、立派に奥を切り盛りする姿が鮮明に浮かんできて、ぎしぎしと胸が軋《きし》んだ。

やはり、彼女は側室ではなく、歴《れっき》とした正室としてこの城に我が子とともに住んでいたのだ。それなのに、清雅が自分を嫁にもらうことにしたせいで、彼女とこの幼い童は城を追われてしまった。

それでも、彼女はこんなにも堂々と胸を張り、凜《りん》としている。

それに引き換え、自分は彼女たちの苦難を憂うよりも、清雅に子まで成した女がいた事実にのみ心を奪われ、自分も子が産めるようになれば、清雅はもうあの女を抱くことはないと薬を大量に飲んで――。

どれだけ矮小で浅ましいのか。改めて恥じ入っていると、女がこちらに顔を向けてきた。

「あ……申し訳ありません。名乗りもせず、このような」

女は居住まいを正し、頭を下げてきた。

「三浦友長《みうらともなが》の妻、琴《こと》と申します。夫が京に長の務めに参っておるため、半年前より、弟の許に身を寄せさせてもろうております」

「え……」

最高に、間の抜けた声が漏れた。

「お、弟……？」

「はい。清雅は私の弟でございます」

「！　で、では、その子は」

「私の子で勝千代と申します。清雅の甥《おい》になりますね。ほら、ご挨拶して」

「か、かっちよです。ごいげん、うーわしゅう」

童、勝千代がぺこりと頭を下げてきた。巡が何とか頭を下げ「巡です」と声を振り絞ると、勝千代が琴の袖を引っ張りながらこちらを指差してきた。

「はあうえ。しゅごくきえーな、おにんぎょしゃま！」

「え？　まあ、勝千代ったら。さあ、あなたはあちらの部屋で桔梗たちと遊んでおいで」

「あい！　おにんぎょしゃま、またね」

桔梗たちに連れられ、勝千代が笑顔で手を振りながら出て行く。そのさまを、巡が呆然と

見送っていると、

「清雅の小さい頃に、よく似ておりましょう?」

ひっそりと、琴が言った。

「叔父と甥だからなのでしょうけど、私も驚くほどで、だから……あの子をあなたに会わせたくなかったのです。まだ、発情が来ていないあなたには」

「……っ」

息を詰めると、琴は肩を竦め、項垂れた。

「実は私、嫁いで三年子ができなかったのです。そのことでずいぶん肩身の狭い思いをして。なので、清雅に頼んで私どものことは伏せさせていただきました。清雅によく似たあの子を見たら、子が産めぬ身のあなたがますます苦しまれる。そう思って。でも……先ほど、叔父上に叱られました。なんと浅はかなことをと」

「当然だ」

項垂れる琴に対し、貞保はぴしゃりと言った。

「もし万一、巡殿がそなたと清雅そっくりの勝千代をうっかり目撃したらどうなる? 清雅には隠し子がおると誤解する。そちらのほうがずっと傷つくというものぞ」

「……!」

「さらにこの件、雅次に利用されたらどうする」

「利用、と申しますと」

固まっている巡に代わり、作左が尋ねると、貞保はふんと鼻を鳴らした。

「俺が雅次なら、このネタはここぞというところで使う。頃合いが来たら、巡殿にそれとなく吹き込む。清雅は子まで成した女を人目のつかぬ庵に囲っておるとな。夫婦仲は盛大にこじれ、二人とも冷静な判断ができなくなる。そこを狙って……と、かようなことになる前に、名乗り出ておいたほうがよいと、こうして引っ張ってきたわけだが」

どんどん青ざめていく巡の顔を見て、貞保は苦笑した。

「どうやら、遅かったようですね」

貞保がそう零すと、作左が驚いたように巡を見た。

「おかた様。もしや、おかた様が発情促進薬を大量に飲まれたのは……っ」

巡は思わず、拳を畳に叩きつけた。

それを見て取り、貞保は隣で青くなっている琴へと顔を向けた。

「琴、お前もこれで下がるがよい。勝千代の許へ行ってやれ」

「え……いいえ、下がりません。巡殿にお詫《わ》びせねば。私の浅はかな考えが、巡殿をかように傷つけて……っ」

悲壮な声を漏らす琴の細い肩に、貞保は手を置いた。

「勝千代のことを巡殿に隠すと最終的に決めたのは清雅だ。お前のせいではない。後は、我らに任せてくれ」

宥めるように言って、琴を下がらせる。

平生であったなら、知らなかったとはいえ、自分の心を労わってくれたあなたを敵視してしまって申し訳なかったと、彼女に謝罪の言葉をかけている。

だが、今の巡にはそれどころではなかった。

「おのれ……おのれ、雅次っ。よくも、よくもこの俺を謀《たばか》りおって！」

――清雅の子、勝千代にはもうお会いになられたかな。

あの嘘のせいで、自分がどれだけ苦しんだか。どれだけ、清雅を憎んでしまったことか。

（清雅……俺は、そなたになんとひどいことをっ）

いくら謝っても足りない。と、人目も憚《はばか》らず打ちひしがれたが、

「まさか、蹴鞠の会でのあのことも」

作左のその呟きを、巡は聞き逃さなかった。

「どういう、ことじゃ。蹴鞠の会で、何かあったのか」

尋ねると、作左はしまったと言うように息を詰め、目を逸らした。

いつもの冷静沈着な作左とは思えぬ態度。相当な何かがあったのだ。

「作左、言え」

巡が言うより早く貞保が命じる。作左は「しかし」と、青い顔をした巡を一瞥《いちべつ》したが、

「お前の口から言うてやれ。あの筋金入りの見栄っ張りは、口が裂けても言えん」

これまでとはうって変わった、優しい言い方だった。

作左はすぐには答えなかった。だが、しばしの逡巡《しゅんじゅん》の後、意を決したように息を吐くと、巡へと向き直った。

「蹴鞠の会に招いた公家どもに、若殿はこう言われたのです。『犬でありながら、帝の身代わりができるなど、なんと栄誉なことよ』と」

「……は？」

何を言われたのか分からなかった。帝の身代わり？　何のことだ……。

「つまり、おかた様は京にいたおり、心身共に帝のご寵愛を受けていたと」

続けて言われた言葉に息を呑んだ。

「今もそのことが忘れられず、おかた様は若殿を帝の身代わりにすることでそのお心を慰めていると」

それは、公家がいかにも好みそうな下世話な噂。

本来なら気にもしない。だが、今は全身の血がざわついていた。なぜなら。

「信じた、のか？　清雅殿は、その話を」

掠れた声で尋ねると、作左が逃げるように目を逸らし、こう言った。

「連中は、こうも言いました。『そのお召し物の色、帝がよくお召しになっていたお色でございますぞ』と」

「な……っ」

「雅次めの策略かもしれぬ。若殿はそう言うてお笑いになりましたが、会が終わった後、すぐさま狩衣を脱いで、打ち捨ててしまわれました」

愕然とした。

あれは、清雅のためだけを想って誂えさせた狩衣。

――俺はかような色が似合う男なのか。すごいな、俺。

喜んでもらえて、とても嬉しかった。それなのに。

(なぜ……なぜじゃ、清雅)

確かに、自分は四六時中面をつけ、帝におもねる言動を繰り返してきた。だが、それはあくまでも帝の威光を利用するための方便に過ぎない。

そんなこと、自分より何倍も頭のいい清雅には……いや、頭が良くなくたって分かるはずだ。清雅に対して帝の話をしたことなんてほぼ皆無だし、何より――。

「『そこまで帝を想うておるのなら、そなたの嫁になどならぬ』」

今まさに思ったことを口にされてどきりとした。弾かれたように顔を上げると、貞保がじっとこちらを見ていた。

「『抱かれもせぬ。ここまで尽くすこともできぬ。それくらい、言われずとも分かれ』ですか?」

「そ、それは」

あまりにも的確に胸の内を見抜かれた戦慄で唇を震わせると、貞保は悲しげに両の目を細めてこう言った。

「清雅はね、貴殿の言葉がほしかったのですよ。十年前から、ずっと」

「え……」

「苦手な勉学に励んだのは、貴殿に『すごいな』と言われたかったから。美味いものを採ってきて食わせたがったのは、貴殿に『美味しい』と……あわよくば、『ありがとう』と言ってほしかったから。貴殿が帝を褒めちぎるようになってからは、特に」

「……っ」

「貴殿なら、どう思われます？　どんなに一緒にいても何をしても、常に澄まし顔で、褒めてもくれなければ礼も言わぬ相手が、満面の笑みで誰かを盛大に褒めちぎったら」

当時のことが、脳裏を過る。

あの頃の自分は、初めて一緒にいて楽しいと思える清雅ともっと一緒にいたいと思う心と、犬なんかの相手をするのは恥ずかしい。心からの称賛や礼を言うなんてとんでもない！　という、公家としての矜持がせめぎ合っていた。

なので、どんなにすごいと思っても「次は負けぬ」と睨みつけ、食べ物を採ってきてもらった時も、行儀悪くその場で食べて「うむ」と口にするのが精いっぱいだった。

それでも、清雅は「そうか、喜んでくれて嬉しい」と、巡の胸の内を見透かしたようなことを言ってころころ笑ってくれるから、分かってくれているのだと思っていた。

帝のことを褒めちぎったのは、こんなに綺麗なものがこの世にあるんだという驚き、それが自分の主君だなんてすごいという興奮からと、天下人になると豪語する清雅に品性の大事さを分かってもらいたかったからだ。

強大な武力を持って上洛を果たしても、無教養、不作法さが仇《あだ》となって破滅の道を歩んだ武将たちの話をよく知っていたから。清雅には彼らのようになってほしくなかった。本当に、悪気なんてなかった。

だが、清雅の立場になって考えるとどうだ。もし自分が清雅にそんなことをされたらとても辛いし、清雅は自分よりずっとずっと、帝のことが好きなのだとしか思えない。

そう思ったら、いくつかの光景が蘇ってきた。

初めて体を重ねる前、忘れられない相手がいるかと尋ねられたこと。

狐の面を外したらどうだと言われ、帝の勅命だから無理だと返したら真顔になったこと。

二人きりになると必ず、すぐさま狐の面を外してきたこと。

――やるものか。あの男に、巡はやるものかっ。

そう言って激しく抱いてきたのは、勝手に狐の面を取った雅信に対して巡が帝への不忠だと怒った直後だったこと。

あれらは全て、巡が好きなのは帝だと思っていたから？　だったら、

――見ていろ。『つがいにしてくれ』と懇願したくなるくらい、惚れさせてやる。

あの言葉に込められた想いは、巡が思っていたものよりもずっと深く、切ないものだった。

そう思い至った時、巡の心は張り裂けそうになった。

いつもにこにこ、楽しそうに微笑《わら》っていた清雅。巡が気恥ずかしさからつい、いけずな憎まれ口を叩いても、それは変わらず。

だからずっと、自分が何も言わなくたって清雅は全部分かってくれていると、その上で心の底からの笑みを浮かべてくれているのだと信じていた。だが、現実は……っ。

――俺は巡の言葉がほしい。「ありがとう、愛しの清雅」。そう言うてくれたら、他には何もいらん。

清雅はずっと、巡の言葉を欲していた。巡はまだ帝が好きなのかと心を痛めていた。

それなのに、自分は清雅に何一つ言葉をやらなかった。「ずっと好きだった」と告白された時でさえ。挙げ句の果てに。

――俺は子が産めぬのにあのようなことをしても、無駄と思うてしただけぞ。

あんな言葉を浴びせてしまった。

――俺が何をしようが、お前の中には帝しかいない。本当に、よく分かった。

ただの嫌味としか思えなかったあの言葉は、心からの本心で……！

「あ、ああ……俺は、なんということを」

あまりのことに、全身を震わせることしかできない。そんな巡に、作左が思わずと言ったようににじり寄ってきた。

「おかた様。さようにご自分をお責めになられますな。かようなことになったのは、雅次めのせいでございます。おかた様は悪うございません」

「作、左？　されど」

「確かに、若殿はずっと帝のことを気にしておられましたし、おかた様がお言葉をくださらぬことを寂しく思うておられました。されど、それは武家と公家という間柄ゆえのことと承知しておられましたし、最近はとても喜んでおられたのですよ？　おかた様が自分に礼を言うようになった。『好きだ』と言えば、『もっと聞きたい』と強請《ねだ》られたと。少しずつですが、おかた様の想いは伝わっていたのです」

いつも寡黙で感情を表に出さない作左が懸命に訴えてくる。

ここ数カ月巡のそばにいて、巡がどれだけ清雅のために尽くしていたか見続けてきたから言わずにはおれぬというように。

「ゆえに、大丈夫です。此度《こたび》のことが雅次の謀略であったと分かれば……いえ、おかた様が思いの丈を伝えれば、若殿はきっと分かってくださいます」

「俺の、思いの丈……」

「そうです。お二人はまだ夫婦になったばかり。これからです。決して、手遅れなどということはない。ゆえに、どうか」

「手遅れではない……ねえ」

そこまで黙って聞いていた貞保が、ぽつりと呟いた。その言葉に打たれたように巡が肩を震わせたので、作左は思い切り眦をつり上げて貞保に振り返った。

「貞保様。それはどういう意味でございますか。若殿はかようなことも許すことができぬ器の小さな男と言うおつもりか」

「いや？　あやつのことだ。巡殿が一言『そなたに惚れている』と言えば、ころっと許すだろうさ。だがなあ。お前たちの話を聞いていると、嫌な予感がしてきた」

「嫌な、予感……？」

巡が思わず顔を上げて訊き返すと、貞保が思案げに顎を撫でた。

「先ほどの話から察するに、清雅は今、相当落ち込んでいる。それを見た雅次が、またとない好機と思ったなら、そろそろ来るはず……」

『申し上げます』

不意に、部屋の外から家臣の声が聞こえてきた。

『相承寺の住職より文が届きました。どうも、火急の要件のご様子』

とっさに、作左と顔を見合わせた。お互い、表情は硬く強張っている。

次に、貞保の顔を見た。貞保は無表情でこちらを見ていた。その山吹の瞳に、感情は一切見えない。そのことが、余計に巡の恐怖を煽った。

怖かった。いまだかつてないほどに。だが、それでも。

「入れ」

知らねばならない。どんなことでも、清雅のことなら。

震える手で文を受け取り、中身を確認する。

「雅次の近習である我が友より聞いた話だが」と、前置きした上で書かれていたのは、驚くべき内容だった。

『桃井が攻めてきたのは、伊吹家内は混迷を極めており攻め滅ぼすなら今と、雅次が桃井に吹き込んだせいでございます。清雅様を戦場へと引きずり出すために』

『雅次は清雅様の軍を敵陣の最前線に配置し、開戦したところで誤射を装い、弓兵で清雅様の軍を背後から攻撃。混乱に陥らせたところを桃井軍に襲わせ、清雅様を亡き者にする魂胆』

（なんという奴じゃ……っ）

清雅を殺すためだけに戦を引き起こし、自国を危険に晒すなんて、当主のすることか。

怒りで全身が震えたが、心のどこかで「いい手だ」と誰かが呟く。

今の雅次は八方塞がりだ。

幕府に朝廷、周辺の同盟国。果ては領民からさえもそっぽを向かれ、家中の大半も清雅方に寝返った。逆転の目があるとするなら中心人物である清雅を殺すしかないが、幕府が正当な後継者と認める清雅を下手に殺すことはできない。

だが、戦場ならば、平時よりも容易《たやす》く殺せるし、いくらでも言い訳ができる。

とはいえ、誤射を装い、背後から襲うだと？

『このことは取り急ぎ、清雅様にも文を送りました』

清雅も一応、この件は知っている。しかし、知ったところでどうする。お前に背後から射かけられたらたまらないと言って先陣を辞退するのか？

体調不良など、戦に出ない方法はいくつか考えられるが、それはあくまでも清雅だけ。兵たちは参戦を余儀なくされる。兵たちと引き離され一人になった清雅は、戦のどさくさに紛れて殺されるに違いない。

こうなると、戦が始まる前に雅次を当主の座から追い落とすより他に道はないが、一万対一万の対戦直前でそんなことができるわけもなくて――。

（……駄目だ）

どう考えても詰んでいる。巡の頭がそう答えを出した時。

「また、やられた」

巡が取り零した文を拾い読んだ作左が、虚《うつ》ろな声で独り言ちた。

「あの時も、そうだった。どこで知ったのか、先々代様がお亡くなりになった途端、桃井が攻めてきて、高雅様はご出陣なされて、それを……あの男は背後から矢で射殺したっ」

乱暴に畳を殴りつける。

「同じ……あの時と此度、まるで同じ手ではないか。それだというに、なにゆえ……なにゆえ気づかなかったっ？」

声を荒らげ、何度も畳を殴りつける。

敬愛する主君を闇討ちされた当時の口惜《くちお》しさと、それと全く同じ手で、高雅から託された大事な清雅が殺されようとしている現状に、理性が限界を迎えてしまったらしい。

しかし今、巡も作左と同じ精神状態に陥っていた。

（やられた……俺は雅次に、完全にしてやられたっ）

雅次がこの時期に、清雅に隠し子がいると巡に吹き込んだのは、この目論見《もくろみ》を円滑に進めるためのものだった。

もしかしたら、蹴鞠の会の準備がとんとん拍子に進んでいたのも、巡の意識をそちらに向けさせるために、わざと何もしてこなかったのかもしれない。

——清雅に子がおると、少しほのめかしただけでこのざま。他愛のない阿呆《あほう》であったわ。

——ははは。化け狐の奴、今頃地団駄踏んで悔しがっておりましょうな、父上。

巡を馬鹿にして嗤い合う雅次親子の姿がありありと脳裏に浮かび、怒りで眩暈がした。

それまで感じていた罪悪感、自己嫌悪。そして、絶望感を塗り潰すほど。ゆえに、

「狼狽えるな、作左」

表情を引き締め、巡は厳かに言った。

「たかがこの程度のことで、それでも清雅殿の傅役《もりやく》か」

「！　この、程度……？」

弾かれたように顔を上げる作左に、巡は鷹揚《おうよう》に頷いてみせる。

「清雅殿は天下一の男じゃ。雅次ごときの……しかも、お父上を亡き者にされた同じ策に嵌り、殺されたりなどするものか」

己にも言い聞かせるように言う。

「清雅殿は死なぬ。雅次を出し抜き、必ず我らの許に戻って来る。ゆえに、我らは清雅殿のためにできる限りのことをする。そうであろう？　作左」

事もなげに言って、同意を求める。

作左は目を大きく見開いたまま固まっていたが、しばらくして唇を嚙み締めると、深々と頭を下げてきた。

「申し訳ありません。見苦しいところをお見せ致しました」

その言葉を聞き届けると、巡は再度貞保へと目を向けた。

貞保からも賛同を得たかった。清雅と同等……いや、もしかしたらそれ以上に頭が切れる貞保も同意し協力してくれたら、これほど心強いことはない。

目が合うと、貞保はにっこりと微笑み、恭しく頭を下げてきた。

「巡殿の御意に従います。何なりと、お申し付けくださいませ」

それだけしか、言ってはくれなかった。できることなら、貞保の考えを聞きたかったのだが、それでも手伝ってくれるだけでも良しと思うことにしよう。と、すぐさま気持ちを切り替えて立ち上がる。一瞬たりとも惜しい。

（清雅……清雅っ。頼む。死ぬな。生きて、俺の許に戻って来てくれっ）

このまま二度と逢えないなんて、死んでも死にきれない。

心の中でそう叫び続けながら、巡は考えつく限りのことをした。

まずは地理に詳しい家臣たちを集め、事情を説明し、清雅軍が雅次の許を離脱する場合の逃走経路を一緒に考えてほしいと頼んだ。

思いつくだけの経路を割り出すと、その経路上にある、渡りをつけていた寺社に「清雅が逃げてきた時は匿《かくま》ってやってほしい」という旨の文を書き送った。また、清雅が戻ってきたとして、雅次と戦になった場合のことを考慮し、よしみを通じた商人たちから大量に食料を調達するなど、戦支度を整え――。

清雅を死なせたくない。もう一度清雅に逢いたい。

その一心でなりふり構わず、寝食も惜しんで駆けずり回った。

しかし二日後、こちらから逃走手段など諸々《もろもろ》伝えるべく清雅に送った伝令が這《ほ》う這うの体《てい》

で戻ってきた。巡はその伝令を家臣たちとともに出迎え、報告を受けたのだが、

「も、申し訳ございません。私がたどり着いた時にはもう戦は終わっていて、若殿様にお会いすること叶わず」

「戦はどうなった？　若殿たちは」

家臣の一人が詰め寄ると、伝令は顔を青ざめさせ、俯いた。

「恐れながら、若殿の軍一千は先陣を命じられ、敵軍の最前線に陣を取りました。そして開戦直後、雅次軍に背後より矢を射かけられたとのこと」

「っ……まさか」と、声が漏れる。

雅次が背後から攻撃してくることは、相承寺から内報があったはずだ。

それなのにどうして。まさか、上手く伝わっていなかったか。判然としないが、一万の敵軍の眼前で、背後から矢を射かけられてしまったのなら、清雅は――。

「我が軍は大混乱に陥り、そこを桃井軍に攻められ、圧《お》し潰されてしまったと……わっ」

他の家臣が伝令に摑みかかった。

「圧し潰されたとはどういうことだっ。若殿は……まさか、討ち取られたのか」

「そ、そこまでは。ただ……若殿様はじめ、皆行方《ゆくえ》知れず」

逃げるように目を逸らし、弱々しい声で答える。その姿は、屍《しかばね》が見つかっていないだけで、清雅はもう死んでいるという見解が如実に表れていた。

全身が、滑稽なほどに震え始める。

清雅が死んだ？　もう、この世にはいない？

毎日梳《す》いてやった硬質な癖っ毛も、聴いただけで背筋がぞくぞくする低くも甘やかな声も、蕩《とろ》けるように優しい眼差しを向けてくる山吹の瞳も、素直になれない自分を宥めながらも抱き締めてくれる逞《たくま》しい腕も、巡を魅了してやまない、この世で一番美しい清白の心も何もかも、もはやこの世のどこにもない？

清雅への、この狂おしい想いを何一つ知ることがないまま？

（嫌じゃ。それだけは嫌じゃや……っ）

「清、雅……清雅……っ」

頭の中が清雅でいっぱいになる。体も清雅の感触を求めて小刻みに震え、内部が燃えるように熱くなって――。

「おかた様？　どうなさい……っ。まさか！」

控えていた作左が血相を変えて立ち上がり、巡のそばに駆け寄ってきた。

「作左様、いきなりどうなされた……」

「皆、鼻を押さえておかた様から離れよっ。今すぐ！」

懐から取り出した丸薬を口に放り込むと、がくがくと震える巡を隣の部屋に引っ張っていきながら切羽詰《せっぱつ》まった声で叫ぶ。その言葉で、貞保は即座に状況を理解したらしく、すぐさま立ち上がると、呆気に取られている家臣たちに向かって叫んだ。

「できるだけ遠くに離れよ。白銀の発情じゃ。淫気を吸うたら理性が飛ぶぞ。早ういたせ」

あたりは一気に騒然となった。

だが、巡の耳には届かない。大きく高鳴る心臓の音がやかましくて何も聞こえない。

体の熱もどんどん上がっていく。下肢も疼き出して、頭に浮かぶ清雅の姿も平常のものから、情事の時の淫《みだ》らなものに変わっていく。

「おかた様っ」

誰かに肩を抱かれた。それだけで痺《しび》れるような快感が背筋に走り、はしたない声が漏れた。

「は、ぁ……んんっ。清、雅……？　清雅！　ここにおったのか。清雅……んぐっ？」

触れられただけでこんなに体が感じる相手は清雅だけ。そう思ったから、喜んで抱きつこうとすると、口に何かを押し込まれた。

「飲み込んで。早くっ」

親指の腹で喉の奥に押しやられる。それが何か分からなかったが、巡は言われるがままに飲み込んだ。清雅が悪い物を自分に食わせるはずがない。

それに、今はひたすら清雅がほしい。骨が砕けるほど抱き締めて、熱い楔で貫いて滅茶苦茶に突いてほしい。

それしか考えられない。だから、懸命に手を伸ばしたのに、両手首を掴まれたかと思うと、床に押さえつけられた。

「え……ぁ。なに…ゆえ……んん、ぅ。いつものように、抱いてくれぬ？　なにゆえ」

哀願し、淫らに腰を揺らしてみせるが、いよいよ力任せに押しつけられてしまう。

その大きな手からは強い拒絶の色が滲み出ていて、急速に熱が冷えていった。

清雅に拒絶された。すごく悲しい。だが、それでも――。

「よい。それが、そなたの偽らざる、まことの気持ちなら……生きて戻ってきてくれたのなら、それだけで俺は」

「おかた様っ」

強く肩を揺さぶられ、はっと目を見開くと、清雅の姿はなく、血の気の失せた作左の顔があるばかり。

「さく、ざ……？　え……清雅、は」

「お分かりになりますか？　よかった、薬が効いて。貞保様、もう大事ございませぬ」

深い安堵の息を吐き、作左が部屋の外に大声で呼びかけると、少しして貞保が障子を薄く開け、匂いを確認してから部屋に入ってきた。

「作左。お前、ずいぶんと手際がよいな。淫気が効かぬ薬を常備しておるとは」

「いつ発情期が来るか分からぬおかた様にお仕えするのですから、その時の対処を心得ておくのは当然のことです。若殿の大事なおかた様に何かあっては一大事」

そう言うと、作左は巡へと向き直り頭を下げた。

「ご無礼をお許しくださいませ。されど……これで、おかた様はお子が産める体になりました。おめでとうございます」

「清雅は？」

「え……」

「清雅はどこじゃ」

部屋中を見回す。先ほどまでいたはずなのだ。

「おかた様。若殿はおられません」

「え？　嘘を申すな。今の今までここにいて、清雅にひどいことをしてしもうた俺をねじ伏せていたではないか。ゆえに」

「おかた様……」

「違う！」

作左が何か言うより早く、巡は叫んだ。

「清雅はいた。いなくなってなんてないっ」

髪が乱れるほど激しく首を振ると、巡は立ち上がり、そのままよろよろと歩き始めた。

「おかた様、どちらへ」

「清雅のところへ行く」

「……っ」

「どうしても逢わねばならん。言わねばならぬことがたくさんある。だから……っ」

「なりませんっ」

叱りつけられるように言われ、羽交い締めにされる。

その強い言葉でようやく我に返った巡は、その場に崩れ落ちた。

「……俺の、せいじゃ」

「おかた様……？」

「いつもの清雅なら、かようなことにはなっておらん。あの鷲のような目で、雅次の策を瞬時に見抜き、軽やかに出し抜いたはずじゃ。だが、俺が……俺のせいで、このような」

「……」

「言葉などなくとも、行動で十分気持ちは伝えられる。そう、思うてきた。だが、今なら分かる。さように思えたのはひとえに、清雅が行動だけではのうて、言葉でも気持ちを示してくれたからじゃ」

思えば、清雅はたくさんの言葉をくれた。賛美の言葉、励ましの言葉、愛の言葉。それらは巡の心に息づき、時に励まし、時に癒して、巡を支え続けてくれた。

それなのに、自分はそのことに気づかず、清雅に何一つ言葉を贈らなかった。

清雅は何度も巡からの言葉を強請っていたのに、それには一切答えず、気恥ずかしさや己の見栄のために、名前ではなく「山猿」と呼び、可愛げのない言葉ばかり投げつけてしまった。それがどれだけ、清雅の心を傷つけていたか、知りもしないで。

——お前の気持ちはよく分かった。俺が何をしようが、お前の中には帝しかいない。

清雅にそう思わせたのは自分だ。雅次でも、他の誰のせいでもない。自分自身のせい。

「清、雅……清雅……ううう」

こんなことになってしまった今になって、今まで一度だって呼んでやらなかった名を泣き叫んで、狂態を晒すことしかできない自分があまりにも無様で、涙が止められずにいると、

「実は、あの報告にはまだ続きがありまして」

貞保の静かな声が落ちてきた。

続き……？　もしかして、清雅がまだ生きているかもしれない可能性を示唆《しさ》する内容かと、縋るように顔を上げたが、

「清雅の軍を蹴散らした桃井軍はそのまま本軍に攻め込み、雅次は討ち死。本軍は総崩れとなり、伊吹軍は大敗したとのこと」

落ちてきたのは、想像を絶するものだった。

「討ち、死……？　あの雅次が死んだと？　しかも、本軍が総崩れとは」

掠れた声を漏らす作左に頷いてみせながら、貞保は淡々と続ける。

「何でも、雅次が突然味方であるはずの清雅を攻撃したものだから味方全員が驚いて、浮足

立っているところを攻められて、呆気なく……だそうで」

「なんと、愚かな」

思わず、そんな言葉が漏れた。

己の手を汚さず清雅を亡き者にすることに固執するあまり、己《おの》が身を亡ぼしたこと？　それもあるが、一番の理由は――。

「桃井軍はほとんど無傷でこの静谷に侵攻。現在、本城に逃げ帰った雅信軍を攻撃中とのこと。雅信方は少数で奮戦しているそうですが、あのぼんくらではもって一日でしょうなあ」

貞保の言うとおりだ。雅信では桃井の大軍に勝つどころか足止めもできない。

本城は明日にでも陥落する。そうしたら、桃井の大軍は国内の他の城も落としにかかる。伊吹の家を滅亡に追いやるまで。

この風花城も例外ではない。さらに、この城に残っている兵は三百にも満たない。

三百対一万。結果は火を見るよりも明らか。あまりにも絶望的な状況に絶句していると、

「巡殿、いかがいたしますか？」

続けて言われたその言葉に、総毛立った。

城主に何かあった場合、決定権を委ねられるのはその正室。つまり自分だ。

（……どう、する）

普通に考えたら、今すぐ降伏の使者を送るべきだ。

戦っても絶対に勝てない。もしも奇跡が起きて清雅軍が戻ってきたとしても一千……いや、桃井の大軍に圧し潰されて退却したのだ。到底戦える状態ではなかろう。だったら、さっさと恭順の意を示すべきだ。そうすれば、この城も土地も攻められることはない。皆を救える。

それが、立派な為政者としての正しい判断。理性は、そう言っている。しかし。

「清雅は、聴いておりますぞ」

「……っ」

「この世であろうと、あの世であろうと、清雅は貴殿が発する言葉にいつも耳を澄ませています。口にすれば、必ず届く」

「……貞保、殿」

「それを肝に銘じて、お決めになってください」

そう言うと、貞保は深々と頭を下げて部屋を出て行った。作左も少し迷う素振《そぶ》りを見せたが、口元を引き結ぶと一礼し、貞保に続いた。言いたいことは、貞保が全部言ってくれたということだろう。

一人になっても、巡はしばらくの間、指先一つ動かすことができなかった。今、自分の肩に大勢の家臣や領民たちの命……そして、清雅の命がかかっているのだと思うと。

確実に家臣たちの命を救いたいなら降伏一択。だが、もしも清雅が生きていたら、この選択は清雅を殺すことになる。

桃井の軍門に下《くだ》りたいなら、清雅の首を差し出せ。そう言われるのは明らかだから。清雅を殺すなんて死んでも嫌だ。だが、家臣や領民の命も勿論大事で――。

「清雅。どうすればいい。どうしたら……っ」

うわ言のように呟いていた巡ははっとした。

かりかりという物音が耳に届く。この音は……と、顔を上げ、目を見開いた。

前脚と鼻先で器用に障子を開けて、部屋の中に入ってくるトト丸が見えた。その口には、文が咥《くわ》えられている。

「これ……この、文は」

開いてみると案の定。清雅が貞保に宛てた、巡を嫁に欲しいと書かれた文だった。

どうしたらいいか分からなくなった時、自信を失いかけた時はいつもこの文を見た。自分はこんなにも、清雅に期待されている。求められていると再確認したくて。

トト丸はそんな巡の姿を何度も見てきた。だから今、この文を持ってきてくれたのだろう。

「ありがとう。そなたほどの忠臣、他にはおらん」

心を込めてその小さな頭を撫でてやりつつ文を読み直す。

でかでかと書かれた「欲しい」の文字を見た時、巡はふと貞保の言葉を思い返した。

――清雅はね、貴殿の言葉がほしかったのですよ。十年前から、ずっと。

――清雅は貴殿が発する言葉にいつも耳を澄ませています。口にすれば、必ず届く。

清雅はまだ、自分の言葉を待ってくれている？　聴いてくれる？

ここで、巡の脳裏にある光景が蘇った。

それは、清雅から一滴の血も流さず当主になってみせると豪語された時のこと。

――後の天下人のそなたと、後に左大臣になるはずだった俺の二人でやるのだぞ。できぬはずがない。

話を聞き終えた巡は清雅にそう言った。思えば、珍しく口にした本音だった。そしたら、
清雅はいつも以上に喜んで、

――ありがとう。巡にそう言うてもらえたら、伊吹家どころかこの日ノ本、いや！　海を越えた外つ国《とくに》全部獲れたも同然だ。

そう言ってはしゃいだ。いくら何でも大げさだと言えば、

――いや、本気で言っている。巡はすごい男だからな。

大真面目な顔でそう言っていたっけ。

(清雅。俺がそなたを信じたら、そなたはこの日ノ本どころか、この世の全ての国が獲れるのか？　……ならば)

しばらくして、巡は作左や貞保を加え、残っていた家臣たちを広間に集めた。いつもどおり真顔の作左と、飄々《ひょうひょう》とした風情の貞保以外全員、青ざめた顔をしている。あのような報せを聞いたら無理もない。

清雅なら、気の利いた冗談の一つでも言って場の空気を和ませるのだろうが、あいにく自分はそういう芸当は持ち合わせてはいない。きっと、思いやりや情というものが欠如しているからだろう。

そう考えると、彼らにもずいぶんと嫌な思いをさせ、苦労をかけてきた。つくづく、駄目な正室だった。今も……そして、この瞬間も。そう思いつつ、巡は口を開いた。

「集まってもらったのは他でもない。今後についてのことである。皆も知ってのとおり、清雅殿は雅次の卑劣な策により行方《ゆきかた》知れず。その雅次も桃井に討たれ、本城ももうじき落ちる。そうなれば、桃井はこの城にも攻め込んで来よう。桃井は一万、我らは三百。到底勝ち目はない。奇跡的に清雅殿の軍が戻ってきたとしても、それは変わるまい」

家臣たちの顔がますます強張る。こちらを見つめてくる視線も、鋭利さを増していく。その眼光に込められた感情がどういうものなのか、巡には分からなかったが、気圧《けお》されそうになるのを必死に耐えながら口を動かす。

「ならば、今すぐにでも桃井に降伏の使者を送ることが得策である。桃井の軍門に下ることになるが、この城も領土も大軍に攻め込まれることはなく、そなたたちも領民も血を流さずにすむ」

「おかた様、それは」

「されど、私は……降伏しとうない」

思わずと言ったように口を開いた家臣の言葉を遮り、巡は言った。

「伊吹清雅は、主の帰りも待たず敵の大軍に恐れをなして降伏する腰抜けを嫁や家臣に持っておるのかと、清雅殿に恥を掻かせとうはない」

「！　それは、つまり……おかた様はまだ、若殿が生きておると」

「信じておる」

驚いたように目を見開く家臣たちに、きっぱりと宣言する。

「私は、清雅殿を信じる。清雅殿は雅次ごときの策で討ち死するような、こそ泥桃井に負けるような男ではない。伊吹家の正当な当主……いや、天下を獲る男だと、この息の根が止まるまで信じる」

（清雅、聴いておるか。俺は、信じるぞ）

「ゆえに、降伏はせん。桃井が一万の兵を向けてこようが一歩も引かん。むしろ、叩き潰してくれる。この伊吹巡は天下人、伊吹清雅の妻。桃井ごとき、何ほどのものぞ」

これが、今の自分の偽らざる本心だった。

生きている可能性が低いだの、勝ち目がないだの、知ったことか。

自分は清雅を信じる。そのせいで、死ぬことになっても構わない。

清雅は誰にも負けない。この世で最高の、愛おしい男だ。

（ゆえに、帰ってまいれ。生きていても、死んでおってもよい。俺は、何があってもそなたを待っておるゆえ！）

そんな想いを込め、語勢を強めて言い切った。

それに対し、返ってきたのは沈黙だった。

誰も何も言わない。興奮のあまり頬を上気させ、目には涙を浮かべた巡を凝視し続ける。

やはり、この状況で清雅を信じたいという一念だけで降伏したくないというのは、身勝手極まりないと呆れられたかと、唇を噛んだ時。

「おおお！」

突如、家臣たちが大声を上げ、一斉《いっせい》に立ち上がったものだから肩が跳ねた。

「おかた様、よくぞ申された。我らは降伏などせぬ。こそ泥桃井の家来など反吐《へど》が出る」

「桃井など蹴散らしてやりましょう。我らは伊吹清雅の家臣。桃井の一万や二万、造作もなきことじゃ。ははは」

満面の笑みを浮かべ、口々に言う。そして、ぽかんとしている巡に再び平伏した。

「おかた様。我らもおかた様と同じ思いでございます。ゆえに、おかた様の御意に従います」

「お供いたします。どこまでも」

家臣たちからそう言われた刹那、目頭が熱くなった。

輿入れ当初から、彼らとは事あるごとに衝突してきた。会話自体が成立しないこともあり……清雅が色々配慮してくれたおかげである程度緩和されてはいたが、それでも彼らとは未来永劫《えいごう》分かり合うことは不可能だと思っていた。

それなのに今、巡の意見に賛同してくれた。しかも、上辺だけの意見ではなくて、心の底からの本心に対してだ。

とても、嬉しかった。ありがたいとも思った。

「皆、かたじけない。そう言うて、もらえると……」

「おかた様っ！」

巡が床に手を突き礼を言っていると、血相を変えた桔梗が部屋に駆け込んできた。

「おかた様、若殿様がお戻りになられましたっ」

「え……」

巡だけでなく、その場にいた全員が声を漏らした。

「お戻りになられた。若殿が？　ご無事なのか？　どこぞにお怪我は……あ」

居ても立っても居られず、巡は部屋を飛び出した。

生まれて初めて全速力で走る。初めてのことだったし、飲まされた発情抑制薬の副作用で体が思うように動かず、何度も転んだ。そのせいで服が着乱れ、髪も振り乱れ、狐の面も外れ……普段の一分の隙もない麗しの貴公子が見る影もない。

だが、そんなことにも気づかずひた走る。一瞬でも早く清雅に逢いたい。

『若殿、よくぞご無事で』

『はは。なんだ、その顔は。この程度で俺が死ぬとでも思うたのか？　なんと心配性な』

潑剌《はつらつ》とした明朗な声が聞こえてきて、全身の血が沸騰した。

程なく人だかりが見えてきた。その中心で屈託なく笑っているのは、もう一度逢えるなら死んでもいいと思った愛しい男。認めた瞬間、心が弾けた。

「清雅っ」

思い切り叫ぶ。その場にいた全員の目がこちらを向き、巡の常ならぬ姿に目を剝いた。その中でも、清雅が一番驚いた顔をしていて、自身の目を疑うように何度も瞬きした。

「め、巡？　巡なのか？　あ……どうしたんだっ。何があった……っ」

慌てて駆け寄って来ようとする清雅に、巡は体当たりする勢いで抱きついた。

「好きだ」

最初に出た言葉がそれだった。

「清雅が好きじゃっ。帝などどうでもよい」

「……っ？」

「清雅だけじゃ。初めて逢うた時から、そなたしか目に入らん。ゆえに、そなたの嫁になれて嬉しかったし、あの狩衣もそなたのためだけに誂えた。発情促進薬を飲んだのも、そなたを誰にも触れさせせとうなかったからで……うぐっ？」

とにかく一刻も早く誤解を解きたくて思いつく限りをまくし立てていた巡は息を詰めた。

突然、しがみついていた体を引き離されたかと思うと、大きな手で口元を鷲摑まれたのだ。

もしかして、弁明さえ聞きたくないと思うほど、自分のことが嫌いになってしまったのだろうか。と、身を硬くしたが、清雅の顔を見て、目を丸くした。

ものの見事に真っ赤になっている。

「お前は、どうして……ああっ」

赤面したまま声を上げ、巡を横抱きに抱え上げる。

「康孝《やすたか》、後は任せる」と、背後で大口を開けたまま突っ立っている康孝に怒鳴ると、巡を抱えたまま、その場から脱兎のごとく逃げ出した。

土足で廊下に上がり、風のような速さで駆けに駆け、巡の部屋に連れて行かれる。

あまりの速さにぽかんとしていたが、部屋に着くなり唇に嚙みつかれて目を瞠った。

「き、きよ、ま…さ……ん、んんぅ！　…ぁ」

「馬鹿っ」

巡の口内を貪りながら、畳に座り込む。

「あんな大勢の前で言うことかっ。二人きりの時に言え。減る……ん、ぅ」

膝の上に座らされ、きつく抱き締められながら舌を甘く嚙まれて、巡はすすり泣いた。

「ぁ…は、ぁ……すま、ぬ。ゆる…し、て……ゃ」

「なあ巡。もう一度言うてくれ。俺のこと、どう想ってる」

「ふ、ぅ……清雅が、好き……清雅、だけ…ぁ、あ」

「もう一度」

「好き……好きだ、清雅。ん…ふ、ぅ」

「もう一度」

何度も強請ってくる清雅に、全身が燃え上がる。

こんな自分の「好き」をここまで歓び、欲してくれる。そんな清雅が可愛く、愛おしくてしかたない。けれど、それと同時に込み上げてくるのは、底知れぬ罪の意識。

涙がぽろぽろと零れ落ち、嗚咽が漏れる。それに気づいた清雅が口づけを解き、顔を覗き込んできたので、巡は清雅にしがみついた。

「すまぬ。俺は、惨い男だった。そなたの優しさに甘えくさって、大事なことは何一つ言わず、いけずなことばかり言うて、そなたを傷つけた」

「……」

「己のことばかり考えて、そなたの心をまるで顧みなかった。これでは、帝のことしか頭にないと思われてもしかたがない……っ」

不意に、抱き締め返される。

「痩せたなあ」

「……清、雅？」

「ここに戻ってくるまで、大勢の者たちが助けてくれた。我が夫をくれぐれも頼むと巡に言われて準備しておったと。ゆえに、ここまで無傷で帰ってこられた」

「っ……そう、か。助けになったなら、よかった」

「たったの二日であれだけの根回し、寝食を惜しんで駆け回ったのだろう？　何日も寝込んでいたこの体で」

そんな言葉とともに労わるように背を摩《さす》られて、顔が熱くなる。

「巡はいつもそうだ。言葉はくれぬが、俺にたくさん尽くしてくれる。足が痺れるのを我慢して膝枕してくれたり、俺用の手ぬぐいを常に持ち歩いてくれたり、あの頃からずっと」

「……っ」

「知っていた。分かっていたのだ。それなのに」

ここで、言葉が途切れた。不思議に思って名を呼ぶと、清雅が身を離し、改まったように居住まいを正し、こちらを見た。その視線は、いつものように真っ直ぐだったが――。

「父上が、常々こう申されていた。『己が恥だと思う言動はするな。さすれば、如何《いか》なる時も胸を張って生きていける』と。俺はそれを肝に銘じて生きてきた。誰がなんと言おうと、己が恥だと思うことは決してしなかった。ゆえに、俺は間違ったことはしていない。それで武運拙《つたな》く野垂れ死ぬことになったとしても後悔しない。そう、胸を張れていたんだ。だが……巡が陰陽白銀《いんようはくぎん》だったと知った時、俺は即座にこう思った。『しめた』と」

巡が目を見開くと、清雅の頬が強張った。山吹の瞳も揺れる。それでも懸命に巡の目を見据えて続ける。

「『これで、巡を俺だけのものにすることができる。ずっと、俺のそばに居させることができる』。そう思うた。白銀だったことが、巡にとってどれほどの不幸で辛いことか知っていてだ」

生まれて初めて、己を恥じた。

苦悶《くもん》に表情を歪ませながら、清雅は呻《うめ》くように言った。

「俺の、巡に抱く想いはかように薄汚いものだったのかと慄きもした。だったらさようなもの、殺してしまえばよかったのに、できなかった。それどころか、俺はこの薄汚い情に負けた。策を弄してお前を嫁にした。嫁にしてからも、帝がお前の心の中にいると思いながら、己の欲望のままに振る舞うて」

「そなた……」

「ゆえに、な。俺は巡の思いやりを素直に受け取ることができなかった。つまらぬことで一一巡の心を疑って、ひどいことを言うてしもうた。巡は悪くない。お前に胸を張れる男になれなかった俺が悪い」

血を吐くように言葉を振り絞る清雅に、巡の胸は詰まった。

──俺はいつでも、巡を大事にしたい。

いつも口にしている清雅のその言葉。疑ったことはなかったが、ここまで厳しく、深いものだとは思わなかった。

どんな理由であれ、巡の不幸を喜んでしまった……巡の意志を慮れなかった自分が許せない。だから胸を張れなかったなんて。

どれだけ真っ直ぐで崇高なのか。どれだけ、巡を大事にしたいと必死なのか。

この世で一番美しいと思う清雅の心根が今は痛々しい。そして自分が本音を隠してきたせいで、清雅をここまで追い詰めてしまったことが辛い。

改めて、己の所業に身震いする。だが、それでも……っ。

おもむろに、巡は清雅から背を向けた。

そのまま清雅から離れ、巡は文机へと這い寄った。

引き出しから小さな鍵《かぎ》を取り出す。その鍵で開けたのは、巡の首についていた首飾りの錠《じょう》。

首飾りを外し、放り出して、再び清雅へと振り返った。

清雅はこちらを見ている。その目は、信じられないものを見たかのように大きく見開かれている。巡は清雅に近寄り、はっきりと言った。

「噛んでくれ。俺を、そなたのつがいにしてくれ」

「巡……」

「俺には、そなたしかおらん。俺を幸せにできるのも、俺の全てを賭《と》して幸せにしたいと思うのもそなただけじゃ」

必死に訴える。無自覚とはいえ、自分は清雅をたくさん傷つけた。今更どの面下《つらさ》げて、「本当はずっと好きだった」などとほざく。そんな権利、自分にありはしない。

分かっていた。それでも、訴えずにはいられない。

ほしい。どんな手を使ってでも、清雅がほしい。全部ほしい。

巡を想う心が薄汚い。害悪だなんて思ってほしくない。絶対に。

なりふり構わず掻き口説く。後悔はもうしたくない。

「そなたが愛おしい。嫁にしてもろうて嬉しかった。ここでの暮らしも、生涯で一番楽しかった。ゆえに、謝ってくれるな。悪いとも思うな。好きなだけ、俺を求めてくれ。そなただけの俺にしてくれ……んんぅっ？」

必死に訴えていると、唇に噛みつかれた。

乱暴な所作に体が竦んだが、こちらを見つめてくる狂おしい瞳と視線が絡んだ刹那、巡はすぐさま清雅に手を伸ばし、口を開いて清雅の舌を口内に迎え入れた。

舌と舌が絡み合った時、二人の中で色々なものが砕け散った。

くだらない虚勢。くだらない常識。くだらない理性。全てが消え去って、後に残ったのは抑えきれない相手への恋情だけ。

お互いの服を脱がせ、生まれたままの姿で抱き合う。

いつもだと、清雅が一方的に愛撫《あいぶ》し、巡はただそれを受け入れるだけだが、今は違う。巡からも惜しみなく愛撫を贈る。唾液を飲むことを忘れるほど、清雅の舌をしゃぶり、暴いた肌に自身の肌を擦りつけ、掌を這わせる。

積極的に情事に耽《ふけ》ると、ふしだらな男と思われそうで嫌だという見栄をかなぐり捨てて。

初めて愛でた清雅の体は蕩けるほどに気持ちよく、とても可愛かった。

舐めて撫でてやるたび、鋼のように締まったしなやかな裸体を捩《よじ》らせ、悩ましくも甘い吐息を漏らし、楔はどんどん膨らみ、早く巡の中に挿入《はい》りたいと切なげに打ち震える。

だから、四つん這いになって、自ら尻を突き出した。

「ぃ…あぁっ。……んんぅ」

くちゅりと、いやらしい音を立ててゆっくりと飲み込む。

襞を絡めながら腰を淫らに振ってやると、清雅のそれはますます熱くなり、もっとおくれとばかりに奥へ奥へと潜り込んでくる。

あまりの可愛さに全身が滾《たぎ》った。もっともっと清雅を気持ちよくさせたい。清雅と深く強く繋がりたい。そんな衝動がよりいっそう膨らむ。その方法を知っているだけに、なおさら。

その時、晒された白い項《うなじ》に唇を寄せられて、昂《たかぶ》る期待に腰が大きく跳ねた。

「巡。好きだ……っ」

端的にそれだけ告げて、清雅は巡の項に噛みついた。

瞬間、全身にかつてない衝撃が走った。自分の体……いや、魂さえもばらばらに砕け散る錯覚に陥るほどの。

目の前が真っ白になり、五感の全てが消え失せた。

そして、無から形作られていく。清雅を感じ、清雅に触れるためだけに存在する体、五感、魂が……清雅の愛撫で創造されていく。

そのせいだろうか。これまでとは比べ物にならない快楽の濁流に呑み込まれる。

あられのない声がひっきりなしに漏れる。まるで、産声のように。

生まれ変わったのだ、自分は。この男……清雅だけの、伊吹巡に。

めくるめく悦楽に溺れながら、強く実感した。

だから、もう……己の心を隠すのはやめる。

自分は清雅が好きだ。好き好きでたまらない。恥とも思わない。胸を張ってやると。

けれど――。

（……は、恥ずかしい！）

事後、清雅の腕の中で気がついた巡は悶絶《もんぜつ》した。

偶々《たまたま》視界に映った鏡に、涙とやつれでぐしゃぐしゃになった自分のひどい顔を見てしまったせいだ。

自分はこんなひどい顔で、清雅にあんなことを言ってこんなことをしたのか。両手で顔を覆って震えていると、「巡」と呼び声が落ちてきて肩が跳ねた。

「どうした、こんなに震えて。まさか、どこか痛いところでも」

「俺を見るな」

「……え？」

「百年の恋も冷めるようなひどい人相をしておる。ゆえに見るな」

真剣だった。だが、清雅は噴き出すようにして笑い出すと、こめかみに口づけてきた。

「心配するな。とびきり可愛い顔をしている」

「う、嘘を吐くな。かようなひどい顔」

「こんなに可愛い巡を手に入れるためなら、汚い手の一つや二つなんだ」

「……！」

「そう思うくらい可愛い」と、口づけとともに囁かれて、巡は思わず顔を上げた。

「俺を嫁にしたこと、恥と思わないでくれるか？」

「ああ。むしろ、胸を張ろう。巡ほどの男を手に入れることができたと。……ありがとう。巡のおかげだ」

嬉しそうに微笑って抱き締められる。目頭が熱くなった。

（……よかった）

清雅のそばにいられて幸せだというこの想いが清雅に届いて、本当によかった。

ぎゅっと抱き締め返し、清雅の胸に顔を埋めると、これまで嗅いだことのない匂いが鼻をくすぐった。

どこまでも心地よく、ほのかに甘い。今まで嗅いだ中で一番いい匂いだ。

そういえば、つがい関係になると、相手にしか分からない淫気を出すようになると聞いたことがある。自分は清雅とより深く繋がったのだと改めて思い、頬が熱くなる。

とても幸せだ。この幸福はいつまでも守っていきたい。そう思ってようやく、巡は今自分たちが置かれている状況を思い出した。

伊吹家当主雅次は討ち死。伊吹家の総力である一万の軍はほぼ全滅。敵兵一万が国に雪崩れ込み、現在交戦中の本城は落城寸前。これほど絶望的状況はない。しかしだ。

「清雅。俺はまだ死にとうない。そなたのことも死なせとうない。いつまでも夫婦でいたい」

「……うん。俺もだ」

「ならば考えよう。どうすればこの局面を乗り切れるか。それで……？」

巡は口を閉じた。おもむろに体を離した清雅が、満面の笑みを浮かべていたから。

「心配するな、巡。手はもう打ってある」

「！　打ってある？　どのような……くしゅんっ」

くしゃみが出た。清雅は裸の巡に下着を着せてやりつつこう訊いてきた。

「俺がこの件を知ったのは決戦二日前だが、俺はまず何を考えたと思う？」

「まず？　そうさな。亡きお父上と同じやり方で俺を殺そうとするなど、雅次許すまじ」

「『よし。河内を奪い返そう』」

「……。……は？」

ずいぶんと間の抜けた声が漏れてしまった。それから、清雅に指貫《さしぬき》まで穿《は》かせてもらうまで目一杯考え込んだ後、

「すまん。もう一度言うてくれ」

訊き返すと、清雅は胸を張って言った。

「河内を奪い返す。あの国は元々伊吹のものだ。いい機会……」

「なにゆえそうなるっ？」

今度は声を上げてしまった。一万の敵兵を目前にして背後の雅次に命を狙われているという絶体絶命の状況で、何をどうしたらそうなる。意味が分からない。

ぽかんとするばかりだったが、清雅が今度は自身の下着を手に取るのを見ると、いつもの

癖で、その手から下着を抜き取り着せ始める。そんな巡に清雅は「ありがとう」と笑みを深くし、説明してくれた。

「まず雅次の謀《はかりごと》だが、まだやってもいないことを問い詰めることはできん。あの時、俺に付き従う兵は九千、雅次は千。負ける数ではないが、雅次と争っている最中、桃井一万に背後を突かれてはひとたまりもない。かと言うて、総大将の雅次の許可なく陣を離れれば軍律違反になるし、清雅は根拠のない噂に恐れをなして敵前逃亡した腰抜けと見なされ、せっかく仲間に引き入れた連中の信望を失うのも面白くない」

そこまでは巡も考えた。けれど、その先をどうすればいいのか分からなかった。

「そこでだ。俺はこちら側についた連中に雅次の謀を話し、こう言うた。『このような噂があるが、俺は雅次の命に従う。だが、本当に射かけてきたら、もう従う道理はない。即刻見限り退却する』と」

「それは……うむ。それなら、雅次は背後から甥で次期当主のそなたを騙し討ちにする卑劣な外道であることを皆に知らしめ、そなたは雅次に離反する正当な理由を得ることになるな」

「ああ。続けて、こう言うた。『お前が俺を信じてくれるならともに退却してほしい』と」

「ともに？　では、全軍総崩れというのは、皆で示し合わせての退却であったと？」

目を丸くする巡に、清雅はあっさり頷いてみせる。

「そういうことだ。で、何も知らぬ雅次は俺に矢を射かける。我らはそれをかわし、即座に撤退。それを合図に、俺と呼応していた者たちも次々に退却。そうなると、周囲はどう思う」

「桃井は敵が総崩れとしたと思って攻め込み、雅次は何が起こったか分からず狼狽える」

目を見開いたまま答えると、清雅は口角をつり上げた。

「そうだ。雅次軍のみが取り残されて、桃井と交戦。我らはその隙に悠々と退却し、桃井は……俺にとって邪魔な連中を、全部片づけてくれた」

そろりと告げられた言葉に、ぞっとした。

(なんという男じゃ)

雅次が自身を卑劣な手で狙っていることを逆手に取り、無傷で窮地を脱しただけでなく、雅次を含む反清雅派の者たちを第三者に始末させてしまった。

いくら憎んでも足りない父の仇への私怨を一切排除した、恐ろしく合理的かつ効率的やり方で……いや。

(違う。清雅は、成就させたのだ)

――命以外全て奪う。事が成った時、誰も彼奴等を顧みない。叔父殺し、主殺しの罪さえ負うてなどやるものか。そして、独り寂しく死んでいき、誰も彼奴等を思い出さない。一度たりとも。

あの言葉どおり、完璧に遂行した。今の、この心持ちがよい証拠。

雅次が死んだというのに、不思議なほどに何の感慨も抱けないのだ。よくぞここまで雅次という駒を上手く使い、綺麗に処理したという感嘆に塗り潰されて。

おそらく、他の皆も同じだろう。そして、確信にも似た予感がする。

この先も、自分たちが雅次たちを顧みることはない。伊吹清雅という類稀《たぐいまれ》なる才気から、一切目が離せないから……なんて。

(なんと、高大な復讐か)

そんな途方もない仇討ちをやり遂げたくせに、そのことについて一切言及しない清雅の髪を梳いてやりつつ、内心呆気に取られていたが、

「雅次を桃井に討たせたのには、もう一つ理由がある」

あっけらかんとした口調で清雅がそう続けるので、巡は慌てて居住まいを正した。そういえば、話はまだ途中だった。

「巡は、敵の総大将を討ち取り、敵兵が全員散り散りに逃げていったらどう思う」

「そうさな。大勝利だといい気になるであろうな」

戦場で総大将を討ち取るなど、滅多にできることではない。

「そんな時、退却していく兵の中に、討ち取った総大将の嫡男を見つけたら？」

「ついでだ。追いかけて討ち取ってやろうと……！　まさか、雅信が雅次とともに討ち取られなかったのはそなたの仕業か」

訊き返すと、清雅は「いい勘だ」とにっこり笑った。

「雅信を本城まで落ち延びさせた理由は三つ。一つ、静谷に進軍してきた桃井軍がよそに攻撃を仕掛けぬようにするため。二つ、本城に残っている雅次派の者たちも、桃井に根絶やしにさせるため」

さらりとえげつないことを言った。だが、ここまで来ると、「なるほど」としか思えない。

「三つ、雅信も討ち取り本城も掌握させれば、桃井は完全に己の勝ちを確信する。そこへ俺が文を出す。『まだ俺が残っておるぞ、こそ泥桃井め。あんぽんたん』とな」

「それは、桃井を激怒させておびき寄せるためか？　乗るかな？」

首を傾げる巡に、清雅は「乗るさ」と断言した。

「俺を殺せば伊吹家の正当な世継ぎはいなくなり、御家《おいえ》はばらばらになる。今は先《さき》の戦で大敗し、兵の大部分が散り散りになっている。簡単に殺せるのは今しかない」

「……っ」

「ゆえに、短期決戦で片をつけるため総力をあげてくる。本城からここに通じる唯一の道、谷間の細道を通ってな」

「！　では……」

「一万の大軍は細長い列になって進まざるをえない。そこを、各地の寺社に潜伏させている我が軍九千で、左右の崖上から挟み撃ちにする。さすれば、最小の労力で敵をせん滅できる。そして」

「ほとんど無傷の兵で手薄の河内に攻め込み、国を獲る」

巡が掠れた声でそう続けると、清雅は「そういうことだ」と得意げに笑ってみせるので、巡は総毛立った。

昔から、巡の考えの常に上を行く男だったが、まさかここまで想像の遥《はる》か上を行くとは。

改めてこの男のとてつもなさ、底知れなさを思い知らされ、圧倒されることしかできない。

だが、ふっと我に返る。

(莫迦。ぼーっと惚《ほう》けておる場合か)

「清雅はすごいな」と思うだけで仕舞いでは、話してもらった意味がない。

改善点はないか。自分にできることはないか。懸命に考えて、再度顔を上げる。

「では、俺はすぐさま文を書こう」

「文?」と、首を傾げる清雅に、巡は澄まし顔で頷いた。内心は、これで合っているのだろうか? と、どきどきしながら。

「渡りをつけた公家どもにこう報せる。『千の兵を引き連れて出陣した清雅が、兵数名とともにぼろぼろになって帰ってきた。清雅は伊吹家嫡流の名誉にかけ、城兵三百とともに城に立て籠って桃井と戦う。夫の戦ぶり、御照覧あれ』とな。さすれば、公家どもはその文を片手に我先にと桃井に駆け込む」

武家を「番犬」としか思っていない公家にしてみれば、今にも息絶えそうな弱い犬に義理立てするような酔狂はしない。弱くなった犬はさっさと見捨て、強い犬に乗り換える。

そのさまを見せ、文を読ませれば、桃井はいよいよ己の優勢を確信し、この風花城への総攻撃の決意を固めるはず。さらには。

「戦の後、公家どもは何食わぬ顔で再び我らに擦り寄ってくる。だが、今までのような大きな顔はさせぬ。我らを裏切った負い目があるゆえな。今より好きに扱えるようになるぞ」

「……うん。なかなかいい手だが、それだと後で謀られたとお前が恨まれないか？」

眉を寄せる清雅に、巡は口角をつり上げてみせる。

「心配するな。戦が始まってから、『夫から作戦を聞き出した。これこれこうなのでご心配なく』と再度書き送る。これなら俺は悪くない。早合点した相手が悪い」

素知らぬふうで言ってやる。清雅は目を丸くして、まじまじと見つめてきた。が、不意に声を上げて愉快そうに笑い出した。

「さすがは巡だ。これで完璧だ」

そう言われて、巡もようやく声を上げて笑った。自分はちゃんと、清雅の力になれると分かってよかった。役に立つ提案ができて。

と、内心安堵の息を吐いていたが、再度清雅の顔を見るなりはっとした。

清雅の笑顔がどこか苦しげに見えたせいだ。

もしかして、自分はまた清雅に無理をさせている？

「……と！　俺が思いつけたのはこれだけだ。そなたは、俺にしてほしいことはないか。あれば何でも申せ」

ぽんっと手を叩き、促した。

笑顔で褒められたからと言って油断してはいけない。これからはきちんと清雅の心を気遣う。そう決めたのだ。

清雅はきょとんとした。巡にそんな申し出をされるとは思っていなかったらしい。

「お前にしてほしいこと？　いや、これ以上は何かしてもらったら罰が当たる……っ」

「あるなら申せ」

遠慮しようとする清雅の手を摑み、再度詰問すると、清雅は少々困った顔をした。

「そうは言うてもなあ。うーん。なら、一つ……いや、二つだけ」

「よし。言え」

なんだかんだで二つもあるのかという突っ込みを飲み込み促すと、清雅は手を握り返してきた。

「本城が落城したら、俺は城を出る。桃井を討ったら、そのまま河内に攻め込むゆえ、しばらく城を空けることになる。その間、もしかしたら城が攻められることもあるかもしれん。その時は、作左たちの言うことをよく聞いて、決して無理はしてくれるな。巡に何かあったら、俺は正気でおれん」

真剣な面持《おもも》ちでそう告げてくる。巡は目を白黒させた。

「お、大げさな。だが……うむ。心配致すな。身の程は弁えておる。で、もう一つは」

顔を赤くしつつもおずおずと先を促すと、今度は清雅の顔が赤くなった。

「俺が帰ってきたら、また、先ほどのように可愛く迎えてくれ」

その言葉を聞いた瞬間、自身の醜態が一気に思い出されて、猛烈な羞恥が襲ってきた。

「嫌か？」

当たり前だ。誰があのような。という言葉が喉元まで出かかったが、すんでのところで飲み込む。

（いかんいかん）

恥ずかしいとすぐ悪態を吐いて誤魔化そうとするのは悪い癖だ。そうやって自分の感情ばかりを優先するから、清雅に我慢を強《し》いてしまうのだ。

恥ずかしくても耐えろ。これは清雅のためだと念じて息を吸い、

「い、いや、よいぞ。俺も、あれでは到底言い足りぬと思うていた！」

何とか、素直な気持ちを振り絞って言葉にした。

途端、清雅の顔が完全な真顔になった。……あれ？　この言い方もいけずだったか？　と、心配になった時、清雅がすごい勢いで押し倒してきた。

「今言うなっ。行きたくなくなる」

「は？　別に、まだ何も言うておらぬではないか……んぅっ。ば、か……すぐに、文を書くと申したで、あろうが……ふ、ぁ」

「う、ん……百数えるまで」

巡をぎゅうぎゅう抱き締め、顔中に口づけの雨を降らせながらそんなことを言う。

なんだ、それ。子どもか、お前は！　と、叱りつけようとしたが、清雅の屈託のない笑顔を見ているとたまらなくなって、結局清雅を抱き締め返した。

自分の本心に対し、ここまで無邪気に喜んでくれる清雅が可愛くてたまらなくなったのだ。本音を言って喜ばれることがこんなに嬉しいことだとは思わなかった。それに——。


じゃれ合いながらゆっくり百まで数えた後、二人は閨《ねや》から起き出し、巡は公家たちへの文の準備、清雅は出陣支度に各々とりかかった。

巡が公家たちへの文を書き終え、それぞれに届けるよう手配を終えた頃、甲冑《かっちゅう》を身に纏った貞保が訪ねてきた。

「巡殿。部屋から出てごらんなさい。面白いものが見られますぞ」

そう促されて廊下に出てみると、明々と照らされる闇夜が見えた。あの方角は。

「先ほど物見より、本城炎上と雅信死亡の報せが届きました」

「！　雅信が……あやつ、最後に武士の意地を見せたか」

負けて城を獲られるのは口惜しいから城に火を放って自害するとは立派な気概だ。ちょっと感心していると、貞保が鼻で嗤った。

「武士の意地？　とんでもない。彼奴が城に火を放ったのは、そのどさくさに紛れて逃げるためですよ」

「……え」

「騒ぎを大きくするため、一緒に逃げる者以外には報せず火を放ったとのこと。おかげで大騒ぎになったが、逃げる途中桃井の軍に見つかり、全員討ち死だそうで」

「なんと……」

最後まで下衆《げす》の極みだ。と、言いかけて、巡は口をつぐんだ。そのまま押し黙り、考え込むように俯く。「どうしたのです」と声をかけられたので、こう答えた。

「今ふと、思うたのです。あやつの所業、まるで公家のようだと」

自分は生まれながらに特別な存在と自負し、それ以外の者たちはただの駒、同じ人ではないから、どう扱おうが構いはしない……なんて。

「なるほど。確かに似ておりますね」

武士ではあるが、長年京で暮らし、日頃から朝廷と関わってきた貞保は苦笑しつつも頷いた。だが、すぐに「しかし」と続けようとするので、今度は巡が頷く。

「はい。公家ならば殺されない。武家とは違う、か弱く貴《たっと》き生き物ゆえ。だが、力を持ち、俗世に染まっていれば殺される」

そこまで言って、巡はほっと息を吐いた。

「父が言うておりました。『か弱きことは、公家の誇りであり強さだ』と。……朝廷の方々も、よく分かっていたのでしょう。か弱く、俗世に染まらぬことこそが、公家としての矜持も権威も捨てることなく、この乱世を生き残る術だと。今、ようやく分かった気がいたします」

「巡殿……」

「ゆえに、私は安易に力を求め、再び武家にとって代わってやろうと目論《もくろ》んで……はは」

思わず苦笑で誤魔化した。自分の浅はかさも分からず、周囲が自分を受け入れないのは周囲が無能で馬鹿だと思っていた。なんて、さすがに口に出して言えなかったのだ。

それでも、小さく息を吐いて、貞保へと振り返った。

「私は本当に、世間知らずで傲慢《ごうまん》でした。貴殿も、そう思うておられたのでしょう？　だから、縁談の話を持って来られた時、私に強く、嫁に来いとは言わなかった」

「……」

「今回も、呆れられたでしょう？　嫁いで数カ月経つと言うのに、貴殿に言われるまで己の不徳に気づくこともできず」

不束《ふつつか》な嫁で申し訳ない限りです。と、深々と頭を下げた。あまりの腑甲斐《ふがい》なさに、一応清雅の親代わりであるこの男に謝らずにはいられなかったのだ。

貞保はすぐには何も言わず、頭を下げ続ける巡を見つめていたが、ふと破顔すると、再び燃える本城に照らされる空を見上げた。

「巡殿。なにゆえ、それがしが高雅に姉上をやりたくなかったか分かりますか」

「え？　それは」

「この男では、姉上を幸せにできない。そう思うたのです。この乱世で生きるには、この男は清らかで正し過ぎると」

不意に発せられた無機質な声音にぞくりとした。

清雅の両親が祝言を挙げた時と言えば、貞保はまだ年端も行かぬ童だったはず。それだというのに、高雅に対してそんなことを思うだなんて。

代々幕府に勤める名門に生まれ、自身も若くして官僚職につくという華々しい経歴の裏で、どのような人生を歩んできたのか。自分には想像もできないが。

「姉上が、自分があの男を幸せにしてみせると豪語されるので引かざるを得なかったが、結果は案の定。ゆえに、それがしは……清雅に童の時から悲惨な現実を突きつけ、甘い夢を見ようものなら叩き潰してきました。父親と同じ道を歩ませぬために」

――心に鬼を飼え。

わずか十歳の清雅にそう言い放った貞保。最初にこのことを聞いた時は、幼子相手になんと残酷なことをするのだろうと思ったものだが、清雅と雅次たちとの攻防を見てきた今は、その教えが正しかったことが分かる。

綺麗なものだけ見ていては、到底生き残ることはできなかった。

だが、どれだけ汚い現実に揉《も》まれようと、清雅の心が汚れ、捻《ね》じ曲がることはなかった。泥中《でいちゅう》で咲く蓮《はす》のように、どこまでも清白で美しい。そんな清雅が巡は好きだ。ただ――。

「そのことが、清雅を今日まで生かすことができた一助であると、今でも自負しております。されど、あの若さで我《わ》が儘《まま》一つ言わなくなってしまったことが不憫《ふびん》でならぬのです。それが、家臣や領民たちを想うてのことだと思うと、余計に」

一見、いつも大言を吐き、自由奔放《ほんぽう》に振る舞っているように見える清雅。だが実際、清雅は甘い夢など一切見ないし、言動全てに意図がある。

周囲の状況に意識を張り巡らせ、どうすれば皆にとって最善か常に考える。武将としては優れた資質だが、それは徹底的に自我を抑え込まねばできぬことだ。

自分は長らくそのことに気づけず、辛い思いをさせてしまった。と、唇を嚙みしめていると、貞保はこちらに顔を向けてきた。その表情は明るい。

「そんな清雅が、貴殿を嫁に欲しいと言うた。一応もっともらしいことを言っていましたが、実際は御家のためだとか策だとか、そんなことは関係なく、ただただ貴殿を欲しがった」

「……！」

「ゆえに、それがしは清雅の嫁になってほしいと思いました。立派な公家、立派な武家の嫁、そんなものがほしかったのではない。我が儘を忘れたあやつに我が儘を言わせることができる貴殿がほしかった」

「き、喜勢殿……」

「そうして、作左から送られてくる文にはいつも、貴殿に甘えて楽しそうな清雅の様子がありありと書かれていました。それがしの目に、狂いはなかった」

そう言うと、貞保は居住まいを正した。

「清雅が欲しいのは、素直な本当の巡殿です。それをお心に留め置いていただいて……これからもどうぞ、清雅をよろしゅうお願いいたします」

巡の白い顔が一気に赤くなった。貞保は笑い、「さてと」と気を取り直すように言った。

「実を言いますと、巡殿を迎えに来たのです。清雅が『三献《さんこん》の儀《ぎ》』を行うので広間に来てほしいと。参りましょう」

そう言って歩き出す。その後ろをおずおずとついて行きながら、巡は貞保に気づかれぬよう小さく唸った。貞保にそう言ってもらえたのはとてもありがたいことだが、

（やはり、俺はまだまだ未熟ぞ。謝罪したそばから、また諭されるとは）

立派な公家。それはずっと、巡が追い求めてきたものだ。

周囲も巡がそうなることを望んでいたから、立派な公家はこんなことはしない。こうすべ

きだ。常にそういう思考回路で物事を考え、自分の感情を押し込めてきた。そうすることが正しいと思い込んで。

清雅の許に嫁いでからも同じ。自身が思い描く立派な武家の嫁にならなければと思いながらもなれない己に苛立ち、失望し、無様に藻掻き続けてきた。

清雅と心が結ばれた今も、今度こそ清雅の心を慮れる立派な武家の嫁になれるようますます精進せねばと、闘志を燃やして……全く。

(阿呆なことよ。何も分かっておらぬではないか)

そういう考え方が、一番駄目なのだ。

立派な何かなど、清雅は望んでいない。清雅がほしいのは他でもない、ありのままの巡。

(かようなものを欲しがるなんて、まことに物好きな奴じゃ)

そんなに上等なものとは思えない。だが、それでも……清雅が「好きだ」と言ってくれるのはとても嬉しいし、欲しいと言うなら、いくらでもくれてやりたいとも思う。それに。

「おお、巡。来たか」

広間に入ると、大鎧《おおよろい》に身を包み、敬愛する父の形見である刀を腰に差した清雅と武装した家臣たちがいた。巡が優雅に一礼してみせると、清雅が盃《さかずき》を持った手を突き出してきた。

「これより出陣する。酒はお前が注《つ》いでくれ」

巡は再度頷き、作左が差し出してきた銚子《ちょうし》を受け取る。

出陣前、大将は戦勝祈願のため「三献の儀」という儀式を行う。打ちあわび、勝ち栗、昆布の三品を肴に酒を三度ずつ飲み干すのだ。

清雅が三品それぞれを食べるたびに酒を注いでやる。

清雅がものを食うところは今まで何度も見てきたが、今のそのさまはまるで違っていた。山吹の瞳は爛々《らんらん》と燃え上がり、口内に放り込んだそれを咀嚼《そしゃく》するのも、食べ物を食うというよりも、何か人知を超えた神の力を無理矢理体内に取り込むような感じがする。

考えてみれば、この男はこれから九千もの兵を率いて一万の敵兵を屠《ほふ》るという大事をなそうとしているのだ。神の力を身の内に取り込んでしかるべきだ。

そこまでして、この男は前へ突き進んでいく。目一杯引き絞られて放たれた矢のごとく。

そんな男について行くなど至難の業だ。取り澄ましている暇などない。まごまごしていれば足元をすくわれ、清雅を見失う。

今回のことでよく分かった。だから。

「うん！　巡の酌は格別だ。負ける気がしない……？　どうした」

「俺にも注いでくれ」

立派なお貴族様。立派な奥方様と取り澄ますのはもうやめる。

「そなたとともに戦う気概でこの城を守る。こそ泥桃井、何ほどのものぞ」

これからは、なりふり構わずこの男について行く。

それは時に滑稽に映るかもしれないが、構うものか。

置いていかれたくない……いや、清雅の一番そばにいたいから。……大丈夫。

「はは。さすがは巡だ。惚れ直したぞ」

ありのままの巡が好きだと言ってくれるこの男と一緒なら怖くない。どこまでだってともに行ける。

「おかた様、よう申された」

「これは勝ったも同然ぞ」

そう言って歓声を上げてくれる家臣たちもいればなおのこと。

そう思いつつ、清雅が注いでくれた盃を空け、皆と一緒に盃を床に叩きつけた。

お面夫婦、もう辞めます

父が死んでしまったのは俺が七つの時だが、父のことは今でも鮮明に思い出すことができる。

目いっぱい可愛がってくれたから。大好きだったから。ということもあるが、一番の理由は、父のことを常に意識して生きてきたからに他ならない。

どうすれば、父のように振舞えるか。どうすれば、父のように皆の心を摑《つか》めるか。いつもいつも、そればかり。だから。

「ほう……これはこれは。若い頃の高雅《たかまさ》様そっくりでございます」

そう言われ、試しに父の真似をして笑ってみせると、相手の公家《くげ》は感嘆の声を漏らした。

「面差《おもざ》しだけでなく笑い方まで。なんと懐かしい。なんと……失礼。高雅様がご立派になられたあなた様を見たら、どう想われるのかと思うと、たまらなくなりまして」

確かに、父はどう思うだろう？　あんなに媚《こび》を売りまくってきたくせに、自分が死んだ途端雅次《まさつぐ》に寝返り、雅信とともに息子を散々いびり抜いておきながら、雅次が死んだら桃井《ももい》。桃井が滅びたら苛《いじ》めていた息子に、空涙《そらなみだ》まで浮かべて媚を売りに来たこの男を。

「河内国《かわちのくに》奪還ならびに伊吹《いぶき》家相続の件、おめでとうございます。いやあ、総大将が討ち取られるほどの大敗を喫した上に、本城まで攻め落とされたと知った時は肝が冷えましたが、桃井の大軍を討ち果たすだけでなく、その勢いで河内国まで獲ってしまわれるとは。これほど見事な逆転劇が他にありましょうか。清雅《きよまさ》様の名声は今、天下に轟《とどろ》いておりまするぞ」

「高雅様もさぞお喜びと存じます。思えば、高雅様がお亡くなりになってからのこの十一年、辛《つら》く苦しい日々でございました。かくいう私も、あの邪知暴虐の下郎である雅次から命がけであなた様をお助けして……まことに、長年の苦労が報われた思いでございます」

感極まった声音で言われたその言葉に、思わず噴き出しそうになった。

貴様に何が分かる。この十一年間の我らの地獄の苦しみが、貴様ごときに分かってたまるか。

腹の底で吐き捨てる。が、そんな内心はおくびにも出さず、「父の笑顔の面」を顔に被《かぶ》ったまま話を聞いてやる。

公家がこういう生き物であることは常々承知している。これしきのことで、一々目くじらを立てていたらきりがない。

「ところで、ちと小耳に挟んだのですが、巡殿《めぐるどの》をつがいになさったとは誠でございますか？」

ふと、そんなことを聞いてきた。同意してみせると、相手は思い切り眉を寄せた。

「それは大変まずうございます。帝《みかど》がご気分を害されてしまう」

父の笑顔の面が、剝《は》がれそうになった。

「失礼。それがしは未熟者にて、なにゆえここで帝が出てくるのか分かりかねます」

「おや、まだお耳に入っていないのですか？　実は最近、帝は巡殿のことをよく口にされるそうなのです。『遠く離れた鄙《ひな》の地に下ろうとも、我が命《めい》を守って面をつけ続ける、いじらしい忠臣とは露知らず、可哀想なことをした』と」

「……はあ」と、自分でもびっくりするくらい低い声が出た。

「巡殿がいなくなったことで何かとご不便が増えたそうで、余計に御心《おこころ》にかかるご様子。さような時に、貴殿が巡殿をつがいにしたなどと知ったら、帝がどれほど御心を痛められるか」

「御心を、痛める……?」

「いまだ、帝を深く恋い慕う巡殿が鄙の犬畜生に無理矢理つがいにされるとは、なんと惨《むご》いことかと。せっかく伊吹家ご当主になられたというのに、帝に嫌われては事です。それらしい言い訳を考えたほうが……」

言葉が途切れた。思い切り音を立てて茶を啜《すす》ってやったからだ。

「失敬。貴殿もどうです?　美味《うま》いですよ」

「え。あの……」

「で、ぜひ聞かせてください。桃井で出された茶とどちらが美味いか」

さらりと言ってやると、相手の顔が一気に青くなった。

「つがいのことで何ぞ京《きょう》より言うて参ったら上手《うま》く取り成せ。それができたら許してやる」

父の笑顔の面を放り出し、ぞんざいに命じる。相手は答えない。おろおろと要領の得ない言葉を口にするばかりだ。

俺がどうしてこんなに怒っているのか分からないらしい。だから。

「帝が巡をどうこうという話は二度とするな。俺は巡に心の底から惚《ほ》れている。ゆえにさような話、今すぐにでも、その喉笛《のどぶえ》を掻《か》き切ってやりたくなるほど不快だ」

今度言ったら殺す。地を這《は》うような声で言い放ち、視線で射殺さんばかりに睨《にら》みつけてやった。

途端、相手は悲鳴を上げてひっくり返った。恐怖のあまり失神したらしい。

少々やり過ぎたようだ。だが、知ったことか。

顔に火傷《やけど》を負ってでも朝廷に尽くした巡を化け物扱いしてごみのように捨てた輩《やから》に、なぜそのような気を遣わねばならん。ふざけるのも大概にしろ。

これだから、公家なんか嫌いなんだ。力いっぱいそう思ったところで、俺はふと苦笑した。

品行方正な父ならこんなことはしない。どんなに嫌な相手でも最後まで礼を尽くす。

今までの自分だったら、敬愛する父がやらないことは決してしなかった。それなのに。

——全く、しようのない奴め。

ここでふと、ある童《わらべ》の姿が俺の脳裏に蘇《よみがえ》った。

父が生きていた頃、俺は実に穏やかで幸せな日々を過ごしていた。

優しく美しい母と姉。頼りになる気のいい家臣たち。手作りのおもちゃでよく遊んでくれた優しい雅次叔父上《おじうえ》。いけ好かない喧嘩《けんか》友だちで従兄弟《いとこ》の雅信《まさのぶ》。やんちゃな甘えん坊の俺。

皆で仲良く笑い合う。公明正大にして仏のように慈悲深い父が創り上げた、この世が乱世だなんて嘘のように平穏で温かい世界で。

だが、父が桃井との戦の最中に急死したことで、全部が変わってしまった。

最初は、突如父を喪《うしな》った悲しみに打ちひしがれることしかできなかったが、雅信が俺の許《もと》に訪ねてきたことでそれは一変した。

――イロナシ無能高雅が死んだから、今日からおれの父上がご当主さま。おれが嫡男さまで、お前は家来だ。「ご主人さま」って言ってみろ。

――イロナシ……無能っ？　おい、もう一回言ってみろ。

あまりの言葉に思わず立ち上がると、雅信はニヤニヤしながらこう言った。

――父上が言ってた。お爺《じじ》さまが死んだ途端殺されるなんて、やっぱりイロナシは無能でだめだめだ。だから、山吹《やまぶき》の父上が当主さまになるんだ。それが正しいんだって……わっ。

雅信を突き飛ばし、俺は「嘘つき」と叫んだ。

――叔父上がそんなこと言うわけないもん！　叔父上と父上は仲良しで、「お前の父上は立派なご当主さまだ」って、いつも言ってくれて……わっ。

今度は俺が突き飛ばされた。

——嘘じゃないやい。それに、おれの父上だけじゃなくて家臣の皆もそう思ってる。お前の父上はだめだめ。だめだめの息子のお前もだめだめ。だから、お前は嫡男さまじゃなくなるんだ。ざまあみろ……あ。

聞いていられず、俺は駆け出した。

作左《さくざ》に訊《き》いてみよう。絶対そんなことないって言ってくれるはず。と、作左がいるだろう詰所《つめしょ》にひた走っていた時だ。

——見よ。後ろ盾の父上に死なれた途端、この体《てい》たらく。

不意に聞こえてきた言葉に歩が止まった。この声は雅次叔父上だと、声がしたほうへ行ってみると、広間で大勢の家臣たちを前に話している男が見えた。

その男が叔父であると、俺はとっさに分からなかった。なぜなら、俺が知っている優しい叔父が絶対浮かべるはずがないだろう醜悪な笑みを、その顔に浮かべていたから。

あれは誰だ。あんな嫌な顔をする男、俺は知らない。と、呆気《あっけ》に取られていたが、

——所詮、イロナシの兄上は当主になる器ではなかった。山吹のわしが継いでおれば、かようなことにはなっていなかった。全て父上の間違いだったのだ。

勝ち誇ったように嗤《わら》うさまを見た刹那《せつな》、強烈な怒りが俺の中で燃え上がった。

その怒りに突き動かされるまま地面を蹴《け》り、広間へと飛び込んだ。そして、

——叔父上、父上が殺された時、何をしていた。言うてみろ、何をしていたっ？

相手が叔父だということも忘れ、怒鳴り散らす。

——兄上が、主君が殺されたのだぞ？　それなのに悲しみもしなければ、主《あるじ》を守れなかった家臣としての不徳も恥じず、よくもそのような！　貴様ごときが父上を馬鹿にするな。己こそが当主に相応《ふさわ》しいなどとほざくな。恥を知れっ。

「恥を知れ」とは、父が家臣を叱責する時によく使っていた言葉だ。それが思わず口から出た。考えてのことではない。だが、俺がそう言った刹那、叔父上……いや、雅次は顔を青ざめさせた。

——あ、兄上？　そんな……っ。

——高雅様じゃ！

後ずさる雅次を押しのけ、家臣の一人が叫んだ。他の家臣たちも興奮気味に叫ぶ。

——高雅様……高雅様が若殿の中に生きておわすっ。

——我らには若殿がおられる。高雅様の嫡子である若殿が！　次のご当主は若殿じゃ。

口々にそう叫ぶと、今度は雅次の背後に控えていた者たちが声を上げた。

——イロナシの童に当主など務まるか。次の当主は山吹の雅次様をおいて他になし……。

——黙れ。嫡流は若殿じゃ。それに、若殿のおっしゃるとおり、腹心でありながら高雅様をお守りできなかった己《おの》が不徳も分からぬ恥知らずに従えるかっ。

怒号が飛び交い、場は騒然となった。

結局、この騒ぎが元で伊吹家家中は雅次派と俺を推す派の真っ二つに割れてしまった。

そのことについて、俺たち家族の身を案じ、京に呼んでくれた貞保《さだやす》の叔父御は「よくやった」と、俺を褒めてくれた。

――イロナシ、しかも童の身でありながら、よくぞ山吹の雅次と渡り合い、そこまで話を持っていった。もしあのまま雅次の好きにさせていたら、お前は間違いなく殺されていた。

その言葉を聞いても、俺は大して驚かなかった。家中が割れたあの日から、雅次からの殺気をひしひしと感じていたから。だが、それでも、

――叔父上、あんなに……優しかったのに。

これまでの、雅次との温かな記憶を思い出し、思わず呟《つぶや》くと、

――あの男は、お前のことが嫌いだよ。山吹の自分を差し置いて家督を継いだイロナシの息子なんか、見るだけで虫唾《むしず》が走ったろうさ。

返ってきたのは、想像以上に残酷な現実だった。

――覚えておけ。この世には仏のような顔をして、腹の奥では憎悪と殺意を滾《たぎ》らせている人間なんかごまんといる。家来だろうと、身内だろうとな。

その言葉で、雅次との温かな思い出は完全に崩壊し、あの男に抱《いだ》いていた信頼や思慕はものの見事に生まれ変わった。

あの男は我ら親子の、必ずや打ち勝たねばならぬ敵だという認識へと。

我らの信頼を踏みにじり愚弄《ぐろう》したあの男の好きにはさせない。我ら親子の名誉にかけて！

止めどなく噴き出す憤怒と憎悪に打ち震える。だが、

——もう一つ、これも肝に命じろ。今のお前には、家臣は誰もついて来ない。

叔父御が続けて口にしたその言葉に、はっとした。

——イロナシのガキに、誰が命を預けてついて行くものか。今回お前を当主にと推したのは、お前の中に高雅を見たからだ。山吹至上主義の理《ことわり》を掠《かす》れさせるほど輝き、皆を魅了した高雅を。

そう言えば、怒鳴る俺を見て、皆が「高雅様だ」と騒いでいた。

——あやつらは呆れるほど高雅に心酔していたからな。高雅を喪った今は、親とはぐれ、泣くことしかできぬ童同然よ。ゆえに、高雅の面影が残るお前に喜んで食いついた。

——それって……皆、父上のことが大好きで、おれが父上みたいな立派な武将になれるって思ってくれたから、俺を次の当主にって言ってくれたってことだよね？

——……は？

「そうだよね？」と、叔父御の膝を掴んでせっつく。叔父御はなぜか困った顔をして、「うーん」と唸《うな》っていたが、しばらくして、

——まあ、そういう言い方もできる……かなあ？

首を捻《ひね》りつつも同意してくれたので、俺は「やったあ」と両手を上げた。

雅信に言われて以来、ずっと心配していたのだ。潜んでいた伏兵に暗殺されてしまった父のことを、皆が駄目な奴だと嫌いになってしまったんじゃないかと。

確かに、父は不覚を取った。だが、それで父の全部が駄目になるわけじゃない。

現に、俺は父のことがまだ好きだし、この世で一番尊敬している。だから、家臣たちがまだ父を好きだと思ってくれていて嬉《うれ》しいし、父のような武将になってほしいと期待されているなら応えたい。

——叔父御。おれ、頑張るよ。父上みたいな立派な当主になるからね！

力いっぱい宣言した。すると、叔父御は何とも痛ましいものを見るように表情を歪《ゆが》めた。

——高雅め。俺だけでなく、息子にまでかように惨いことを強《し》いるか。

ぼそりと呟く。意味が分からず首を傾《かし》げると、叔父御は気を取り直すように息を吐き、居住まいを正した。

——お前がその気なら、俺もできる限りのことをしよう。だがな、龍王丸《りゅうおうまる》。どんなに精進を重ねてもお前は高雅にはなれないし、ならなくていい。高雅は高雅。お前はお前だ。

この時、俺にはその言葉の意味が分からなかった。単純に、「お前は高雅のような立派な武将にはなれない」と意地悪を言われたと思い、「なれるもん！」と突っぱねた。

こうして、俺は叔父御の許で学ぶことになったわけだが、それはとても辛い日々だった。

叔父御が与えてくる勉学や武芸の修練が恐ろしく厳しかったから？　叔父御が見せてくれた乱世というものが、嘔吐《おうと》を催すほど凄惨《せいさん》なものだったから？　違う。

母も姉も、作左をはじめとする家臣たちも皆、父が死んでからというもの元気がなかった。俺がどんなに励ましても浮かぬ顔。けれど、父がやりそうな言動をしてみせると笑顔になる。俺が修練に励めば今まで以上に喜ぶ。

そのことが、身を切られるように辛かった。皆が求めているのは父だけで、お前じゃない。弱くて幼いお前などいらない。そう、言われているようで。

――イロナシのガキに、誰が命を預けてついて行くものか。今回お前を当主にと推したのは、お前の中に高雅を見たからだ。

今更ながら、叔父御の言葉が重くのしかかる。

俺だって苦しい。寂しい、辛いと泣きたかった。

でも、できなかった。俺のことも見て。俺の中に父を見出《みいだ》すことで何とか前を向こうとしている皆の心を壊してしまうし……俺は体どころか心も弱い。これでは父のような立派な武将になれない。そう断じられたら嫌われて、いらないと思われる。そう思ったら、どうしても。

無邪気な笑顔の面を被り、おどけて父を演じてみせながら、叔父御が課す武芸と学問に明け暮れる辛い辛い日々。

そんな時、学びに行っていた寺院で巡と出逢った。

巡を初めて見た時のこと、今でもはっきりと覚えている。

一片の穢《けが》れもない白雪のような肌。この世で一番優れた匠《たくみ》が丹精込めて作り上げた人形のように完璧《かんぺき》に整った、はっとするほど綺麗《きれい》な面差し。一分の隙も無い、品よく優雅な所作。

何もかもが夢のように綺麗で、花の精霊が迷い込んできたのだと本気で思って……完全な一目惚《ひとめぼ》れだった。

だが、当時の頑是《がんぜ》ない俺には分からなかった。それに、生まれて初めて抱いた恋心の甘苦に酔いしれるより先に、何とも言えない感慨を覚えた。

まるで面でも被っているかのようにぴくりとも動かない顔。何も映さないガラス玉のような瞳。温もりが一切感じられない、冷え切った抑揚のない声音。

まるで氷漬けにされた花のように、綺麗ではあるが、その花本来の美しさが消えてしまっている。そんな感じがした。

だから、巡の言動が俺の嫌いな公家そのもので……冷え冷えとした澄まし顔で俺たち武家を見下し、誰も寄せ付けず、うっかり近づいて「一緒に遊ぼう」と誘おうものなら、

——犬畜生ごときが近寄るな。

そんな言葉を抑揚のない声で淡々と吐き捨てたとしても、嫌な気持ちになれなかった。

むしろ、氷を解かしたら、氷越しにしか見えないあの花はどんな色でこの目に映り、どんなふうにそよ風に舞い、どんな香りを振りまくのだろうかと夢想し、どきどきした。

今でさえ、あんな……夢のように美しいのだ。本来の姿はもっともっと美しいに違いない。醜いものばかりを見て、誰にも気を許せず弱り切っていた心は、そう思いたくてしかたなかった。この世には、ただただ綺麗なものだってあると信じたかった。

そんな矢先、試験があった。

勿論《もちろん》一番を目指して勉強したのだが、結果発表の場で最初に名前を呼ばれたのは巡だった。その時、普段絶対動かすことがない巡の口許《くちもと》がほんのわずかだが得意げにつり上がったのを、俺は見逃さなかった。

胸が、大きく高鳴る。

巡にも心がある。試験で一番を取れて嬉しいと思う、俺と同じ心が。

そう思った時、俺の頭にある考えが閃《ひらめ》いた。

巡から試験の一番を奪ってみせたら、巡は俺を見てどんな顔をするだろう？

なぜこんなことを考えたのか分からない。だが、その瞬間を想像すると、無性にわくわくした。

猛勉強して次の試験に臨んだ。でも負けた。次の試験も、そのまた次の試験も同じ。

それでも諦《あきら》めない。むしろ、負ければ負けるほど、やる気が漲《みなぎ》った。

俺が追いかけている相手は、ただ綺麗なだけではなく、とんでもなく優秀なすごい男なのだと実感できて、よりいっそうどきどきしたから。

そして五回目。ついに俺は巡から一番を奪い取ることができた。

すごく嬉しくて、最初に俺の名前を呼ばれた時は、思わず声を上げて喜んでしまった。

だが、肝心の巡はというと、いつもの澄まし顔のまま。しかも、こちらを見ようともしなかったものだから俺は仰天《ぎょうてん》した。

嘘だろう？　こんなに頑張ったのに、せめてこっちを見てくれたっていいじゃないか！

……いや、本当はものすごく悔しがっているのに我慢しているんだ。そうに違いない。

次の試験は本気で来る。だったら今回以上に頑張らないと。次も勝って、今度こそ俺のほうを向かせてやる！

意地になって、いよいよ勉学に励んだ。

その甲斐《かい》あって、次の試験も俺が一番になった。それなのに、巡の澄まし顔はぴくりとも動かない。で、やっぱりこちらを見ようともしない。

もしかして、巡にとっては試験で一番になることはおろか、そもそもこの学問自体どうでもいいことなのか？　だから、二回連続で一番を取れなくてもけろっとしている？

もしそうなら、俺一人馬鹿みたいじゃないか。

風邪《かぜ》気味の体を押《お》してまで頑張ったのに。と、洟を啜る。すると、誰かが猛然と近づいてきた。それが、眦《まなじり》を思い切りつり上げた巡だったものだから俺は驚愕《きょうがく》した。

——洟を拭けっ。一生懸命勉学に励んだこのおれを二回も打ち負かしたそなたが、かような湊たれだなんて我慢がならん。

俺の鼻に懐紙《かいし》を押しつけ、怒鳴り散らす。そんな巡を見て全身の血が沸き立った。

――嬉しいなあ。おれ、お前に勝ちたくて、いつも一生懸命勉強してるんだあ。でもお前、勝っても負けても澄ました顔してるから、どうでもいいのかな。おれ一人頑張ってるのかな。だったら寂しいなって思ってたんだ。

――でも、そうかあ。おれは頑張って勉強したお前に勝っていたのか。すごいな、おれ！

嬉しさのあまり、思ったことを全部口に出して喜んでいると、巡の眦がさらにつり上がった。

すごい。実はこんなにつり上げられるのか。

――このままで済むと思うな。必ず、おれがまた一番になってやる。

嚙《か》みつくように言われた。それでも、俺は気分がよかった。

怒った巡の顔が、想像よりもずっとずっと可愛かったから。

頑張った甲斐があった。しかし、ここからが大変だった。

巡と直接言葉を交わすようになったせいで、武家を見下しまくる言動をもろに喰らうことになり、辟易《へきえき》したから？　いや、その程度のこと、雅次のえげつない掌《てのひら》返しと比べればどうということはない。

問題は、自他ともに認める秀才の巡が、俺に勝つためになりふり構わず猛勉強し始めたことだ。

そんな巡に勝つには途方もない努力が必要で、寝る間も惜しんで励まねばならなくなった。実を言うと、勉学はあまり得意ではないので本当に大変だった。けれど、辛くはなかった。

——……こ、ここの箇所、そなたはどう思う？

より内容の理解を深めるためなら、競争相手である俺にさえ屈辱で震えながらも教えを乞うほど勉強して、

——見ておれ。そなたのような洟たれ山猿《やまざる》に、負けたままでなるものか。

鼻息荒く励む巡を見ていると、心は浮き立つばかり。

父の真似をする俺ではなく、ただの龍王丸にここまでむきになる巡が、可愛くてしかたなかった。

巡といる時だけ、苦しくもなければ寂しくもない。ただただ楽しかった。

でも、このひとときを続けるためには、たくさん勉強しなければならない。

試験で勝てなくなったらきっと、巡は俺みたいな山猿、見向きもしなくなる。

そう思ったから必死に勉強して……ある日、試験が終わると同時に、俺はその場で眠りこけてしまった。前日、無理して夜更かししたのがまずかったらしい。

泥のように眠った。そして、意識を取り戻した時、俺は巡の膝を枕《まくら》に横になっていたものだから仰天した。

——お前、ずっと枕になってくれてたのか？　ごめん。足、痛くないか？

尋ねると、巡は手に持った書物をめくりつつ、いつもの澄まし顔で「別に」と答えた。

——これしきのこと。毎日作法の修練を重ねているおれを何だと思うておる。

——そうか？　でも。

——あー煩《うるさ》い。読書の邪魔じゃ。さっさと帰れ。

いつも以上につんつんした声音で返される。何か言おうとしても「帰れ」とつっけんどんに遮られ、取り付く島もない。俺は「ごめん、ありがとう」と言って部屋を出た。

そして、一人夕焼けに染まる家路を駆けながら考える。

巡、ものすごく怒っていた。犬……じゃない、山猿としか思っていない俺に枕にされたのだから、当然と言えば当然か。

嫌なら起こしてくれれば……いや、起こそうとしても俺が起きなかったんだ。そうでなかったら、あの巡が俺が起きるまで膝枕してくれるわけがない。

というか、呼ばれても起きないなんて、俺はどれだけ隙を晒《さら》しまくったんだ。

——お前はこれから常に命を狙われる立場になる。どこにいても決して隙を見せるな。

叔父御にきつく言われていたのに。

もうこんなことがないようにしないと。俺は隙を見せちゃいけない立場で、何より眠りこけるなんて格好悪い。

巡には、格好悪いところを見せたくない！

力いっぱいそう思った。だが、次の試験で驚くべきことが起こった。

巡が自分から俺の隣に座ってきたかと思うと、俺が試験を終えると無言で俺の肩を掴み、自分の膝上に俺の頭を押しつけたからだ。先生である僧が何をやっているのだと訊けば、

――こやつは私に勝つために励み過ぎて寝ていません。その責任を取っておるのです。邪魔しないでいただきたい。

澄まし顔でそう言って追い払う。

色々意味が分からなかった。だが、一番分からないのは俺。

前回もうこんなことはしないと固く心に誓ったはずなのに、どうして巡の膝に頭を乗せたまま動けず、何も言えないのか。

だが、ひどくぎこちないが、労《いた》わりに満ちた巡の掌に頭を撫《な》でられると、強烈な眠気が襲ってきて、気がつくとそのまま目を閉じ寝入ってしまった。

次に目を開いた時、部屋には俺と巡以外誰もいなかった。格子窓からは茜《あかね》色の光が差し込んでいて、ずいぶんと刻《とき》が経《た》ったことがすぐに分かった。

――またずっと、枕してくれたのか？　悪いな、二回も……。

――煩い。勉学の邪魔じゃ。さっさと帰れ。

また、いつも以上につんつんした声音で、巡は俺の言葉を遮った。俺がまた言葉を紡《つむ》ごう

としても「帰れ」とすかさず被せてくる。こっちを見ようともしない。

そこまでされるとどうしようもなくて、結局追い出されるようにして俺は部屋を出た。

とぼとぼと家路を歩きながら思い切り首を捻る。何が何だかさっぱり分からない。

――あいつのほうから、膝枕してくれたんだよな？　なのに、なんでおれは怒られなきゃいけないんだ……あ。

しまった。書物を一冊忘れてきた。

慌てて部屋に引き返した。その時、部屋の中から「うー」という妙な声が聞こえてきた。

何の気なしに部屋を覗《のぞ》き込み、目を丸くした。

巡が生まれたての子鹿のようにふるふると震えながら立とうとしている。だが、すぐに「ひゃあ」と小さな悲鳴を上げて尻餅《しりもち》を突いた。かと思うと、

――うー！　壺であれだけ修練したに、なにゆえかように痺《しび》れるのか。尻餅まで突いて……ああなんとみっともない。かように無様な姿、あやつに見られたら死ぬしかない！

足を摩《さす》りながら、ぶつぶつとそんなことを言うではないか。さらには、

――それにしてもあやつめ、おれの膝の何がよいのであろう？　今日は涎《よだれ》まで垂らして眠りこけて……ふふん。全く、しようのない奴め。今宵も、修練してやるか！

自分の両膝を摩りながらそう言って、白い頬を蕾《つぼみ》が綻《ほころ》ぶように緩めて微笑《わら》う。

瞬間、富士の山が大爆発するくらいの衝撃が走って、全身が燃えるように熱くなった。

巡はびっくりするくらい綺麗だから、中身だってきっと、とんでもなく綺麗なはず。そう思ってはいた。でも……でも！

どうしよう。どうしていいか分からないくらい可愛い。

居ても立ってもいられず、俺は部屋に飛び込んだ。だが、巡は俺と目が合った瞬間、

――だ、誰が戻ってこいと言うた！　さっさと帰れっ。

先ほどの可愛い笑顔が嘘のような怒り顔で怒鳴られた。

「えーっ？」と、思わず声を上げそうになったが、すんでのところで飲み込んだ。

巡は自分がやんごとなき公家の名家に生まれたことを、とても誇りに思っている。そして、家名に恥じない立派な公家になれるよう日々己を律し、精進している。

そんな巡にとって、武家の俺にあれこれ尽くすことは本来あってはならないこと。だからこうしてひた隠す。かく言う俺も、「名将、伊吹高雅の立派な後継者」となるため、たくさん努力して、色んな本心をひた隠して生きている。

しかたがないこと。そう理解していたから、何も言わなかった。

けれどその後も、膝枕だけにとどまらず、悪態を吐《つ》きながらもせっせと、嬉しそうに俺の世話を焼く巡を見るにつけ、俺の胸は掻きむしられて――。

『……おかた様、ただいまお戻りでございます』

不意に耳に届いたその言葉に、俺は目を瞬《しばた》かせた。すると、赤くなった顔でそっぽを向く童の巡の姿が、見慣れた自室の天井へと変わった。どうやら、夢を見ていたらしい。

童の巡、可愛かったなあ。と、畳に横たわったまま伸びをしていると、足音が聞こえてくるとともに、何ともかぐわしい甘やかな匂《にお》いが鼻腔《びこう》を打った。

こんなにいい匂いがする人物は、一人しかいない。

再び目を閉じ、狸《たぬき》寝入りを決め込む。普通こんなことはしないが、あの男が相手だと無性にやりたくなってしまう。

『清雅、おるか』

程なくして、巡の声が聞こえてきた。俺が何も言わずにいると、障子が開く音がした。

依然応えずにいると、こちらに近づいてくる気配がした後、体に何か柔らかいものが触れる感触を覚えた。どうやら、風邪を引かぬよう何かかけてくれたらしい。

『最近、戦《いくさ》に家督相続と、あれこれ忙しかったものなあ』

聴こえてくる声音は、普段のそれとは比べ物にならないほど優しい。

つがいになるほど身も心も結ばれ素直になったと思っていたが、どうやらまだまだらしい。

今でも十分過ぎるくらい可愛いと思っていたのに。巡の可愛さは底なしだなあ。と、思わず頬を緩ませていると、

『おい』

いきなり低い声で呼ばれたかと思うと肩を掴まれ、強く揺すられたものだから、俺はぎょっと目を開いた。まずい。狸寝入りがばれたか……。

「そなた、今何の夢を見ていた」

「……は？」と、目をぱちくりさせると、巡は怖い顔で再び口を開いた。

「あのような顔をして、一体何の夢を見ておった」

「……。……お前」

投げつけられたその問いをどうにか咀嚼《そしゃく》して答えると、巡はますます顔を近づけてきて「まことか」と念を押してくる。深く頷《うなず》いてみせると、ほっと息を吐いて、

「ならば、よい」

寝るがよい。と、そっぽを向きつつ、俺の上にかけていた羽織をかけ直す。

そんなものだから、俺はすぐさま飛び起きて、膝上に巡を抱き上げた。

「巡。可愛い」

邪魔な狐《きつね》の面を無造作に剝ぎ取り、火傷の痕《あと》があろうと少しも損なわれることがない美しい顔に口づける。巡は慌てて眦をつり上げ「可愛くない」と睨んできたが、その顔も可愛いと言ってますます口づけの雨を降らせてやると、今度は逃げるように顔を俯《うつむ》けた。

それからしばし逡巡《しゅんじゅん》する素振《そぶ》りを見せて、おずおずといったように口を開く。

「そなた、俺の、どのような夢を見ておったのだ」

「うん？　ああ、巡に膝枕してもろうた」

「膝枕？　それだけで、あのように幸せそうな寝顔を浮かべておったのか」

顔を上げる巡に、俺は大きく頷いてみせる。

「当たり前だ。巡の膝枕は天下一だからな」

きっぱりと言い切る。世辞ではなく、本気でそう思っているから。

「そなたという奴は、また……いや。まことに、それほど良いと思うているのか？」

また俯いて、ぼそぼそと歯切れの悪い口調で訊いてくる。照れているのだろうか。可愛い。

勿論だと力強く答えてやると、

「そうか。まあ……毎夜、壺をそなたの頭に見立てて、修練したしな」

ぽつりと呟かれたその言葉。「え……」と思わず声を漏らすと、巡はますます顔を俯けて、

「膝枕のように修練を重ねたら、俺のような男でも……この子の良き親になれるかのう」

自分の腹を摩りつつ、消え入りそうな声で言った。

とっさに意味が分からなかった……が、分かった途端、俺は巡を膝上から下ろし正面から向き合った。

「出来たのか」

「……うむ。昼頃急に気分が悪うなって薬師《くすし》にかかったら、三月だと言われて……っ」

「すごい！」

俺は巡を抱きかかえて飛び跳ねた。

「すごいぞ、巡。俺と巡の子ができた。絶対可愛い。すごく可愛い。早《はよ》う逢いたい……あ」

くるくる回りながら部屋中を飛び跳ねていた俺ははっと我に返り、慌てて巡を下ろした。

「巡、すまん。嬉し過ぎてつい我を忘れた。大丈夫か？　腹のややも驚かせてしまったか」

「……喜んで、くれるか？」

「は？　何を言う。喜ばぬわけがなかろう。巡は、嬉しくないのか」

「嬉しい」

即答だった。けれど。

「自分でも、戸惑うくらい嬉しい。ゆえに、俺は怖い」

再度俯いて、ぽつりと言った。

「実は……俺はずっと、子など作りたくないと思うていた。俺は醜い冷血漢ゆえ、いい親になれるわけがない。かような親を持っては子が可哀想だと」

「……巡」

「だが、な。そう思いながら、そなたに惚れておると自覚すればするほど、そなたとの子がたまらなく欲しゅうなって……出来た今は、まだ見ぬこの子が可愛《かわゆ》うてしかたがない。ゆえに、怖いのだ。至らぬ己が、長年そなたを傷つけてきた己が怖くてしかたがない」

両手で腹を抱えて苦しげに吐露すると、巡は深々と頭を下げてきた。

「頼む。今の仕事を減らして、育児の修練をさせてはくれぬか。今のまま、この子をこの世に産み落とすのは、この子にもそなたにも申し訳がない……っ」

俺は巡の震える肩をそっと抱いた。

巡は常人の何倍も矜持《きょうじ》を持った男だ。弱みを晒すことを何より嫌う。その巡が、ここまで自身の弱い胸の内を晒してまで懇願してくるなんて。

それだけ、まだ見ぬ我が子を大事に想っている。そのことに胸を締めつけられつつ、

「大丈夫だ、巡。巡はいい親になる。俺は巡以上に、温かくて優しい人間を知らん」

囁《ささや》くと、巡が思わずと言ったように顔を上げた。目が合った瞳はほんのりと濡《ぬ》れている。

「何を言う。俺のどこが」

「なあ巡。普通の人間はな、膝枕の修練なんかしない」

「え……」

「やらないんだよ。膝枕をしてやったで終わりだ。お前みたいに、毎晩壺を俺の頭に見立てて、どうやったらもっと気持ちのいい膝枕ができるようになるかって修練したりしない。膝枕一つで、そこまで一生懸命になってくれる。そんなお前に想われ、大事にされて、俺がどれだけ救われたか」

そうだ。俺は、巡に救われたのだ。

あの頃、守ってくれるはずの父が殺され、血で血を洗う乱世に一人放り出されて、俺は俺でいられなくなった。

常に父と同じ言動を求められ、本来の弱い俺は誰もいらないし、見向きもしない。朗《ほが》らかな笑顔のお面の中で、声を殺して泣いていた。けれど。

「巡だけが、本当の俺を求めてくれた。俺が弱みを見せても厭《いと》うどころか一生懸命甘やかして、『しようのない奴め』とこっそり優しく微笑ってくれた。それだけで、心が満たされた。俺は俺でいてよいのだと思えて……巡が好きだ。ほしいと、心の底から思うた」

目を見開いたまま固まっている巡の手を取る。

「俺が傷ついたのはそのせいだ。本物の巡がほしかったから、『立派な公家のお面』でひた隠しにされて悲しかった。だからな？　大丈夫だ。他の誰でもない、巡自身で抱き締めてやれば、この子はきっと幸せになれる。父親の俺がそうなんだから間違いない……っ」

真摯《しんし》に訴える俺に、巡が体当たりする勢いで抱きついてきた。

「そなたという男は、なにゆえ……なにゆえ、そうっ」

しがみつき、肩を軽く叩いてきながら、要領を得ない言葉を繰り返す。だが、ふと大人《おとな》しくなったかと思うと、甘えるように首筋に顔を埋《うず》めてきて、

「そなたと生涯をともにできる、妻になれてよかった」

くぐもった声で囁かれたその言葉に苦しいほどに胸が詰まり、巡を強く抱き締め返した。

表面上はつんつんしているが、ありのままの俺を受け入れ、一生懸命甘やかしてくれる巡。巡がいたから、皆が望む「父のお面」を被り続けながらも、俺は自分というものを失わずに済んだ。あの巡がこんなに大事にしてくれるんだから、俺はすごい奴なんだ。きっと父のような名将になれると馬鹿みたいに思えた。

長じて俺の妻になってくれてからも、巡はよりいっそう俺を大事にしてくれた。その上、――後の天下人《てんかびと》のそなたと、後に左大臣になるはずだった俺の二人でやるのだぞ。できぬはずがない。

力強く言い切り、俺が長年被り続けてきた「父のお面」を剝ぎ取ってしまった。

再び被ることはできなかった。夫を天下人にするためなら悪妻の汚名を被ることも辞さないと、恥も外聞もかなぐり捨てて駆け出した巡を相手に、誰かを演じている余裕なんてない。がむしゃらに巡を追いかけた。すると、長らく忘れていた父の言葉が脳裏に蘇った。

――龍王丸、父はお前が大好きだ。何があろうと、どんな時もお前の味方だ。ゆえに、自信を持って、軽やかに駆けていけ。この父が行けぬ遥か高みへ。大丈夫。お前ならできる。

その言葉は追い風となって、俺の背を力強く押した。

なりふり構わず巡を愛し、巡とともに伊吹家当主の座へと駆け上がる。

これまでの品行方正な若殿からは考えられない言動をするようになった俺に、皆最初はびっくりしていたが、最終的には笑顔で受け入れてくれた。

「若殿がお幸せそうで何よりです」と、嬉しそうに。

叔父御は俺の長年の精進が実を結び、父の力を借りずとも自ら輝ける武将になれたからだと言ってくれたが、俺一人ではきっと無理だった。巡がいてくれたからこそできたことだ。

巡のおかげで俺は幸せだ。けれど、巡は？

幸せだろうか。俺のせいで不幸になっていないだろうか。

想いが通じ合いはしたが、巡が俺に与えてくれた幸せの数千分の一も返せている気がしないから、時々不安になる。

だから、巡が恥じらいながらも「そなたの妻になれてよかった」と抱きついてくれると、すごく嬉しくて、よりいっそう自信が湧いてくる。

これから生まれてくる我が子にも、ありのままの自分で接しようと思うほどに。

父を尊敬する思いは今でも変わらない。それでも……他の誰でもない、俺自身でこの子を愛していく。そしていつか、巡とともに我が子から、この世で一番尊敬できる男だと思ってもらえるようになりたい。

「立派な公家のお面」を取り去った巡と一緒なら、きっとできる。心からそう思える。

幸せなことだと、小さな命が宿った腹を巡とともに撫でながら、噛み締めるように思った。

あとがき

はじめまして、こんにちは。雨月夜道と申します。このたびは、拙作「都落ちオメガの戦国愛され婚絵巻」を手に取ってくださり、ありがとうございます。

今回のお話は、既刊「新婚オメガの戦国初恋絵巻」「新妻オメガの戦国溺愛子育て絵巻」「囚われオメガの戦国嫁入り絵巻」と、世界観が同じのスピンオフ作品になります。

登場人物はそれぞれ全然違うので、こちら単品でも問題ありませんが、既刊も読んでいただけますと、世界観がより深まりますので、よろしかったらぜひ！

さて、これまで大国に囲まれた弱小領主のサバイバルゲーム、裸一貫からのし上がる立身出世物語と描いてきましたが、今回は都落ちしたお公家様のお話となります。

公家といえば、彼らが栄華を極めた平安時代ですが、武家に政権を奪われた戦国時代においても、彼らは公家としての誇りを失わず、しなやかに逞しく生きていました。たとえ、都を追われることになろうとも。

武家とはまるで違うその強さを書いてみたい！　ということでできたのが、今回の主人公、巡になります。

で、その強さを追求し過ぎた結果、雨月の受けとしてはトップクラスに豪胆で、汚い手を使ってでもガンガン前に出て行くツンツン受けさんになってしまいました。

対する清雅。海のようなおおらかさと度量がある男を目指しました。

規格外過ぎる妻を娶るからってのもありますが、後の天下人を豪語するならそれくらいの器がほしいなと思いまして。

（ただし、愛する妻のことに関してだけはおちょこ並みの狭量。私の趣味です）


そんな今回のお話にイラストをつけてくださった石田惠美先生。

このカプを作り始めた時、最初に浮かんだシーンがあの婚礼のシーンでした。だから、イラストはぜひ、優雅に白無垢を着こなす澄まし顔の麗人が描ける人がいいなあと夢想しておりましたので、お名前を聞いた時は小躍りいたしました。

というか、「半分に切られた狐面をつけた麗人」なんてどう描くんだろう？　と、自分で書いておきながら心配していたのですが、あのように雅でたおやかな貴人に描いていただけて感動しました。清雅についても、本人の猛々しくも品のある格好よさは勿論、衣装も細部に至るまで拘り抜いてくださいました。そして、トト丸の可愛さは異常！

石田先生、本当にありがとうございました！

また、今回も大好きな謀略ネタにひた走る私に「いいですか。これはＢＬですよ！」と、しっかり諭し、導いてくださった編集様も、何度も修正版を読んで赤ペン先生してくれた友人たちにも感謝感謝です。

最後に、ここまで読んでくださった皆さま、ありがとうございました。

仕事はできるけど、可愛い妻になれないことがお悩みのツンデレ公家嫁と、「愛しの妻にここまで尽くされる俺はきっとすごい！」と戦国大名への階段を駆け上がっていくポジティブ武家婿によります異文化新婚譚を、少しでも楽しんでいただけますと幸いです。

それではまた、このような形でお会いできますことを祈って。

雨月　夜道

✦初出　都落ちオメガの戦国愛され婚絵巻……………書き下ろし
お面夫婦、もう辞めます…………………………書き下ろし

雨月夜道先生、石田惠美先生へのお便り、本作品に関するご意見、ご感想などは
〒151-0051 東京都渋谷区千駄ヶ谷 4-9-7
幻冬舎コミックス　ルチル文庫「都落ちオメガの戦国愛され婚絵巻」係まで。

幻冬舎ルチル文庫
都落ちオメガの戦国愛され婚絵巻

2022年7月20日　　第1刷発行

✦著者　雨月 夜道　うげつ やどう

✦発行人　石原正康

✦発行元　株式会社 幻冬舎コミックス
〒151-0051 東京都渋谷区千駄ヶ谷 4-9-7
電話 03(5411)6431［編集］

✦発売元　株式会社 幻冬舎
〒151-0051 東京都渋谷区千駄ヶ谷 4-9-7
電話 03(5411)6222［営業］
振替 00120-8-767643

✦印刷・製本所　中央精版印刷株式会社

✦検印廃止

ISBN978-4-344-85076-7　C0193　Printed in Japan